Mme M.-A. PÉRIOLE

Professeur de Diction diplômée
Prix du Ministre de l'Instruction publique
et des Beaux-Arts.

L'Art
de Parler
et de Lire
correctement

Recueil des principales règles
de Prononciation et de Diction

I0562403

o o En vente o o à Montpellier, chez
L. Valat, libraire o o Dans les principales librairies o o o o o o 1901 o o

Prix : 2Fr. 50

L'ART

DE PARLER ET DE LIRE

CORRECTEMENT

L'ART
DE PARLER ET DE LIRE

CORRECTEMENT

RECUEIL DES PRINCIPALES RÈGLES

DE

PRONONCIATION ET DE DICTION

ACCOMPAGNÉES D'EXERCICES

PAR

Mme M.-A. PÉRIOLE

PROFESSEUR DE DICTION DIPLÔMÉE

Prix du Ministre de l'Instruction publique et des Beaux-Arts

—

Prix : 2 fr. 50

—

EN VENTE

DANS LES PRINCIPALES LIBRAIRIES

—

1901

AVANT-PROPOS

La langue française si riche en quantité de
mots, (elle en compte à l'heure actuelle près
de cent mille) si claire en détails étymologi-
ques, éblouit les yeux et l'esprit quand elle
s'adresse au regard, mais de cette même abondance naît souvent la confusion lorsqu'elle
parle à l'oreille. Combien de synonymes et de
mots aux racines diverses sont prononcés
d'une manière identique et, il faut l'avouer
aussi, combien peu l'on s'attache à en faire
sentir toute la différence par une bonne prononciation !

Que de mots ont vu même changer leur
véritable signification par mode, caprice ou
négligence ! et cela sans égard aux détails logi-
ques conservés par la langue écrite !

D'une part notre mobilité d'impression contribue à la variabilité de la langue parlée, d'un
autre côté on prête peu d'attention aux règles
du langage : de ce désordre il résulte que l'on
écrit encore ce que l'on ne prononce plus. Si
l'on n'y résiste, il est à craindre que ce courant
ne nous entraîne à la sûre dégradation du pur
français, « cet idiome si doux, qu'à le parler, a
dit poétiquement Alfred de Musset, les femmes
sur les lèvres en gardent un sourire. »

Dans une nation où tous les hommes peuvent arriver aux premiers rangs par leur mérite ou leur talent, il est regrettable que l'étude du français parlé soit, de nos jours, si négligée; on ne nous démentira pas quand nous dirons qu'une articulation distincte, une prononciation correcte, un débit harmonieux, sont pour plus de moitié dans le succès de nos grands orateurs; c'est donc la parole, véritable instrument intellectuel, qui nous aide à développer toutes les ressources de l'intelligence.

C'est dès l'enfance qu'il faudrait commencer cette étude : on devrait d'abord familiariser les élèves à la formation des sons et passer ensuite à l'articulation des consonnes qui diversifient et divisent les sons ; on devrait habituer leur oreille à distinguer les syllabes longues et les syllabes brèves, car c'est l'oreille qui empêche de dénaturer et de détruire ainsi l'harmonie de notre langue; on devrait leur apprendre à phraser avec goût, réciter avec intelligence. Ils seraient ainsi amenés graduellement à pratiquer l'art de bien dire.

L'étude de la diction est très attachante. Elle nous initie à cette variété de nuances, de sons, d'inflexions, qui font de la langue française, une des plus harmonieuses langues modernes ; par la juste observation de ses règles, on découvre la véritable pensée de l'écrivain, on partage le sentiment qui a inspiré le poète; en analysant, par la lecture *raisonnée*, les œuvres de nos grands auteurs, on sait goûter le beau, discerner le vrai. En un mot, cette étude cultive l'esprit, exerce le jugement, élève le cœur et fortifie l'âme.

Elargir l'horizon des connaissances nécessaires à toute bonne éducation ; faire connaître, apprécier et aimer la langue de notre patrie, tel est le but que nous nous sommes proposé, heureux si un modeste résultat vient couronner cette haute ambition.

DE PARLER ET DE LIRE

PREMIÈRE PARTIE

PRONONCIATION DES MOTS

SON ET ARTICULATION

Sans avoir la prétention de faire une étude anatomique à propos de l'enseignement de la prononciation, il est nécessaire de dire un mot sur les fonctions que remplissent les organes dans le travail de la parole.

Le **son** et l'**articulation** sont les éléments des mots parlés.

Le **son** et la **voix** sont choses identiques. L'organe qui les produit, l'organe vocal, est un véritable instrument à vent formé de trois parties : les *poumons* et la *trachée-artère*, qui font office de soufflet ; le *larynx*, sorte de réfracteur qui imprime au son un caractère spécial ; le *pharynx* et les *cavités buccale* et *nasale*, qui servent à le modifier en l'enflant ou en le diminuant.

Les autres organes ne font que transmettre et modifier le **son.**

La **voix** peut se présenter sous trois états : la *voix brute* ou *cri* ; la *voix articulée*, *parole* ou *langage* ; la *voix modulée* ou *chant*.

Relativement au registre, la voix se divise en *voix de poitrine*, *voix de tête* ou *fausset*, *voix de médium* ; relativement à son acuité ou à sa pureté, en *voix grave, moyenne, aiguë* ; relativement à la qualité, en *bonne*, telle que claire, sonore, pleine, douce, étendue, ou *mauvaise*, telle que faible, voilée, criarde, gutturale, nasillarde.

La voix de *médium* étant la voix ordinaire de la conversation, c'est elle que l'on doit employer pour exprimer tous les sentiments naturels. C'est la plus solide et la plus souple, toutefois, on doit s'étudier pour éviter la monotonie, à mêler habilement les registres de poitrine et de tête.

Si le **son** ou **voix** est le produit d'un instrument formé par la nature, on a dû chercher et apprendre à s'en servir et c'est au moyen de l'*articulation* que l'on est arrivé à ce résultat.

L'articulation est l'âme même des sons ; c'est elle qui les modifie par la combinaison des consonnes et des voyelles, qui détermine et varie le jeu des parties mobiles de l'appareil vocal.

Les organes qui servent à articuler sont : la *langue*, les *lèvres*, les *mâchoires* et les *dents*. De la bonne position de ces organes dépend en partie la sonorité de la voix et surtout la bonne prononciation des mots, la moindre déviation les dénature.

Une condition essentielle à remplir pour obtenir la bonne qualité du son, c'est d'ouvrir suffisamment la bouche et la poitrine afin que le larynx trop resserré ne produise pas des sons de gorge, ou que le son arrêté ne remonte pas dans le nez où il devient criard et désagréable à entendre.

Pour rendre les **sons** et les **articulations** l'appareil phonétique ou appareil vocal doit faire un double mouvement : l'*aspiration* et l'*expiration*.

Pour *aspirer* il faut prendre et retenir l'air et l'enfermer dans les poumons d'où il s'échappe par l'*expiration*.

Pour *expirer* on presse l'air que renferment les poumons, on le pousse sur le gosier et c'est par l'action de ce contact que se produit la parole et que la voix devient vibrante.

Le son *expiré* est plus fort que le son *aspiré*.

— Le son est *expiré* :

1° Lorsque le mot commence par une voyelle formant

à elle seule une syllabe entière comme **o**-*dieux*, **u**-*tile*, **é**-*trange*, etc.

2° Il en est de même quand la première syllabe est formée par une consonne suivie d'une voyelle. EXEMPLE : **bu**-*reau*, **co**-*rail*, **ca**-*deau*, etc.

— Le son est *aspiré* lorsque le mot commence par une voyelle suivie d'une consonne articulée et formant ensemble une syllabe, comme **ab**-*sent*, **im**-*mense*, **ac**-*cident*, etc.

Cependant lorsque la voyelle est suivie d'une consonne ne servant que comme signe *orthographique* le son n'est pas *aspiré*. EXEMPLE : *occuper* que l'on prononce **o**-*cuper*, *année* que l'on prononce **a**-*née*, etc.

Les mots formés par le *son* et par l'*articulation* sont composés de lettres qui se groupent en syllabes.

LETTRES ET SYLLABES

Vingt-cinq lettres forment le mécanisme de la langue française. Elles se divisent en **voyelles** qui forment les sons principaux, les sons primitifs, sans lesquels on ne peut rien proférer et en **consonnes** qui modifient ou varient ces mêmes sons.

Les **voyelles** expriment les **voix** et les **consonnes** ne font que marquer les diverses **articulations** des **voix.**

La **syllabe** est une voyelle seule ou jointe à d'autres lettres, qui se prononce par une seule émission de voix.

Pour bien prononcer un mot, il faut le diviser en ses diverses syllabes ou articulations.

Il y a deux sortes de syllabes : les **longues** et les **brèves,** selon que les voyelles dont elles sont formées sont elles-mêmes *longues* ou *brèves*.

Les mots d'une seule syllabe sont appelés **monosyllabes,** comme *cher*, *vent*, *loi*, etc.

On appelle **dissyllabes** les mots composés de deux syllabes : *â-me*, *bon-té*, etc.

Les **trissyllabes,** sont les mots formés de trois syllabes, comme *a-mi-tié*, *pein-tu-re*, etc.

Enfin on nomme **polysyllabes** tous les mots composés de plusieurs syllabes : *phi-lo-so-phe*, etc.

Une syllabe terminée par un **e** muet se nomme syllabe **féminine** ou **muette**.

La **diphtongue** (1) est une syllabe qu'on prononce en faisant entendre d'une seule émission de voix le son de deux voyelles, comme **ien** dans *bien*, **oi** dans *bois*, **ui** dans *lui*, **ia** dans *diable*, **io** dans *fiole*, **ieu** dans *mieux*.

REMARQUE. — Il n'y a plus diphtongue lorsque les voyelles se divisent en syllabes comme dans les mots : *Diamant, di-amant; Louis, Lou-is ; lien, li-ein*, etc.

C'est l'oreille seule qui doit reconnaître l'existence des diphtongues.

Exercices

1ᵉʳ. — L'élève indiquera en regard si le mot est *monosyllabe, dissyllabe*, etc.

Curé. Famille. Témoin. Foi. Malheur. Voix. Pourpre. Persévérance. Classique. Cependant. Imprécation. Cruel. Récit. Mer. Peuple. Vent. Objet. Délaissement. Dieu. Triste.

MODÈLE DU DEVOIR :

Curé : dissyllabe. — *Famille :* ...

2ᵐᵉ. — L'élève soulignera les syllabes *féminines* et les *diphtongues*.

Journée. Roi. Soin. Ruine. Fête. Vaine. Nuit. Boire. Besoin. Ame. Athée. Devoir. Poids. Oui. Liard. Cuir. Pioler. Aïeux. Amie. Juillet. A quia. Pieu. Fuite. Croire. Lui. Produit. Fruit. Fierté.

DES VOYELLES

La **voyelle** est une lettre qui a un son par elle-même, et qui se forme par la seule émission de l'air sonore.

---

(1) Mot formé de deux mots grecs signifiant : *deux fois, son*.

La *voyelle* possède la propriété d'exprimer un son qui peut se prolonger aussi longtemps que le souffle qui en est le principe.

Elle est susceptible de longueur et de brièveté, d'accent aigu ou grave, d'inflexion ou de cadence, propriétés que ne partage pas la *consonne*.

— Les *voyelles* se divisent en **simples**, en **composées**, en **nasales**, en **longues** et en **brèves**.

On appelle voyelles **simples** celles qui ne sont représentées dans l'écriture que par une seule lettre.

Quoique représenté par deux lettres, le son **ou** est une voyelle simple distincte des autres par un son plus prolongé, ainsi que les sons **æ, œ, ei, ey, au, eau, ai,** représentés abusivement par plusieurs lettres et qui ne sont que l'équivalent de l'**e** et de l'**o** avec prolongement du son.

Les voyelles **composées** sont celles qui sont représentées par plusieurs lettres, mais qui ne rendent cependant qu'un son unique proféré par une seule émission de voix, telles : **eu, œu, eû, œil, euil, eil, ail, ouil.**

On appelle voyelles **nasales**, celles qui, jointes aux lettres **m** et **n**, produisent un son qui part un peu du nez, comme **an, in, on, un,** d'où dérivent **am, im, om, um.**

Les voyelles **longues** sont celles que l'on prononce avec un certain prolongement de son. L'accent circonflexe est le signe habituel de ce prolongement. A l'explication de chacune des voyelles, il sera donné les règles nécessaires pour reconnaître leur longueur ou leur brièveté.

Les voyelles **brèves** sont celles sur lesquelles on passe rapidement en les prononçant.

Nous comptons en français cinq voyelles simples, six même avec l'**y** ; certains grammairiens ne veulent donner à cette lettre d'autre valeur que celle de l'**i** simple.

Les voyelles sont : **a, e, i, o, u.**

Ce n'est point le hasard qui les a classées dans cet ordre, car si la voyelle **a** est placée la première c'est qu'elle se forme près des organes chargés de produire les sons ;

l'**e** se faisant entendre dans le gosier est nommée la seconde ;

l'**i** prenant le son dans le fond du palais est nommée la troisième ;

l'**o** se formant près des dents est la quatrième voyelle ;

l'**u** dont le son vient expirer sur les lèvres est nommée la cinquième.

Exercice

3me. — L'élève disposera en une colonne les mots suivants, il soulignera les voyelles et mettra en regard si elles sont *simples, composées, nasales* ou *longues*.

Aide. Treuil. Fenouil. Chambre. Pâtre. OEil. Sombre. Plafond. Abreuve. OEuvre. Eider. Honte. Plâtre. Hêtre. Apôtre. Haute. Ceindre. Parfum. Loutre. Gîte. Eau. Soleil. Cœur. Filleul. Côte. Flûte. Dame. Sot.

MODÈLE DU DEVOIR.

Aide : voyelle simple.

Treuil : voyelle composée.

Fenouil : .....

I. — *VOYELLES SIMPLES*

A

L'**a** est la plus grave, la plus sonore et la plus facile à prononcer de toutes les voyelles.

C'est, dit-on, le premier son qui sort de la bouche des enfants, et celui qui échappe à l'homme dans les mouvements soudains de la douleur, de la joie, de la surprise et de l'admiration.

L'**a** est la voyelle mélodieuse du gosier. Elle a deux intonations ou valeurs :

1º Un son bref, aigu ou faible, prononcé avec la

bouche peu ouverte, comme dans **aspect, ami,** *dame,*
falbala;

2º Un son long, fort ou grave, prononcé avec la
bouche bien ouverte, comme dans **â**me, p**â**tre, m**â**t,
di**a**ble, th**éâ**tre.

L'**â** surmonté de l'accent circonflexe a toujours le
son grave, EXCEPTÉ dans quelques formes verbales,
telles que : *qu'il parlât, nous dansâmes,* etc.

Du reste le plus souvent aucun signe ne distingue
les deux valeurs de l'**a** ; il n'y a que l'usage et la connaissance étymologique du mot qui puisse le faire
reconnaître.

Cependant l'**a** est généralement grave lorsqu'il est
placé devant un **s** comme *vase,* **c**ase que l'on prononce
vâse, câse, etc.

Devant un **s** final muet, comme *las, fracas,* etc.

Devant un **t** et que celui-ci est mouillé, c'est-à-dire
lorsqu'il prend l'articulation du **c.** EXEMPLE : *récitâcion,*
intonâcion, etc., pour *récitation, intonation.*

Il est encore grave devant certaines consonnes redoublées. EXEMPLE : *flamme,* **p**arrain, etc., qui se
disent : *flâmme, pârrain.*

AA. — Les deux **a** sont toujours doux et forment
chacun une syllabe entière, comme dans *Ba-al, Baal.*

Dans *Isaac* et *Aaron,* ils prennent chacun une intonation moyenne.

Æ. — Ce caractère, dont on faisait autrefois un fréquent usage, se prononce comme **é** fermé. EXEMPLE :
Æ*gine,* **Æ***ga,* etc.

Nous l'avons conservé seulement dans quelques
mots, se rapportant presque tous à l'anatomie, la pa-
thologie, la botanique, l'ornithologie, l'entomolo-
gie, etc.

AE. — L'**a** immédiatement suivi de l'**e** conserve
toujours son intonation douce, et forme à lui seul une
syllabe entière, comme dans **a**-*érien,* aérien ; **a**-*éro-*
lithe, aérolithe, etc.

Il n'y a d'EXCEPTÉ que le mot *Caen* (ville), qui se
prononce *Kan.*

Dans *Jean* et *Jeanne,* l'**e** qui précède l'**a** est superflu, on prononce *Jan* et *Jâne.*

AI, AY. — L'**a** suivi de l'**i** ou de l'**y** forme un son dérivé tout à fait semblable à celui de l'**è** ouvert comme dans *lait, trait, maison,* mais le son en est plus prolongé.

AI représente l'**é** fermé dans trois cas :
1º A la première personne du singulier de tous les futurs : *je chanterai, je finirai, je recevrai, je rendrai etc.* ;
2º A la première personne du prétérit des verbes de la 1ʳᵉ conjugaison : *je dansai, j'aimai,* etc.;
3º Aux trois personnes du singulier de l'indicatif présent du verbe *savoir : je sais,* (je sé) *tu sais,* (tu sé) *il sait* (il sé).
— Dans tous les autres temps des verbes il conserve le son de l'**è** ouvert.

AYE. — Ce son est toujours très ouvert, il fait entendre à sa suite le son mouillé de l'**i**, ce qui forme une espèce de diphtongue sourde sur laquelle **ai** s'appuie, comme dans *balayeur, layette,* que l'on prononce *balai-ieur lai-iette.*
D'ailleurs on donne toujours à l'**y** la valeur de deux **i** lorsqu'il se trouve placé entre deux voyelles.

AO. — L'**a** suivi de l'**o** conserve ordinairement son intonation douce et forme à lui seul une syllabe entière : *cacao, chaos, Pharaon,* etc.
Mais l'**o** est nul dans *faon, paon, Laon, Craon,* Dans *Saint-Laon,* (ville) *août, Saône, aoûteron, taon,* c'est l'**a** qu'on élide.
Néanmoins l'**a** se fait sentir dans *aouter* et son participe *aoûte* ; quant au mot *aoriste,* (sorte de prétérit) l'usage est partagé.

AU. — L'**a** suivi de l'**u** forme un son dérivé tout à fait semblable à celui de l'**o**, et prend deux inflexions :
L'une forte, comme, dans *peau, pause, sceau, saule,* que l'on prononce avec un son prolongé comme marqué

de l'accent circonflexe, surtout devant **tr** et **vr** comme dans **au**/re, *pauvre* :

L'autre douce, comme dans **au**rore, *lau*rier, **au**tomne, etc.

On peut se conformer, pour la prononciation brève ou longue de l'**au**, à peu près aux mêmes règles de l'**o** simple que l'on verra plus loin.

AÜ. — Le tréma placé sur l'**u** détache cette lettre de l'**a** et chaque voyelle reprend alors son intonation particulière : *Esa-ü*, *Sa-ül*, *Dana-üs*, etc.

Exercices

4ᵐᵉ. — L'élève disposera chacun des mots suivants en une colonne et écrira en regard si l'*a* qui se trouve dans chaque mot est *long* ou *bref*.

Pâtre. Prononciation. Bras. Table. Flamme. Passion. Calotte. Apporter. Damier. Pas. Lasse. Trépas. Marraine. Date. Facile. Formation. Flâner. Favorite. Courbature. Embrasé. Placer. Réclamer. Majesté. Rage. Passant.

MODÈLE DU DEVOIR :

Pâtre : Long.
Prononciation : ......

5ᵐᵉ. — Après avoir mis tous les mots suivants en une colonne, l'élève indiquera en regard si *ai* a la prononciation de l'*é fermé* ou de l'*è ouvert*.

Je finirai. Naître. Intermédiaire. Eclairer. Je sais. Raison. Sanctuaire. Je parlai. Taire. Paître. Il sait. Je serai. Reconnaître. Qu'il ait. Contraire. Capitaine. Laisser. Mais. Parfait. Je peindrai. Bienfaisance. Paix. Haine. Sais-tu. Maison. Quai.

E

L'**e** possède un avantage qui doit non seulement le distinguer mais nous le rendre cher et précieux. Le son qu'il indique est le signe de l'existence ; c'est le souffle de la vie, c'est le son même de la respiration.

Nos **e** muets qui nous ont été reprochés, forment précisément la plus délicieuse harmonie de notre langue.

Il n'y a aucune nation en Europe, a dit Voltaire, qui fasse sentir les **e** muets, excepté la nôtre.

Placé après un **é** fermé, l'**e** muet compose une syllabe longue, très douce à l'oreille. Il contribue beaucoup à cette grande variété de sons et de terminaisons qui est une des beautés de la langue française.

La plupart des grammairiens prétendent que l'**e** se compose de cinq nuances qui le font passer du grave au doux, jusqu'à ce qu'il se dégrade et ne se fasse plus entendre. Certains même élèvent ce nombre jusqu'à onze.

L'Académie ne reconnaissant que trois sortes d'**e**, nous ne parlerons que de l'**é** fermé, de l'**è** ouvert et de l'**e** muet.

É fermé. — L'**é** fermé joue un grand rôle dans la langue française ; il est souvent répété trois fois dans le même mot.

Il est à remarquer que l'**e** simple prend parfois le son de l'**é** fermé, même sans être surmonté de l'accent aigu. Voici dans quels cas il prend cette intonation.

L'**e** a le son fermé :

1º Lorsqu'il est suivi de l'un des sons **e, i, o, u,** comme *fêter, injecter, bêtise, têtu, cresson,* etc.

2º L'**e** suivi d'une consonne finale non articulée autre que le **s** et le **t** est toujours fermé : *verger clef, familier, nez,* etc.

3º Il est fermé lorsqu'il est suivi des terminaisons **sion, tion, seur,** comme *digestion, agression, successeur,* etc.

È ouvert. — Le son de cette lettre est après celui de l'**a,** le son le plus clair de nos voyelles. Il est fâcheux que l'accent grave ne marque pas toujours sa sonorité.

L'**e** qu'il soit ou non marqué d'un accent est toujours ouvert :

1º Lorsqu'il est suivi d'une syllabe sourde finale. EXEMPLE : *fidèle, prêtre, belle, modeste, permettre,* etc.

2º Il en est de même lorsque l'**e** est suivi de consonnes articulées également finales : *chef, éternel, bec, enfer.*

3° Lorsque deux consonnes semblables se font entendre chacune séparément, l'**e** est ouvert : *interpellation, libeller, belligérant*, qu'on prononce *interpèllation, libèller, bèlligérant*.

4° Dans la terminaison **ès**, l'**e** est toujours ouvert : *progrès, succès, procès*, etc.

Il faut y ajouter *tu es*, et les monosyllabes **ces, des, les, mes, tes, ses,** encore ne prennent-ils le son bien ouvert que dans le langage soutenu.

5° Le **t** final rend ouvert l'**e** qui le précède : *archet, ballet, discret, je mets, prêt,* etc.

EXCEPTION : La conjonction **et** se prononce toujours avec l'**é** fermé.

E *muet*. — L'**e** sans accent ou sans articulations redoublées à sa suite ne se fait jamais sentir. *Brasserie, agacerie, petit, fureter,* se prononceront *brass'rie, p'tit, agac'rie, fur'ter.*

La terminaison **ent** des verbes de la 3me personne du pluriel ne change rien à la prononciation de l'**e**, qui est la même dans *ils chant***ent** que dans *je chant***e**.

L'**e** est muet dans tous les mots en **eau**.

L'**e** féminin est également muet, mais il rend la syllabe longue, *vraie, fée, jolie,* etc.

L'**e** final surmonté du tréma est toujours muet : *aiguë, ciguë, contiguë,* etc.

Il ne se fait pas entendre dans *Staël, Ruisdaël, Maëstricht,* etc.

E *euphonique*. — Cette sorte d'**e** muet sert seulement à adoucir le **g** et à lui conserver le son du **j,** comme dans *g***e***ai, pig***e***on.*

E *neutre*. — Nous avons aussi un **e** sans accent que l'on peut appeler NEUTRE et qui prend le même son que la voyelle composée **eu**. EXEMPLE : *bre***telles***, âpre***té***, Gre***noble, gre***lotter,* que l'on prononce en réalité *bre***utelles***, âpre***uté, Gre***unoble, gre***ulotter.*

Exercice

6me.— L'élève formera une colonne de tous les mots suivants et désignera si l'*e* qui se trouve dans chacun d'eux est *ouvert, fermé, muet, euphonique* ou *neutre.*

Contrée. Forêt. Tête. Richesse. Divinité. Zèbre. Impie. Des geais. Les êtres et les choses. Ces eaux et ces forêts. Belle. Concret. Sauver. Professeur. Il met. Cession. Expression. Religion. Constellation. Repos. Selon. Exiguë. Georges. Dessin. Concert. Profès. Entretien. Breloque. Chez-moi. Geôlier. Nous mangeons. Staël.

I

Le son de l'i est le plus aigu et le plus perçant de tous les sons produits par les voyelles. La ligne droite qui le montre sous la forme d'une flèche ou d'un trait, était donc la figure la plus convenable pour le représenter.

Un de nos grammairiens rapporte que Platon avait observé que le son de l'i exprimait à merveille les choses subtiles et pénétrantes, aussi trouve-t-on cette voyelle dans *aiguiser, inciser, s'immiscer, insinuer, filtrer, scier,* etc.

Le son de cette voyelle est agréable et harmonieux, si l'on en juge par le nombre infini de syllabes où elle se rencontre ; elle est même souvent reproduite trois, quatre et cinq fois dans le même mot sans que cette répétition blesse en rien l'oreille.

Seul parmi les voyelles, l'i possède la propriété de se prononcer comme s'il était double, la lettre qui le précède n'en absorbe qu'une partie, il s'en répand encore assez sur celle qui suit pour former avec elle une véritable diphtongue. EXEMPLE : *crier, Dieu,* que l'on prononce *cri-ier, Di-ieu,* etc.

Les deux i que l'on rencontre à la suite l'un de l'autre dans quelques imparfaits et subjonctifs exigent que l'on prolonge un peu le premier de manière à faire sentir un espèce de mouillé, pour distinguer ces deux temps du présent de l'indicatif. EXEMPLE : *que nous criions, que nous sacrifiions,* se prononceront *que nous cri-γons, que nous sacrifi-γons.*

L'i placé à la suite de l'une des voyelles **a, e, o,** concourt à la formation des sons dérivés **ai, ei, oi.**

OI. — Il exprime le son **a** dans tous les mots en **oi** comme *moi, roi, croire, besoin,* etc.

AI.— L'**i** placé après l'**a** perd son intonation et celle de l'**a**, pour faire entendre, selon les mots et sans aucune indication pour les yeux, les sons de toutes sortes d'**e**.

(Voir plus haut à la voyelle A, AI, AY, l'explication détaillée.)

Ï *tréma*. — Le tréma placé sur l'**i** indique qu'il ne forme point diphtongue avec la voyelle qui le précède, et doit être prononcé séparément, comme dans *Laïs, Moïse*, qui se prononcent différemment que *lait* et *mois*, malgré la similitude apparente du rôle qu'y remplissent les voyelles **ai** et **oi**.

— On devrait étendre le tréma jusqu'à l'**i** des mots comme *diamant*, pour en distinguer les deux premières syllabes, **di-a**, de la syllabe diphthongue **dia** du mot *diable*.

Le mot *fier* adjectif est monosyllabe ; *se fier*, verbe, est dissyllabe : se *fi-er*. Le tréma seul pourrait en donner la distinction aux yeux.

Si ce signe orthographique était plus souvent imposé, il donnerait plus de facilité aux étrangers pour connaître la mesure et la prosodie des mots.

Î. — L'accent circonflexe n'influe en rien sur l'intonation ni sur la durée de l'**i** ; comme dans la plupart des cas, il indique le retranchement de la lettre **s**, autrefois on écrivait *isle, abisme*, que l'on écrit et que l'on prononce à présent *île, abîme*.

O

Le son de l'**o** est le plus plein de tous les sons que l'homme puisse proférer ; il donne de la majesté à tous les mots en les rendant plus sonores.

On le trouve plusieurs fois répété dans le même mot sans que l'oreille en soit choquée.

L'**o** est muet dans différents mots, dans *Laon, faon, paon*, etc., on ne le fait pas entendre.

Dans *Saint-Laon* (nom de ville) c'est l'**a** qu'on élide, on dit *Saint-Lon*.

Pour le mot *taon* (insecte), on prononce *ton*.

L'o dans ses variations, offre beaucoup d'analogie avec l'a; de même que cette voyelle il prend deux inflexions : l'une longue ou grave, l'autre douce ou brève.

L'o est long dans *côte* et bref dans *cotte*, long dans *hôte* et bref dans *hotte*.

Il est regrettable que dans le langage ordinaire on altère chaque jour quelques-unes de nos voyelles graves; les oreilles sensibles à la musique réclameront toujours contre ces atteintes portées à la variété de nos sons.

O *long*. — L'o est long ou grave.

1º A la fin des mots si aucune consonne ne se fait entendre à la suite, c'est-à-dire ne s'articule pas; tels sont *écho, duo, Jéricho, sirop, galop,* que l'on prononcera *échô, duô, Jérichô*, etc.

Exception ; Le mot *trop* (adverbe) bien que le **p** final ne s'articule qu'à la liaison, se prononce avec l'**o** bref.

2º L'**o** est également grave dans tous les noms en **os**, que le **s** final se fasse ou non sentir, *dos, gros, repos, pathos, Albinos*, etc.

Les dérivés suivent la même prononciation, EXCEPTÉ : *ossifier, ossification, osseux, osselet, ossement, ossuaire*.

3º L'**o** est long dans les mots terminés en **ose, oser, osier, osion, otion, osité,** tels que : *rose, prose, glose, dévotion, rosier, curiosité, animosité, interposer*, etc.

La prononciation est la même dans les dérivés des terminaisons **oser, ose, osier,** pourvu que le **s** doux s'y retrouve.

Exception : On excepte de cette règle le mot *prosaïque*.

Ô. — L'**o** marqué de l'accent circonflexe est toujours grave, EXCEPTÉ dans les mots suivants : *aumône, hôtel, hôtellerie, rôti, prévôtal, hôpital, Pentecôte,* et leurs dérivés.

C'est par négligence que l'on a laissé le signe de gravité sur l'**o** de ces mots.

O *bref*. — L'**o** prend l'intonation brève ou ordinaire.

1º Lorsqu'il est placé devant la lettre **r**, comme dans *or, hormis, mort, dorer, horloger*, etc.

2° Il est également bref lorsqu'il est suivi d'une consonne articulée soit médiale, soit finale, autre que le **s** non redoublé, comme *fol, roc, coction, dot*, etc., et les dérivés de ces mots.

3° L'**o** qui est grave dans *numéro, croc, escroc, sirop, galop, sot, pot*, etc., devient doux dans les dérivés : *numéroter, escroquer, siropeux, galoper, sotte, poterie*, etc.

4° L'**o** suivi de l'**a** ou d'un **e** sonore est toujours bref. *Boa, coaliser, coercible*, etc.

ŒE. — Dans cette double lettre, l'**o** perd entièrement son intonation, l'**e** seul se fait entendre ou se lie avec la voyelle suivante pour former un son dérivé, comme dans *Œdipe, chœur, nœud*, qui se prononcent *Edipe, keur, neud*.

OI. — Les voyelles **oi** et **oin** font entendre **oa** et **oan** dans les mots comme *foi, croix, foin, coin*, etc.

OU. — Le tréma placé sur l'**u** dans **ou**, le détache de l'**o** dans *Acinoüs, Antinloüs, Pirithoüs*, etc.

Exercice

7me. — Après avoir formé une colonne avec les mots suivants, l'élève indiquera en regard si l'*o* qui se trouve dans chaque mot est *long* ou *bref*.

Joli. Encore. Ossement. Chose. Adorer. Impossible. Lotion. Fagot. Trop. Eclos. Sot. Sotte. Hôpital. Os. Osseux. Pentecôte. Botte. Escroc. Escroquer. Aumône. Hôtel. Poterie. Nervosité. Eclosion. Repos. Osier. Rôti. Numéro. Numéroter. Apôtre. Vos. Trône. Carrosse. Quenotte. Grandiose.

U

Le son qu'a le plus communément cette lettre dans la langue française, est celui qu'elle a dans les mots *bu, perdu, lune*, etc. Cette prononciation nous vient, dit-on, de l'ancien Gaulois.

Les Latins la prononçaient **ou** et nous-mêmes avons conservé ce son dans les mots *aquatique, équateur*, etc., et en général dans tous les mots qui nous viennent du latin.

L'**u** a beaucoup de rapport avec l'**i** soit pour la brièveté, soit pour la finesse de son intonation ; aussi forme-t-il souvent diphtongue avec la voyelle qui suit, ainsi que cela a lieu dans les mots : *juin, juillet, statuer, attribuer*, etc.

Mais après deux consonnes articulées, l'**u** forme avec elles, une syllabe entière comme dans *blu-ette, cru-el, glu-au, afflu-er*.

Il faut EXCEPTER, la voyelle **i** qui s'unit presque toujours avec l'**u** pour former une syllabe. EXEMPLE : *fruitier, bruit*, etc.

On met un tréma sur l'**u** lorsque l'on veut indiquer qu'il ne se lie point avec la voyelle précédente : EXEMPLE : *Emma-üs, Emmaüs, Sa-ül, Saül* ; etc. *Piritho-üs*.

L'**u** est presque toujours muet après les consonnes **g** et **q**.

Après le **g** il sert seulement à empêcher que cette lettre ne se prononce comme un **j**. Dans quelques mots cependant il a le son qui lui est naturel, notamment quand il est suivi d'un **i**, comme dans *aiguille, aiguiser*, etc.

D'ailleurs l'**u** suivi de l'**i** forme toujours diphtongue, c'est-à-dire que l'on prononce ces deux voyelles d'une seule émission de voix. EXEMPLE : *lui, fruit*, etc.

Après le **q**, l'**u** ne se prononce que dans les mots qui nous viennent du latin, nous donnerons les règles à la consonne **q**.

EU. — Joint à l'**e**, il forme une voyelle soit simple, soit composée qu'on écrit avec deux caractères faute d'avoir un signe unique pour la représenter.

Dans les deux cas ce son est toujours prolongé, son explication en sera donnée aux voyelles composées.

OU. — Avec l'**o**, il forme également une voyelle longue, j**ou**er. velou**rs**, séj**our**, etc.

Exercice

8ᵐᵉ. — L'élève séparera par un trait vertical, les *u* qui ne formeront pas *diphtongue* avec la voyelle suivante :

Cruor. Obstruer. Fluette. Bruit. Fluant. Bruire.
Fluide. Gluant. Distribuer. Fruitière. Fluorine. Appui.
Cruauté. Cuic. Gruau. Affluant. Suer. Concluant.
Remuer. Ruer. S'enfuir. Huer. Bruyant. Commuer.
Truelle, Bluet. Bruine.

MODÈLE DU DEVOIR :

Cru|or. Obstru|er.....

Y. — Ordinairement on appelle cette lettre **i** grec ;
mais, selon la méthode moderne on dit simplement **i**.

La plupart des grammairiens ne regardent l'**y** que
comme semi-voyelle.

Selon eux, c'est tantôt un caractère simple et tantôt
un caractère double.

CARACTÈRE SIMPLE, il n'a pas d'autre valeur que celle
de l'**i** et il n'est admis dans notre orthographe que dans
un très petit nombre de mots purement français ;
mais on continue à l'employer pour marquer l'origine
des mots dérivés du grec comme *hymen, étymologie,
hymne, physique*, etc.

On le conserve aussi dans les noms propres et dans
quelques mots empruntés des langues étrangères :
york, yacht, etc.

A la fin des mots il a simplement la valeur de l'**i** :
bey, Ney, Volney, Hervey, etc.

CARACTÈRE DOUBLE, il vaut deux **i** accouplés, dont le
premier fait partie d'une syllabe, et le second en commence une autre, comme dans *citoyen, employé, royal*,
qui se prononcent comme s'il y avait : *citoi-ien em-
ploi-ié, roi-ial*.

Presque toujours on donne à l'**y** la valeur de deux **i**,
lorsqu'il se trouve placé entre *deux* voyelles.

Des écrivains distingués ont tenté de bannir cette
lettre de notre langue, lorsqu'elle est finale ou placée
entre deux voyelles, et ils sont parvenus à la remplacer
par un **i** dans un grand nombre de mots. Autrefois on
écrivait *que je voye, que j'ennuye*, etc., parce que l'on
y faisait entendre le son de l'**y**, mais la prononciation

ayant changé, on écrit aujourd'hui *que je voie, que j'ennuie,* etc.

Dans les mots terminés en **aye,** l'usage tend à introduire la même orthographe, cependant l'Académie laisse encore le choix entre l'**i** et l'**y** dans ce dernier cas.

Exercice

9me. — L'élève soulignera l'*y* qui aura dans les mots suivants la valeur de deux *i*.

Stanley. Croyant. Hydre. Polythéïsme. Tyr. Soyons amis. Dey. Royaume. Hippolyte. Pitoyable. Loyauté. Amphytrion. Essayer. Babylone. Ennuyer. Foyer. Hymen. Pyrrhus. Qu'il s'asseye. Seignelay. Ayons foi. Talleyrand.

II. — *VOYELLES COMPOSÉES*

La dénomination de voyelles **composées** n'ayant pas paru exacte, quelques grammairiens l'ont remplacée par celle des voyelles **polygrammes (1).**

Voici les principales voyelles composées :

EU.— La voyelle dérivée **eu** prend deux inflexions. Elle est forte ou douce.

Elle est forte :

1º Au commencement des mots, comme **eu***charistie,* **eu***cologe ;*

2º Dans les monosyllabes ou à la fin des mots, comme *je veux, creux, bleu;*

3º Devant les consonnes autres que **r** pourvu qu'elles ne soient pas finales, comme *feutre, beugler, bleuir ;*

4º Devant **s** ou **x** ayant le son de **z,** comme *gracieuse, deuxième ;*

Tous ces exemples se prononceront :

Eû*charistie,* **eû***cologe, je veûx, creûx, bleû, feû***tre, *beû***gler, *gracieû***se,* etc.

L'**eu** a une intonation douce :

1º Lorsqu'elle est placée devant **r,** comme *heure, pleurer;*

_____

(1) Mot formé des deux mots grecs : *beaucoup* et *ligne,* qui se traduit par *marqué de plusieurs lignes.*

2° Devant toute consonne finale articulée, comme *tilleul, filleul, malheur ;*

3° Devant toute syllabe finale sourde, comme *fleuve, jeune,* etc. Sont EXCEPTÉS quelques mots, tels que : *meule, veule,* etc.

L'**eu** a le son de l'**u** ordinaire dans *j'eus, tu eus, il eût,* etc., et dans les mots *gageure, chargeure,* et quelques autres peu nombreux et peu employés. On prononce : *j'us, gajure,* etc.

EU. — L'**eû** marqué de l'accent circonflexe est toujours grave : *Jeûne, jeûner,* etc.

ŒU. — La voyelle composée **œu** a aussi deux valeurs, l'une équivalente à **eu** simple comme dans *bœuf, œuf,* et l'autre plus prolongée comme pour indiquer le triple mouvement des organes chargés d'exhaler ces trois voyelles. EXEMPLE : *cœur, œuvre,* etc.

D'ailleurs les mots *bœuf, œuf,* perdent au pluriel l'articulation finale du.**f** et se prononcent *bœ̂u, œ̂u,* tout comme *cœ̂ur, œ̂uvre,* etc.

ŒIL, EUIL, EIL, AIL, OUIL.— Quand l'**i** précède **l** ou **ll,** il perd souvent son caractère de voyelle et n'a d'autre objet que de concourir à la composition de la consonne mouillée.

Il n'en est pas de même lorsqu'il est lui-même précédé d'une autre voyelle, il forme alors un son composé finissant en une sifflante liquide du palais. EXEMPLE : *œil, treuil, soleil, ail, fenouil,* etc., que l'on prononce **eu**-*y,* *treu*-*y, solei*-*y, ai*-*y, fenoui*-*y,* etc.

— N'étaient les codes reçus, il serait préférable de placer ces voyelles parmi les consonnes mouillées.

Exercice

10me. — L'élève indiquera en regard de chaque mot si les *voyelles composées* **eu** et **œu**, sont *longues* ou *brèves.* On soulignera les *voyelles composées.*

Eucalyptus. Affreux. Jeune. Généreuse. Euphonie. Œuf. Œufs. Fielleux. Heureuse. Feutrage. Pleurs. Chef-d'œuvre. Creux. Heure. Veux-tu. Couleuvre.

Douleur. Euphorbe. Feu. Vieux. Pleurésie. Légumi-
neuse. Cultivateur. Jeudi. Teuton. Fleuron. Yeuse.
Lieutenant.

III. — *VOYELLES NASALES*

Les voyelles **nasales** sont au nombre de cinq :
an, en, in, on, un.

Elles sont difficiles à exécuter ; pour y réussir il faut
d'abord former le son voyelle, ensuite chasser l'air de
la bouche en articulant le **n**. Il faut observer de ne fermer
la bouche que lorsque le son est bien terminé, sans
cela après l'avoir rejeté d'abord vers le palais, le son
sortirait par le nez au lieu de s'échapper par la bouche
sa route naturelle.

Voici la manière de procéder :

Pour former le son **an** on ouvre la bouche comme
pour la lettre **a,** ensuite on la retire un peu en arrière ;
pour **in,** les lèvres se retireront davantage ; pour **on,**
elles s'arrondiront, et pour **un** elles s'avanceront.

Am, em, im, om, um, sont aussi des voyelles
nasales dérivées des premières.

UM. — Dans quelques mots dérivés du latin, **um,** se
prononce comme **om.** *Minimum factum,* se disent :
*minimom*e, *factom*e.

Ain et **aim** forment souvent aussi un son nasal
identique de **in,** tels que : *ess*aim, *p*ain, *ainsi*, etc.

EN.— Ce son prend deux nasalités ; la plus ordinaire
est celle de **an,** l'autre est celle de **in** ou de **ein.**

Il prend le son de **an :**

1º lorsqu'il est suivi d'une consonne, comme *enf*in,
enterrement, différent.

EXCEPTION : Sont exceptés les mots : *agenda, appendice, spencer, Amiens, pensum, ingrédient,* qui se
prononcent *ag*ein*da, appe*in*dice, spe*in*cer,* etc.

2º Il prend la nasalité de l'**a** dans les mots suivants :
j'en veux, enhardir, hennir, enharmonique, ennoblir,

et leurs dérivés. Il en est de même de quelques autres mots dont la prononciation a été consacrée par l'usage.

En RÈGLE GÉNÉRALE la voyelle **en** suivie de la lettre **n** perd sa nasalité. *Que je vienne, ennemi,* etc.

— Le mot rou**en**nerie se prononce rou**an**erie; sol**en**nel, sol**an**el; les dérivés de ce dernier mot ont également le son de l'**a** mais l'**n** perd sa nasalité, suivant la règle précédente.

En prend le son de **in** ou **ein** :

1° Quand il est tout à fait final, comme *bien, biein; rien, riein,* etc.

2° Il se prononce encore **ein** dans *Benjamin, Penthièvre, benzoïque, Appenzel, Bender, Marienbourg, Odensée, Wenceslas, effendi, Mentor, benjoin, Bengale, Camoëns, Rubens, Struensée, benzine, Puffendorf, Compendium, Oxenstiern, Cavendish,* et les mots cités plus haut : *agenda, appendice, spencer, Amiens, pensum, ingrédient.*

3° Dans les verbes *tenir, venir,* et leurs dérivés, **ien** prend la nasalité de **iin,** partout où cette diphtongue se rencontre. *Je viens, je vi-**ins**; tu tiens, tu ti-**ins**.*

Dans la terminaison **men,** la lettre **n** s'articule. *Amen* se dit *ameine, hymen* se dit *hymeine.*

En se prononce aussi **ène** dans *Eden, Covent-Garden, Coventry, Lutzen, Hayden* ou *Haydn, Groenland, Yemen, Dryden, Plilopœmen, Culloden, Kraken.* Tous ces mots sont tirés de langues étrangères.

Exercices

11ᵐᵉ. — L'élève soulignera les *voyelles nasales.*

Il se plonge dans les vagues étincelantes. Elle avait pour chambre un grand hangar plein de planches. Les derniers flamboiements d'une soirée ardente éclairaient les plaintes des marins. Un essaim de papillons s'approchant d'un buisson en fleurs le fleurissait encore. Dieu penché sur l'abîme, d'une main retenant le soleil aux portes de l'occident, de l'autre élevant la lune à l'horizon opposé. Humble et repentant il s'approche à pas lents. Un parfum indécis.

12ᵐᵉ. — L'élève écrira sous la *voyelle nasale* **en,** la nasalité **an** ou **in,** selon qu'il faudra la prononcer de l'une ou l'autre manière :

Immensité. Tendrement. Chien. Enfin. Penthièvre. Empressement. Pensum. Camoëns. Rouennerie. Benjoin. Sentence. Amiens. Mentor. Benjamin. Ensemble. Ennoblissement. Struensée. Appendice. Emporter. Lien. Je tiendrai. Appenzel. Marienbourg. Européen. Enghien. Benzine. J'en aurai. Entier. Commencer.

IV. — *VOYELLES LONGUES*

Avec l'explication de chacune des voyelles, on a vu à peu près toutes les règles concernant les voyelles longues et les voyelles brèves ; cependant il n'est pas inutile d'attirer l'attention sur les lettres **e, i, u,** formant avec un **e** muet à leur suite une syllabe finale.

Le son en est doux et chantant et l'émission prolongée comme dans *brisée, vraie, joue.*

Ces terminaisons lorsqu'on les fait valoir donnent un grand charme au langage.

DES CONSONNES

Les Consonnes sont les lettres de l'alphabet qui ne peuvent former un son qu'avec l'aide des voyelles.

Les consonnes ont reçu différents noms se rapportant aux différents organes qui servent à leur articulation.

Ces organes sont : les *lèvres,* la *langue* et la *gorge,* il n'y a donc en réalité que des *labiales,* des *linguales,* et des *gutturales;* le palais, les dents et la mâchoire ne sont que des auxiliaires et ne sauraient concourir seuls à former des sons articulés.

Tout en expliquant pour chacune des consonnes comment on doit placer les organes pour la proférer, nous laisserons de côté les dénominations de *labiales, linguales, palatales, dentales, nasales,* pour diviser les consonnes en six catégories, suivant le bruit particulier qu'elles font entendre ou l'effet qu'elles produisent sur le son.

Les **Comprimantes : B, P, M, N, G, N,** sont celles qui retiennent le son et le laissent échapper par un mouvement des lèvres ou de la langue après l'avoir un instant comprimé dans la bouche.

Les **frappantes : D, L, T,** s'articulent par un mouvement de la langue frappant avec plus ou moins de force sur les dents ou contre le palais.

Les **soufflantes : F, V,** font entendre avec les lèvres un bruit imitatif, exprimant à merveille tout ce qui passe avec vitesse.

Les **sifflantes : C** *doux*, **CH, G** *doux*, **J, S, X, Z,** laissent passer entre les dents un léger sifflement.

La **vibrante,** car nous n'en avons qu'une, **R,** est produite par un roulement de la langue contre le palais.

Les **gutturales** (1) **: C** *dur*, **G** *dur*, **K, Q, H** *aspiré*, ne produisent que des articulations sourdes de la gorge, accompagnées d'un mouvement de la mâchoire.

On appelle consonnes **liquides,** les lettres **l, m, n, r,** qui, jointes à une autre consonne, sont très coulantes et se prononcent aisément.

Les consonnes **homophones** (2) sont celles qui ont le même son et la même articulation, mais qui sont représentées par des signes différents. Telles sont le **c** doux et le **s,** le **k** et le **q,** etc.

Les consonnes les plus favorables à l'harmonie sont celles qui détachent le plus distinctement les sons et

---

(1) Du latin *guttur*, gosier.

(2) Se dit des mots qui se prononcent de même, quoique leur orthographe soit différente.

que l'organe exécute avec le plus d'aisance et de volubilité.

Le **l**, la plus douce des articulations, semble communiquer sa mollesse aux syllabes douces qu'elle sépare.

L'article **le, la, les,** qu'on reproche à notre langue est peut-être ce qui contribue le plus à lui donner de la mélodie.

Le double **ll**, ou consonne **mouillée** sera le sujet d'un chapitre spécial.

Exercice

13me. — L'élève soulignera les *Comprimantes* dans les mots suivants :

Qu'il est beau, le spectacle que présente la nature !
Même parmi les incrédules en est-il un seul qui n'en soit ému. L'écureuil a la voix plus perçante que celle de la belette ; il a un murmure à bouche fermée, un petit grognement qu'il fait entendre quand on l'irrite.

Souligner les *frappantes* :

Il y avait déjà longtemps que j'errais ; je m'assis à un carrefour solitaire de la cité des morts. Je regardais avec inquiétude la lumière des lampes qui menaçaient de s'éteindre.

Souligner les *soufflantes* :

Il sortait de ce cirque d'effrayantes clameurs. Les vagues amoncelées des nuages, les vapeurs blanches du soir, recouvraient les vallées, tandis que la forêt s'inclinait au souffle des vents.

Souligner les *sifflantes* :

Ce long enchaînement des causes, dépend des ordres secrets de la Providence. Je cherche des excuses et ne trouve que des expédients. Le Zèbre est un doux animal. La flèche rapide, dont les sons sifflent dans les airs.

Souligner la *vibrante* :

Les bois présentèrent l'image d'une mer roulante, l'Océan irrité sembla avoir laissé ses bruits dans la profondeur des forêts.

Souligner les *gutturales* :

Qui n'a fait de sa vie un quiproquo. Les coquillages s'enfouirent dans les carrières des Cordillères. On a divinisé la figure des héros de l'antiquité. Le kakatoès est un oiseau des tropiques. J'ai cru voir des gnomes couverts d'algues marines.

I. — *LES COMPRIMANTES*.

B

Cette lettre est une labiale douce. Elle a pour correspondante forte le **p.**

Nous la nommons ordinairement **bé;** cependant d'après la méthode généralement adoptée aujourd'hui pour l'enseignement de la lecture, on la désigne sous le nom de **be,** comme on désigne les autres consonnes suivies d'un **e** muet : **ce, de, fe,** etc.

Au reste, cette méthode n'est pas nouvelle ; il y a deux cents ans que les auteurs de la Grammaire de Port-Royal en avaient conseillé l'emploi. Dans l'épellation, ce procédé donne plus de facilité pour assembler les consonnes avec les lettres qui suivent.

Pour prononcer le **b,** les lèvres se portent un peu en avant et s'appuient l'une contre l'autre pendant que le son se forme dans la bouche.

Cette lettre conserve la prononciation qui lui est propre, soit au commencement, soit au milieu des mots, EXCEPTÉ devant **s** où elle se prononce forcément comme le **p,** sa correspondante forte. EXEMPLE : *abstraction*, *abside*, se diront *a***ps***traction*, *a***ps***ide*, etc.

Le **b** se trouve rarement pour l'orthographe à la fin des mots ; mais il ne s'y trouve jamais pour la prononciation, sans être suivi d'un **e** muet : *aube, bul-***be,** *barbe* ; car dans les mots étrangers introduits dans notre langue le **b** final sonne comme s'il était suivi d'un **e** muet. EXEMPLE : *Achab, Job, Jacob*, etc., que l'on prononce *Achab***e,** *Job***e,** *Jacob***e.** Les mots *radoub, rumb*, se diront aussi *radoub***e,** *rumb***e.**

Caractère muet. — Cette consonne est absolument nulle même devant un mot commençant par une voyelle, dans *plomb, aplomb, surplomb*.

P

Le **p** est la plus forte des consonnes labiales.

Cette lettre est formée du **b** par une dérivation fondée sur les organes mêmes de la parole. Le même mouvement sert à les proférer toutes deux et le son qu'elles font entendre est pour ainsi dire le même.

Cependant si le mouvement est semblable, son action varie : la lèvre supérieure a plus de part à la production du **p,** et l'inférieure à celle du **b,** le son est plus ferme dans le premier, plus faible et plus doux dans le second.

Le **p** initial se prononce toujours, soit devant les voyelles soit devant les consonnes.

Il faut en EXCEPTER le **p** suivi immédiatement d'un **h ;** dans ce cas il forme une consonne composée dont l'articulation est simple et répond à celle de la lettre **f.** Ainsi les mots : *pharmacie, philtre, philosophe,* se prononcent et devraient s'écrire *farmacie, filtre, filosofe.*

On les écrit **ph** parce que ces mots sont tirés du grec, ainsi qu'une foule de mots français qui, pour des raisons d'étymologie, ont une orthographe tout à fait différente de leur prononciation.

Le **p** redoublé se prononce généralement comme un seul. La double consonne devrait donc être supprimée dans un grand nombre de mots.

Le **p** final se prononce dans la plupart des mots, comme *cap, cep, hanap,* etc.

Sont EXCEPTÉS de cette règle les mots : *camp, champ, sirop, loup, drap, galop.*

Dans les mots *beaucoup* et *trop,* le **p** final se prononce quand il est suivi d'une voyelle, sinon il ne se fait pas entendre.

Caractère muet. — Dans le corps d'un mot, le **p** ne se fait généralement pas sentir quand il se trouve placé entre deux consonnes. Exemple : *compte, prompt, sculpture*, etc.

Exercice

14me. — L'élève soulignera les consonnes **b** et **p,** lorsqu'elles seront *muettes* ; il mettra un **p** sous le **b** lorsque celui-ci en empruntera la prononciation.

Comment en un plomb vil l'or pur s'est-il changé. Se rendre digne de l'absolution. Le loup et l'agneau. L'éponge absorbe l'eau. Réfléchissez beaucoup et exécutez promptement. Il est exténué de jeûne et d'abstinence. Il courait au galop au Camp du drap d'or. Cette sculpture manque d'aplomb. La comptabilité n'est pas une science abstraite.

M

L'articulation dont la lettre **m** est le signe représentatif est appelée labio-nasale, parce que, en exigeant le rapprochement des lèvres, elle oblige forcément le nez à livrer passage à une partie de l'air sonore comprimé dans la bouche.

Dans presque toutes les langues, cette lettre appartient à l'idée de mère : *ma, maman, mater, madre, matter, math.*

Au commencement d'un mot , la prononciation du **m** est toujours la même ; le son propre de cette lettre est comme dans les mots *machine, morale, midi, muse,* etc.

A la fin d'un mot au contraire, elle peut se modifier considérablement ; elle prend presque toujours le son du **n,** comme dans *faim, nom, parfum,* que l'on prononc *fain, no**n**, parfu**n**.*

Exception : Sont exceptés de cette règle un assez grand nombre de noms propres appartenant à des langues étrangères et dans lesquels le **m** final conserve sa véritable prononciation, tels que : *Sem, Abraham, Rotterdam,* etc.

Il y a cependant quelques noms où cette lettre est

prononce comme le **n** ; ainsi on écrit *Adam* et l'on prononce *Adan*.

Dans le corps d'un mot et à la fin d'une syllabe, le **m** prend aussi la prononciation du **n**, comme dans *combler, combiner, assembler, campagne,* etc.

Lorsque le **m** est redoublé, c'est-à-dire suivi d'un second **m** commençant la syllabe suivante, il conserve sa valeur, comme dans *immortel, commuer, immense, mammifère.*
  EXCEPTION : Les mots commençant par **em** comme **em***mener,* **em***maillotter,* ont le premier **m** qui se prononce **n**.

Le **m** garde sa prononciation quand la syllabe suivante commence par un **n**, par exemple dans *amnistie, omnipotence, indemnité, gymnase.*
  On doit EXCEPTER le mot *automne,* et les verbes *damner, condamner* et leurs dérivés, que l'on prononce *autone,* daner, *condaner.*

Dans la plupart des cas où le **m** se redouble, la voyelle précédente devient brève, comme dans *homme, femme, gamme ;* quelquefois elle devient longue comme dans *flamme (flâmme),* suivant l'effet ordinaire des consonnes doubles en français, qui rendent longue la voyelle qui les précède.
  Il est à remarquer que si la voyelle est longue dans le mot *flamme,* c'est pour permettre aux organes de bien articuler le **f** et le **l** ; donc il en sera de même pour tous les mots analogues.

Em se rend par **ein** dans *sempiternel, Memphis, semper, Sempronius, Bembo,* et dans quelques noms propres d'origine allemande ou hollandaise, comme *Nuremberg, Rembrandt, Wurtemberg,* etc.

La lettre **m**, lorsqu'elle est muette, ou qu'elle prend le son du **n**, ne saurait entrer en liaison avec une voyelle suivante sans blesser l'harmonie du langage.
  Cette observation s'applique aux cinq terminaisons **am, em, im, om, um** ; on ne peut donc pas dire

même en poésie : *Ada-**m**-et Eve, la fai-**m**-et la soif,
un no-**m**-illustre, un parfun-**m**-exquis.*

Cette prononciation est tout à fait fausse et ridicule.

Exercice

15me. — L'élève soulignera le **m**, lorsque cette lettre
sera *muette* ; il mettra un **n** sous le **m** lorsque cette
dernière en prendra le son.

Combien de pauvres sont oubliés ! L'ambition a des
empressements funestes. Cette condamnation m'a fait
parvenir au comble de la douleur. La faim et la soif
sont péremptoires. L'automne est une belle saison. Je
déménage et j'emménage. L'emmanchure me gêne.
Il souffre comme un damné. C'est une sommité médi-
cale qui emmaillotte l'enfant. Je crois à la somnam-
bule.

N

Pour articuler cette lettre, la langue s'appuie
fortement contre la partie antérieure du palais ; un son
sourd se fait entendre dans le nez, de là sa dénomination de linguale-nasale.

Le **n** est le signe de l'articulation **ne**, dans toutes les
occasions où cette lettre commence la syllabe, comme
dans *Ninive, nous, nombre.*

Suivie d'une autre consonne que **n**, cette lettre prend
le son nasal comme dans **en***tier,* *commencer,* etc.

Le **n**, à la fin de la syllabe, est le signe orthographique de la nasalité de la voyelle précédente, comme dans
en, *ban, bon, lien, in*dice. on*de, fondre* ; EXCEPTÉ
les mots : *abdomen, hymen, amen* et *Eden,* où le **n**
final représente l'articulation **ne**.

Dans la terminaison **ent** des verbes de la 3me personne du pluriel, l'**e** seul se fait entendre comme au
singulier. EXEMPLE : *Je chante, ils chante-***nt** ; *je con-
vie, ils convie-***nt**.

Néanmoins, dans plusieurs mots terminés par la
lettre **n**, comme signe de nasalité, il arrive souvent

que l'on fait entendre l'articulation **ne**, si le mot suivant commence par une voyelle ou un **h** muet. En voici les principaux cas :

1° Si un adjectif terminé par un **n** nasal se trouve immédiatement suivi du nom auquel il a rapport, et que ce nom commence par une voyelle ou un **h** muet, on prononce l'articulation **ne**, c'est-à-dire on fait la liaison. Exemple : *bo*-**n**-*ouvrage, ancié*-**n**-*ami, vilai*-**n**-*homme*.

2° On prononce de même les adjectifs : **un, mon, ton, son,** s'ils ne sont séparés du nom que par d'autres adjectifs qui y ont rapport. Exemple : *Un*-**n**-*excellent ouvrage, mo*-**n**-*intime ami, to*-**n**-*unique espérance*.

Hors de là on ne fait pas entendre l'articulation **ne**, quoique le mot suivant commence par une voyelle ou un **h** muet.

Le substantif *bien* a toujours le son nasal ; mais l'adverbe *bien* fait entendre l'articulation **ne** après le son nasal lorsqu'il est immédiatement suivi de l'adjectif, de l'adverbe ou du verbe qu'il modifie lorsque cet adjectif, cet adverbe ou ce verbe commence par une voyelle ou un **h** muet. Exemple : *bié*-**n**-*aise, bié*-**n**-*utilement*, etc.

Suivie de tout autre mot, la lettre **n** n'y est plus qu'un signe de nasalité.

Lorsque le **n** est redoublé, il n'a pas ordinairemt en le son nasal et se prononce comme le **n** simple.

Les mots : *anneau, année, solennel, hennir, ennemi,* etc., se prononcent *aneau, anée, solanel. hanir*, etc.

Exception : Cependant les deux **n** se font sentir dans *annales, annuler, ennoblir, connivence, inné, innover, innombrable*, et dans quelques autres mots ou noms propres.

AN. — Jamais les mots en **an** ne doivent se lier avec les voyelles qui les suivent. Ainsi au lieu de dire : *un courtisa*-**n**-*adroit, un ouraga*-**n**-*affreux* ; il faut dire sans liaison : *un courtisan adroit, un ouragan affreux*.

Même règle pour les mots terminés en **éan**, comme

Océan, et en **ein**, comme *dessein*. Il y a une EXCEPTION
en faveur du mot *plein*.

EN. — Si la préposition **en** est suivie d'un complément qui commence par une voyelle ou par un **h** muet,
on fait la liaison : *en-**n**-Italie, en-**n**-un moment,* etc.

Si le complément commence par une consonne, **n** est
nasal.

Si l'adverbe **en** est avant un verbe commençant par
une voyelle, on prononce **ne**. EXEMPLE : *vous en-**n**-
êtes assuré,* en-**n**-a-t-on- parlé ?

Mais si l'adverbe **en** est après le verbe, il demeure
purement nasal malgré la voyelle suivante.

IN. — La voyelle nasale **in** garde toujours le son
qui lui est naturel, EXCEPTÉ dans le petit nombre de
mots où elle est suivie d'un **h**, comme dans *inhaler,
inhabité, inhumain*, etc., que l'on prononce : *i-**n**ha-
ler, i-**n**habité, i-**n**humain.*

ON. — Placé avant le verbe dans les propositions
positives, **on** fait entendre l'articulation. EXEMPLE :
*o-**n**-aime, o-**n**-a dit, o-**n**-y travaille,* etc.

Dans les phrases interrogatives, **on**, étant après le
verbe, ou du moins après l'auxiliaire, est purement
nasal, malgré les voyelles suivantes. EXEMPLE : *a-t-**on**
eu soin ? En est-**on** assuré ?*

UN.— La finale **un** est une de celles qui comportent
le plus de difficultés et dont la prononciation éprouve
le plus de contradictions. Les uns font la liaison,
d'autres la réprouvent.

Ce qui n'est contesté par personne, c'est que les noms
de ville comme *Autun, Verdun, Melun*, etc., ne
souffrent point de liaison, et que le mot **un** ne se lie
jamais devant les mots : *oui, huit, onzième.*

Exercice

16me. — L'élève indiquera par un trait d'union les
mots finissant par **n,** susceptibles de se lier avec le mot
suivant.

Un enfant sage. L'Eden est un charmant séjour. Mon

espérance et ma foi. La religion est la base de tout. Un homme adroit. Une punition injuste. Je pars en un instant. L'hymen est une chose sacrée. La société demande qu'on aime la patrie. Mon fils bien aimé. S'il s'applique bien il aura un ouvrage. J'ai suivi un dessein adroit. L'Océan est agité. Pour un oui ou pour un non il se fâche. Le homard est un vilain animal. Je suis bien heureux qu'il réussisse.

MODÈLE DU DEVOIR :

Un-enfant sage...

GN

Réuni au **g,** le **n** forme une articulation particulière qui se prononce comme si cette consonne conjointe était suivie d'un **i,** c'est ce qui lui a valu le nom de **mouillée,** comme dans les mots : *digne, pignon, magnifique,* etc.

Lorsque les deux lettres sont prononcées séparément, cette consonne fait partie des **gutturales.** On en verra l'explication au chapitre qui leur est consacré.

Gn initial n'a presque jamais le son mouillé, quelques mots seuls font EXCEPTION et encore ne sont-ils employés que rarement.

Dans le mot *incognito,* le **gn** est mouillé et c'est à tort que nombre de personnes prononcent *incog-nito.*

Enfin dans quelques noms propres, le **n** seul se fait sentir. EXEMPLE : *Clugny, Regnaut, Regnard,* etc., se prononce *Cluny, Renaud, Renard.*

II. — *LES FRAPPANTES*

D

Le **d** est la plus douce des articulations que les grammairiens appellent dentales, parce qu'elles s'articulent par un mouvement de la langue sur les dents.

Elle offre d'ailleurs l'image fidèle de la mâchoire, et même celle de la langue étendue et disposée comme elle l'est en le proférant.

La consonne **d** a pour correspondante forte le **t,** aussi se change-t-elle souvent en cette dernière lettre.

Au commencement ou dans le corps d'un mot le **d** a le son qui lui est propre. *Dieu, admirer, dommage, désir, abandon,* etc.

A la fin d'un mot, **d** ne se fait point sentir lorsque le mot qui suit commence par une consonne, mais s'il commence par une voyelle ou un **h** non aspiré, il prend le son du **t**. EXEMPLE : *grand homme, de fond en comble;* prononcez *gran-t-homme, de fon-t-en comble.*

Cette conversion du **d** en **t** est d'autant plus heureuse pour les adjectifs masculins, qu'elle en détermine le genre à la simple audition et sans le secours de la vue.

Dans tous les verbes qui prennent le **d** final à la 3ᵐᵉ personne du singulier de l'indicatif, on prononce aussi **t,** comme *rend-il, apprend-elle,* on dira *rent-il, appren-t-elle.*

CARACTÈRE MUET. — Le **d** final est toujours muet dans les noms communs, tels que : *gond, crapaud, nid, accord,* etc., EXCEPTÉ le mot *sud.*

Dans le mot *pied,* il ne se fait sentir que lorsque ce mot entre dans la composition d'un autre mot. EXEMPLE : *pied à terre, de pied en cap;* prononcez *pié-t-à terre, de pié-t-en cap.* Dans le mot *pied à pied* il ne se prononce pas, il serait ridicule de donner au même mot deux fois répété deux prononciations différentes.

Le **d** final est également muet dans les noms propres français ou étrangers, lorsqu'il est précédé de la lettre **n** ou **r.** EXEMPLE : *Gérard, Richard, Raymond, Edmond, Périgord,* etc.

Dans tous les autres noms français ou étrangers, rares à la vérité, où le **d** est précédé d'une voyelle, il s'articule. EXEMPLE : *Joad, Conrad, Alfred, le Cid, David,* etc., EXCEPTÉ *Madrid.*

Exercice

17ᵐᵉ. — L'élève soulignera les **d** *muets* et mettra un **t** sous le **d** lorsque celui-ci en prendra le son.

J'admire le nid des oiseaux. Un regard ardent. Le

Cid est un grand espagnol. L'histoire de David est édifiante, aussi nous apprend-elle à honorer Dieu. Les truffes nous viennent du Périgord. Joad fut un prophète. Un accord parfait. Madrid est situé au sud. Alfred vend-il des gonds ? Sigismond craint le froid. Les lois du Talmud. Catherine Howard fut une des femmes d'Henri VIII. Bernard est courtaud de boutique.

T

Pour proférer le **t,** la langue s'appuie fortement sur les dents de la mâchoire supérieure et les frappe aussitôt d'un coup vif et rapide. C'est ce coup, sans lequel cette articulation ne peut avoir lieu, qui en fait le son le plus ferme et le plus sec qui soit dans la voix.

Le **t** étant donc une lettre frappante, ne pouvait se figurer que par quelque chose de semblable ; c'est aussi ce que nous offre le **t,** sous le symbole d'un marteau dont il est l'image parfaite.

L'opération de l'organe dans la production du **t** est la même que celle du **d,** mais cette dernière lettre a le son plus faible et plus doux.

Cette grande affinité entre le **t** et le **d** explique la manière dont nous prononçons le **d** final, quand le mot qui suit commence par une voyelle. Le **d** se change alors en **t,** tandis qu'on écrit *grand exemple,* on prononce *gran*-**t**-*exemple.*

Une permutation remarquable du **t,** dans notre langue, c'est son changement de prononciation au milieu des mots quand il est suivi d'un **i** et d'une autre voyelle.

Il se prononce tantôt **ti** et tantôt **ci.**

Voici quelques règles qui pourront indiquer la prononciation exacte.

On conserve la prononciation propre **ti :**

1º Dans les substantifs terminés en **tié** ou en **tier,** comme *amitié, chantier, sentier, pitié,* etc.

2º Dans les mots terminés en **tie,** comme *partie, dynastie, garantie, amnistie;* sont EXCEPTÉS quelques

mots comme *ineptie, prophétie, démocratie, aristo-
cratie, suprématie, impéritie.*

3º Dans ceux qui se terminent en **tien** ou **tienne,**
tels que : *soutien, antienne, maintien,* etc.; sont
EXCEPTÉS les noms propres ayant la même terminaison,
comme *Dioclétien, Gratien,* etc.

4º Dans le verbe *châtier* et dans les parties des
verbes terminés en **tions,** comme *nous portions, nous
mettions, nous inspections, nous éditions, nous
exceptions,* etc.

— Le **t** est également dur dans *étioler, épizootie,*
et dans quelques autres mots où il est aussi suivi d'une
voyelle mais qui ne sont pas d'un usage courant.

Il se fait sentir aussi dans *Péthion, Ephestion,
amphyction.*

— La préposition **anti** jointe à un mot commençant
par un **a,** n'empêche pas le **t** d'être dur, comme
antiaploplectique, antiasthmastique, etc.

Suivi d'une voyelle **ti** se prononce **ci :**
1º Dans le mot *patient* et ses dérivés;
2º Dans tous les mots terminés en **tial, tiel, tion,**
et ceux qui en dérivent, comme *partial,* **essentiel,**
partition, etc.
3º Dans les mots *satiété, insatiable,* et les deux
verbes : *initier* et *balbutier.*

Dans notre langue le **t** final se fait entendre lorsque le mot suivant commence par une voyelle ou un
h muet, sinon il ne s'articule pas. Dans bien des cas,
même lorsqu'il est suivi d'une voyelle, on se dispense
de faire la liaison plutôt que de blesser l'oreille. Ainsi
on ne dira pas : *à tor-**t**-et à travers,* mais *à tor-et à
travers.*

Quand il se trouve un **r** devant le **t** final, l'usage
le plus commun est de ne pas prononcer le **t.** EXEM-
PLE : *il part aujourd'hui,* on dira *il par-aujour-
d'hui.*

Le **t** final précédé d'un **e** donne à cette voyelle le
son grave de l'**è** ouvert, *Discret, objet, projet,* se disent *discrèt, objèt, projèt,* etc. EXCEPTÉ la conjonction **et,** qui se prononce avec l'**é** fermé.

Dans les mots suivants monosyllabiques ou empruntés du latin, on fait toujours sonner le **t**, même devant une consonne : *abject, accessit, brut, chut, contact, dot, correct, direct, déficit, fat, granit, exact, échec et mat, lest, incorrect, indirect, infect, net, prétérit, rapt, subit, suspect, strict, tacet, tact, toast, transit, est, zist et zest.*

, L'adjectif numéral *vingt,* se prononce *vin* devant une consonne à la fin des phrases, dans la série de quatre-vingt à cent ; on dit *vinte* devant une voyelle et dans quelques nombres de la série de vingt à trente.

Dans l'adjectif numéral *huit,* le **t** se prononce à moins qu'il ne soit suivi d'une consonne autre que le **h** muet.

TH. — Ces deux consonnes réunies n'ont pas d'autre articulation que celle du **t** simple, la lettre **h** n'étant ici que pour l'étymologie. Les mots *absinthe, acanthe, luth, zénith, Elisabeth, Josabeth,* etc., ne font entendre que le **t.**

Lorsque le **t** est redoublé, on n'en prononce qu'un, Excepté : *atticisme, attique, guttural, pittoresque, quintetto, quintette,* où l'on fait entendre les deux **t,** parce qu'ils sont des parties primitives de ces mots.

Caractère muet. — Dans les mots *Metz, Austerlitz, Biarritz, Seltz, Sedlitz, Coblentz,* le **t** ne se prononce pas, c'est le son du **z** qui se fait entendre.

Exercices

18ᵐᵉ. — L'élève mettra un **c** sous le **t** lorsque ce dernier en prendra la prononciation.

Rien n'égale les décorations de la nature. Il fut accusé d'impéritie. Les peuples réclament l'amnistie. La philosophie chrétienne a des préceptes divins. La France est une grande nation. Gratienne a des désirs insatiables. La patience est une vertu. L'histoire impartiale jugera Péthion. Il balbutie des inepties. Il veut son domaine en entier. Le verbe est la partie essentielle du discours. La digestion est une garantie de bonne santé. Le Titien est le vrai chef de l'école vénitienne.

19ᵐᵉ. — L'élève soulignera les **t** *muets*.

Elisabeth joue du luth, elle part pour Biarritz. Son projet est mis au net. L'étoile paraît au zénith. On est très discret sur la dot de Lisbeth. Le préfet a constaté un déficit. Les émigrés s'enfuirent à Coblentz. Il a fait échec et mat. Il sort à l'instant avec huit hommes, huit chevaux et vingt-deux mulets.

L

L'articulation que représente la lettre l est linguale, et cela s'explique par le mouvement particulier de la langue qui seule peut la produire.

On donne la qualification de **liquide** à cette consonne, tellement elle a d'onctuosité et de fluidité dans son union avec les autres consonnes.

On distingue deux sortes de l : le l ordinaire ou simple et le l mouillé.

Le l ordinaire forme dans la prononciation une de nos liaisons les plus harmonieuses ; il ne fait entendre qu'une seule articulation, qu'il soit simple comme dans *larme, ciel, habile,* ou qu'il soit double comme dans *tranquille, intervalle, colline,* etc.

Cependant le l se redouble, c'est-à-dire fait entendre le son de deux l au commencement des mots composés dont le simple commence par un l. Exemple : *illégal, il-légal ; illégitime, il-légitime.*
— Les deux terminaisons **llaire** et **llation** prennent le redoublement dans tous les mots qui sortent du langage ordinaire, comme *armillaire, axillaire, codicillaire, maxillaire, médullaire, pupillaire, appellation, interpellation, oscillation, titillation, vacillation,* et les mots suivants qui en dépendent : *appellatif, flageller, flagellant, interpeller, osciller, oscillatoire, titiller, vaciller.*
Exception : On prononce avec un seul l, *ollaire, bullaire, décollation, distillation,* l'usage en ayant simplifié la prononciation.

— **Colla, colli, collo,** au commencement des mots se prononcent avec deux **l**, comme dans *collatif, collatéral, colliger, colloque,* etc., EXCEPTÉ *colline, collation* (léger repas), *collage, collant, collier, collision.*

— Dans les noms propres grecs et latins on prononce les deux **l** : *Caracalla, Pallas, Lucullus,* etc.

Le **l** s'articule à la fin des mots, EXCEPTÉ dans *babil, baril, nombril, outil, persil, sourcil, fournil, fusil, fils, gril, gentil, ménil* et leurs dérivés.

De tous ces mots, seul l'adjectif *gentil* peut se lier avec une voyelle ou un **h** muet, le **l** final se mouille dans ce cas. EXEMPLE : *gentil enfant,* se dit *genti-***γ***-enfant.*

Cependant si gentil est au pluriel, c'est le **s** que l'on fait entendre. EXEMPLE : *gentils hommes,* se dit *genti-***s***-hommes.*

CARACTÈRE MUET. — Le **l** se retranche ainsi que le **d** et le **t**, dans les mots terminés en **auld**, en **ault**, et en **ould**, mais ces terminaisons n'appartiennent qu'à des noms propres, tels sont : *Arnauld, Hérault, Hainault, Foucauld, Arnould, Sainte Menehould,* etc.

Le **l** est encore muet dans *pouls, soûl, cul-de-jatte, cul-de-sac, cul-de-lampe.*

L'explication du **l** mouillé est donnée plus loin.

Exercice

20ᵐᵉ. — L'élève soulignera les **l** muets, soit *simples,* soit *redoublés.*

Il vacille de Charybde en Sylla. Ils ont eu un colloque animé avant la collation. Le fier Gallus parut sur la colline. Je passais par Sainte-Menehould. Renauld a le pouls élevé. On entendait le frais babil des gentils enfants. Caracalla fronça le sourcil. Lucullus eût bu un baril de vin de l'Hérault. Jésus fut indignement flagellé. Cet acte est illégal. Mon fils, prends ton fusil qui se trouve au fournil. Cléopâtre fit distiller les perles de son collier. La décollation de saint Jean-Baptiste.

III. — *LES SOUFFLANTES*

F

Le son que fait entendre cette lettre se dépeint parfaitement dans le mot *faux* dont le **f** est l'image, c'est donc un son tranchant et rapide.

Le mot *fuir* en donne aussi l'expression et en exprime le bruit, qui est celui de tout ce qui fend l'air avec célérité.

Cette lettre est essentiellement imitative, et la réunion de plusieurs **f** dans un vers exprime bien le souffle des vents, le frémissement des ondes, tout ce qui se se meut, tout ce qui est prompt, vif et rapide.

Pour la proférer, le dedans de la lèvre inférieure se pose légèrement contre le sommet des dents de la mâchoire supérieure où un léger souffle se fait entendre.

Le **f** est l'articulation forte du **v**, et a pour identique la double lettre **ph** qui, n'ayant pas d'autre valeur, pourrait sans inconvénient disparaître de l'orthographe, si elle ne rappelait l'étymologie des mots dérivés du grec.

La lettre **f** se fait toujours sentir, soit au commencement, soit au milieu des mots : *Fable, girofle, fusil,* etc.

Le redoublement de cette consonne ne change pas sa prononciation. *Offrande, effacer, affliger* se prononcent avec un seul **f**.

Le **f** s'articule à la fin des mots, tant au singulier qu'au pluriel ; il s'articule également en cas de liaison avec une voyelle suivante ou un **h** muet. Exemple : *un veu-**f**-heureux, des veu-**f**-inconsolables.*

— Dans l'adjectif numéral *neuf*, le **f** s'articule lorsqu'il est suivi d'une voyelle, dans ce cas il se prononce comme un **v** ; *neuf ans, neuf heures* se disent *neu-**v**-ans, neu-**v**-heures.*

Lorsque le mot *neuf* est suivi d'une consonne, il ne se fait pas entendre ; *dix-neuf cent* se dit *dix-neu-cent.*

Caractère muet. — Le **f** ne se fait pas sentir dans le

mot *clef* (qu'on écrit plus communément *clé*), *chef-d'œuvre, cerf, éteuf, nerf*, ce dernier pris dans le sens propre, car il sonne dans : *l'argent est le nerf de la guerre*.

Dans *bœuf-gras*, le **f** ne se prononce pas ; il en est de même lorsque les mots *œuf* et *bœuf* sont au pluriel.

Dans tous les autres cas le **f** se fait sentir.

— Quelques grammairiens prétendent que c'est à tort que l'on prononce *des bœu, des œu* au pluriel sans faire sentir le **f**. Il n'y a, disent-ils, aucun motif raisonnable pour que le pluriel soit différent du singulier et une oreille délicate y trouve même de la trivialité. Pourtant on ne saurait en condamner l'usage.

V

Cette consonne, si douce et si favorable à l'harmonie, manque dans un grand nombre d'alphabets étrangers ; sa touche est si légère et sa valeur si fugitive, qu'elle se confond facilement avec les voyelles.

Cette consonne se fait toujours sentir et ne varie jamais.

Ainsi que le **f** dont il est la faible, il suffit de proférer le **v** pour s'apercevoir que le son qu'il fait entendre n'est qu'un souffle, le mot de lettre **soufflante** en exprime parfaitement la valeur et en donne en même temps la vraie définition.

Pour articuler le **v**, les dents de la mâchoire supérieure coupent la lèvre inférieure dans sa longueur.

De toutes les consonnes, la lettre **v** est la seule qui ne se rencontre à la fin d'aucun mot français.

Le **v** se substitue au **f** dans la prononciation du mot *neuf* (adjectif numéral) lié à un autre mot.

Cependant il est des cas où l'on peut très bien faire sentir le **f**, ainsi dans *neuf écus, neuf étrangers, neuf invités*, etc.

— Cette substitution n'a lieu que pour l'adjectif numéral *neuf* ; le **v** ne saurait être articulé au lieu du **f** dans les autres mots placés dans les mêmes conditions.

W. — Quelquefois le **v** se double dans certains mots qui viennent des langues étrangères et qui ont été francisés.

— Dans notre langue cette lettre n'a pas de prononciation arrêtée ; elle suit, en général, celle des pays auxquels nous empruntons les mots où elle figure.

En allemand, le double **w** se prononce comme notre **v**, tandis qu'en anglais on le prononce le plus souvent comme un **ou** très bref ; il en est de même en flamand et en hollandais.

Cette lettre formant double emploi avec l'**u**, le **v** et l'**ou**, on devrait la bannir de nos livres ; d'autant que lorsqu'on la rencontre on hésite à la prononcer, l'usage de notre langue, étant souvent contraire aux règles qui régissent certains mots anglais. Ainsi les mots *Newton*, *New-York*, etc., se prononcent, d'après notre usage, *Neuton*, *Neu-York*, tandis que les anglais disent *Nioutonne*, *Niou-York*.

Dans le doute, il est donc préférable de prononcer simplement le **v** français.

Exercice

21me. — L'élève soulignera les **f** *muets* et mettra un **v** au-dessous de cette lettre lorsque cette consonne se substituera à **f** dans sa *liaison* avec la voyelle suivante.

Neuf hommes sont montés sur neuf arbres pour en cueillir les fruits. Il souffre du nerf optique. L'année dix-neuf cent a soulevé bien des discussions. On part à neuf heures pour la chasse au cerf dans la forêt. J'ai abattu le neuf de carreau. Il a pris son chapeau neuf et la clef de sa porte. Le neuf du mois on verra le bœuf gras. On offre neuf cents francs de ce chef-d'œuvre. Ces officiers sont des chefs intrépides. J'avais dix œufs durs il ne m'en reste que neuf. Le serf m'a raconté l'histoire de l'œuf rouge il y aura bientôt neuf ans.

IV. — *LES SIFFLANTES*

C *doux*

Pour articuler cette consonne, la langue place son extrémité près des dents supérieures sans toutefois les toucher ; un léger sifflement se fait entendre avant l'émission de la voix.

Le **c** pourrait être remplacé avec avantage par le **k** et par le **s,** si n'était son utilité comme caractère étymologique.

Cette lettre a en effet deux valeurs : l'une **sifflante,** l'autre **gutturale**.

Le **c** prend le son sifflant ou doux semblable au **s** devant les voyelles **a, o, u** quand il est marqué de la cédille (**ç**). EXEMPLE : *façade, rançon, reçu,* que l'on prononce *fasade, ranson, resu.*

— Quand il s'articule devant l'une des lettres **e, i, y**, il a également le son doux. EXEMPLE : *celui, céder, cité, cyprès, ancêtre,* que l'on prononce comme s'il y avait *sélui, séder, sité, syprès, ansêtre.*

CH *doux.* — Combiné avec un **h**, le **c** a également deux valeurs, tantôt il prend le son du **k**, tantôt il se prononce comme l'articulation forte du **j**, articulation qui se peint dans l'épithète de **chuintante** (1) qu'on lui a donnée.

Dans tous les mots purement français, ou qui ne sont dérivés que du latin, le **c** et le **h** réunis ont toujours la prononciation sifflante. EXEMPLE : *chute, chercher, chose, charité*, etc.

Le **c** est de toutes les consonnes, celle dont la valeur a éprouvé le plus de variations.

G *doux*

Comme le **c**, cette lettre a deux articulations :

---

(1) Adjectif dérivant du verbe *chuinter* qui sert à exprimer le cri ou le sifflement particulier de la chouette et de certains oiseaux de nuit.

l'une forte ou gutturale **gue**, qui est l'articulation adoucie du **k** ; l'autre douce et sifflante **ge**, qui est l'articulation adoucie de **ch** et qui a pour identique **j**.

Devant **e, i, y**, le **g** se prononce **j**. EXEMPLE : *généreux, gentil, givre, gyrénium*, etc.

EXCEPTION : Quelques noms propres font exception à cette règle, surtout dans les noms étrangers, *Bergem, Gessner*, etc., se disent : *Berghem*, **Ghessner**, etc.

Exercice

22me. — L'élève soulignera les **c, ch, g** *doux*.

Le rosier montre ses gentils bourgeons. La charité qui console vaut quelquefois la charité qui donne. Je contemple la chute des feuilles. Il adoucit sa voix glapissante. Guillaume Tell vainquit Gessler. La civilité puérile et honnête. Il chiffonne une lettre. On raconte qu'il a visité le Chili. Il existe maintes légendes sur la cigogne. Ce farouche Cerbère perçut quelques écus pour sa rançon. Va chercher du charbon. Le givre et la neige couvraient la terre. Au temps d'Eschyle, on entendait mugir Céto, la femme-baleine.

J

Comme pour le **g** doux, pour articuler cette lettre, la langue est couchée, les dents sont peu écartées, les lèvres s'avancent et le souffle résonne entre les dents et les lèvres.

Cette articulation est comprise entre le **ch** et le **z**, elle est d'un emploi fréquent dans notre langue, mais elle est inconnue dans plusieurs langues européennes. Les peuples qui n'ont pas notre articulation ont peine à la prononcer, les enfants même, chez nous, éprouvent certaines difficultés à bien articuler le **j** ; cette difficulté les porte à le remplacer par un **z**.

Le **j** est l'articulation adoucie du **ch**. Les deux mots : *Japon* et *j'ose*, dont l'articulation forte est *chapon* et *chose*, en fournissent l'exemple.

Il a pour identique le **g** doux.

Dans les verbes *jeter, rejeter, déjeter, vergeter,* il est nécessaire de donner à l'**e** muet une durée suffisante pour faciliter le passage d'une articulation à une autre, sans quoi l'on serait forcé de prononcer *ch'ter, rech'ter,* etc., tant le **j** est antipathique avec le **t**.

En français, l'usage a fait adopter le **j** pour initiale d'une foule de noms propres étrangers où cette lettre se prononce **i** dans la langue indigène. Il faudrait dire **I**acob. **I**anus, **I**ésus, **I**érusalem, **I**ob, etc., au lieu de **J**acob, **J**anus, **J**ésus. etc., seulement ces mots s'écrivant en français avec un **j**, nous devons nous conformer à cet usage.

S

On nous représente cette lettre comme le chef-d'œuvre de l'alphabet; en effet le sifflement du **s**, lequel a tant d'analogie avec celui du serpent, en explique la forme sinueuse. Aussi cette lettre est-elle une des plus expressives ; elle réunit le double avantage de l'exactitude du symbole et de la perfection du dessein.

Le **s** a la plus grande affinité avec la lettre **z**. Le même mouvement organique les produit l'une et l'autre avec la différence de plus ou moins de force.

Le **s** a aussi la même articulation que le **c** doux, mais il a tantôt un sifflement fort et tantôt un sifflement faible.

Il se prononce avec un sifflement fort :

1º Au commencement des mots, comme dans **s**acré, **s**aint, **s**auveur, **s**upérieur, etc.;

2º Quand il se trouve placé au milieu des mots, précédé ou suivi d'une autre consonne, comme dans *ab-solu, insidieux, Eustache, insulte,* etc.

On EXCEPTE de cette règle les mots *Alsace, balsa-mine, transiger, transitif,* et leurs dérivés où le **s** se prononce comme un **z**.

3º Au commencement des mots lorsque le **s** est suivi d'une autre consonne, il conserve le son qui lui est propre, comme dans **s**corpion, **s**tatue, **s**tomacal, etc. mais dans la prononciation de ces mots on passe si rapidement sur le **s,** que l'**e** muet du son propre de **se** est à peine entendu.

4° Le **s** se fait sentir dans les mots suivants : *as, bis, vis, fils, rhinocéros, lis, iris, aloès, agnus, lapis, laps, mars, rébus, oremus, chorus, jadis, gratis, Thétis, Kermès, Bacchus, Vénus, quibus, Rubens,* et dans les noms propres ou les noms empruntés aux langues étrangères.

Trois noms sont EXCEPTÉS de cette règle, ce sont *Judas, Mathias, Thomas.*

Le **s** se prononce avec un sifflement faible comme **z :**

1° Quand il est seul entre deux voyelles, comme dans *raser hésiter misère creuser.*

EXCEPTION : quoique placé entre deux voyelles, le **s** prend le son fort dans les mots composés de particules, comme **re, dé, a, mono, para, poly, pré, vrai,** le **s** qui commence les mots qui suivent ces particules est réellement un **s** initial.

Voici les mots faisant partie de cette exception : *asymétrie, asymptote, asyndéton, désuétude, monosyllabe, parasol, polysyllabe, présupposer, resacrer, resaigner, resasser, resaluer, resarcler, vraisemblance, préséance, présupposition.*

2° Quand le **s** sonne à la fin des mots par suite de la liaison avec la voyelle qui commence le mot suivant, il prend également le son du **z.** EXEMPLE : *pa-z-aujourd'hui, gen-z-effrayés.*

CARACTÈRE MUET. — Le **s** final est muet à l'exception des mots cités plus haut, on dit : *trépa, Ger, alor, gen, fraca, héro, repo,* etc., pour *trépas, Gers, alors, gens, fracas, héros, repos.* Cependant si ces mots se trouvent placés devant une voyelle ou un **h** muet, on peut faire la liaison.

Le **s** final muet rend longue la dernière syllabe du mot, on prononcera : *trépâ, fracâ, hérô,* etc.

Dans la poésie, les désinences où le **s** est sonore, riment aussi avec les désinences où il est muet ; c'est au bon goût de choisir la prononciation qui doit le moins choquer l'oreille.

— Il est aussi permis aux poètes de retrancher la lettre **s** à la fin des noms propres.

Ils suppriment encore cette lettre à la fin de la première personne de certains verbes, quand ils y sont forcés par la rime. Ainsi ils écrivent : *je voi* pour *je vois, je croi* pour *je crois.*

Cette suppression constitue une des rares licences poétiques de notre langue.

Exercice

23me. — L'élève mettra un **z** sous l's lorsque celui-ci en prendra le sifflement *doux.*

Le Parisien ne transige pas sur ses droits de préséance. Dans la poésie on doit faire rimer les désinences de la dernière syllabe du vers. Le savant garde souvent le silence. Par leur pacte ils ont formé des nœuds indissolubles Absalon portait la barbe et la moustache. Dalila lui rasa la tête. L'iris fleurit en mars. Il resasse son discours devant des amis attentifs, il causera du scandale. Cette loi tombe en désuétude. Eustache a insulté un Alsacien. On voit Bacchus avec une couronne de raisins. On ne transige pas avec la bastonnade. Une infusion d'aloès. Une salade de scorsonère. Il faut resarcler la rose et la balsamine.

X

La lettre **x** est plus grecque que française, et n'a été admise dans notre alphabet que pour suppléer au **gz** ou au **cs** qui produisent le même son, et peut-être aussi par respect pour l'étymologie grecque.

— Cette consonne n'est qu'une abréviation et non une lettre proprement dite. Elle équivaut au **k** et au **s** dont elle réunit les deux sons, savoir **ke** et **se**, c'est-à-dire **cse,** qui en exprime parfaitement la valeur et qui en est par conséquent la vraie épellation.

Le **x** n'a donc jamais un son qui lui est propre, il se prononce :

1° Tantôt **cs** joints ensemble, comme *exact, extrême;*

2º Tantôt comme **gz**, tels que : *exercice*, **X***avier* ;

3º Tantôt il a le son du **c** dur, comme dans *ex-cepter* ;

4º Tantôt celui du **s** fort, comme dans *Bruxelles* ;

5º Tantôt enfin celui du **z** ou du **s** adouci comme dans *deuxième, sixième,* etc.

Voici quelques règles se rapportant aux différentes prononciations de cette lettre compliquée.

CS. — Au milieu des mots, **x** se prononce **cs** lorsqu'il est entre deux voyelles et que la lettre initiale n'est pas un **e**. Exemple : *acse, axe* ; *macsime, maxime*.

Exception : Il faut excepter *soixante* et ses dérivés, *Bruxelles, Auxonne, Auxerre*.

A la fin des mots il prend le son de **cs**, comme dans ceux-ci : *préfix, préfics* ; *sphynx, sphyncs* ; *styx, stycs*, etc. Ces mots s'écrivent au singulier comme au pluriel et font sentir le **x** même devant une consonne.

Il tient encore le son du **cs** avant un **c** guttural suivi de l'une des trois syllabes **a, o, u,** ou lorsqu'il est suivi d'une consonne autre que la lettre **h,** comme *excavation,* **ec***scavation* ; *excuse,* **ec***scuse* ; *expédient,* **ec***spédient,* etc.

GZ. — Le **x** tient lieu de **gz** lorsqu'il est entre deux voyelles et que la lettre initiale est un **e** ; dans ce cas la lettre **h** qui précéderait l'une des deux voyelles serait réputée nulle. Exemple : *examen,* **eg***zamen* ; *exhiber,* **eg***ziber* ; *exorbitant,* **eg***zorbitant,* etc.

C *guttural.* — Il a le son du **c** fort ou guttural, quand il est suivi d'un **c** sifflant, comme dans *excès, exciter, exciper,* que l'on prononce *ec-cès, ec-citer, ec-ciper.*

S. — Il se prononce comme le **s** fort, dans les noms suivants : *Bruxelles, Auxonne, Auxerre, Aix-en-Provence,* et dans le mot *soixante* et ses dérivés.

— Lorsque les deux adjectifs numéraux *six, dix,* ne sont point suivis du nom de l'espèce nombre, **x** se prononce comme un **s** : *sis, dis.*

Z. — Les adjectifs *deux, six, dix*, étant suivis du nom de l'espèce nombrée commençant par une voyelle ou par un **h** muet, ou bien le mot *dix* n'étant qu'une partie élémentaire du nombre numéral composé et se trouvant suivi d'une autre partie de même nature, on prononce le **x** final comme un **z**. EXEMPLE : *deux hommes, six autels, dix-neuf*, se diront *deu-**z**-hommes, si-**z**-autels, di-**z**-neuf*.

— On a vu qu'à la fin des mots, **x** prend parfois le son de **cs** ; voici les cas où on le prononce **z,** le mot suivant commençant par une voyelle ou un **h** muet :

1° Dans les terminaisons en **aux**. EXEMPLE : *aux amis, baux à terme; au-**z**-amis, bau-**z**-à terme*.

2° A la fin d'un nom suivi de son adjectif ou d'un adjectif suivi du nom auquel il s'accorde. EXEMPLE : *chevaux alertes, affreux état ; chevau-**z**- alertes, affreu-**z**-état*.

3° Après les verbes *veux* et *peux*, comme *je veux y aller, tu peux écrire ; je veu-**z**-y aller, tu peu-**z**-écrire*.

CARACTÈRE MUET. — Le **x** final ne se prononce pas devant une consonne, ou quand le sens de la phrase n'indique pas la liaison. EXEMPLE : *paix durable, généreux combattant; paî durable, généreû combattant*.

On doit EXCEPTER les mots dont il a été parlé plus haut et qui ont la même terminaison au singulier comme au pluriel, même devant une consonne, par exemple le mot *lynx*, que l'on prononce *lyn**cs***.

Exercice

24ᵐᵉ. — L'élève mettra sous l'**x** les différentes prononciations que prend cette consonne.

A Bruxelles les loyers sont d'un prix exorbitant. Il exhibe un luxe excessif. Soixante-six élèves ont passé leurs examens. Alexandre cherche des expédients pour couvrir ses excès. Xercès excitait ses soldats. Tu peux écrire à ces deux enfants. Il est arrivé dixième à Auxonne. Xavier a des yeux de lynx. Le style de Xénophon est d'une douceur exquise. Un xénomane est celui qui a la manie des voyages. La pyxide est une plante qu'on appelle boîte à savonnette.

Z

Il en est de même du **z** et du **s** comparés comme des autres lettres homophones en général, c'est-à-dire que le son en est à peu près le même. Il ne diffère que par le plus ou moins de force dans le souffle qui le produit; dans le **s**. le sifflement est plus vif et plus aigu, dans le **z** il est plus délicat et plus doux. Le mot *zéphyr* qui flatte si agréablement l'oreille, n'est redevable de cet avantage qu'au son du **z** qui le commence.

Cette consonne conserve toujours sa prononciation propre, qu'elle soit au commencement, au milieu ou à la fin des mots.

Le **z** a paru de tout temps la lettre favorite des enfants et des précieuses.

V. — *LES GUTTURALES*

C *dur*

Les grammairiens considèrent cette lettre, lorsqu'elle est dure, comme la plus forte des articulations.

On a vu que cette consonne a deux valeurs : l'une *sifflante*, l'autre *gutturale*.

On lui donne sa valeur **gutturale**, c'est-à-dire le son du **k** :

1º Devant les voyelles **a, o, u**, comme *cacao, culture, colline*, que l'on prononce **k**akao, **k**ulture, **k**olline.

2º Devant les consonnes **l, r, t**, comme *boucle, création, licteur*, que l'on prononce *boukle*, *kréation*, *likteur*.

3º Lorsque le **c** est redoublé devant les voyelles **e, i**, comme *accident, buccin, accepter*, que l'on prononce *akcident, bukcin, akcepter*.

Devant toute autre lettre que **e** et **i**, le double **c** se prononce comme s'il n'y en avait qu'un, *occuper, okuper ; occulte, okulte ; occasion, okasion*.

EXCEPTION : Quoique placé devant un **a**, le double **c**

se divise et s'articule séparément dans les mots suivants : *peccable, peccante, peccavi, impeccable,* on prononce ces mots avec un **k**, *pekcable, pekcante,* etc.

4º Il prend le son du **k**, à la fin des syllabes, après une voyelle, tant au milieu qu'à la fin des mots. EXEMPLE : *stuc, bloc, duc, échec* (perte), *cric* (bruit d'une chose qu'on déchire), *croc* (onomatopée), etc.

EXCEPTION : Les mots suivants, quoique finissant par un **c**, ne doivent pas le faire sentir : *arsenic, accroc, broc, blanc, escroc, jonc, franc, porc, cric* (machine), *échec* (jeu).

Dans *marc* (ancien poids) et *marc* de raisin ou de café, le **c** est muet ; mais il se fait sentir dans *Marc,* nom propre.

CQ. — Ces deux lettres réunies se prononcent comme un **k**. EXEMPLE : *acquérir, acquiescer,* se disent *akérir, akiescer.*

CH. — Combiné avec **h**, le **c**, dans la plupart des mots d'origine grecque ou hébraïque, a le son dur du **k**.

Ainsi *Achéloüs, Jéricho, psychologie,* etc., se prononcent *Akéloüs, Jériko, psykologie.*

Lorsque la consonne conjointe **ch** termine une syllabe, soit au milieu, soit à la fin des mots, elle a en général l'articulation du **k**. EXEMPLE : *yacht, Abunich, polytechnique,* se prononcent *yak, Abunik, polyteknique.*

— Le mot *looch* (terme de marine) et *looch* (potion) se prononcent l'un et l'autre *lok.*

EXCEPTION : L'usage a excepté de cette règle les mots *Auch, punch, stochfich,* que l'on prononce *Auche, ponche, stokefiche.*

CT. — Dans les mots suivants : *correct, contact, distinct, strict, infect, intact, succinct,* etc., on prononce tout à la fois le **c** et le **t**.

Dans certains mots ayant la même terminaison, comme *aspect respect,* etc., les avis sont partagés, les uns font entendre le **c** et d'autres seulement la terminaison **ct** ; les dictionnaires même ne sont pas d'accord sur ce sujet.

En français, le **k** commence à être substitué au **c** dans les mots slavons et orientaux. Quelques auteurs écrivent *Kadi, Kasan, Kosak, Koran*, etc.

Il serait à désirer que cet exemple fût suivi, afin de décharger la lettre **c** de sa trop grande abondance de mots.

Souvent dans les langues néo-latines, le **c** se change en sa douce **g** ; nous avons en France conservé la prononciation de cette dernière lettre, tout en écrivant le **c** dans le mot *second*, dans toute la conjugaison du verbe *seconder* et ses dérivés.

Exercice

25ᵐᵉ. — L'élève écrira un **k** sous le **c** et sous **CH** lorsque ces consonnes en prendront le son *dur*.

La cochenille fournit la nuance écarlate. Le ver à soie file son cocon. Le crocodile contrefait les cris d'un enfant qui pleure. Le buccin est un ancien instrument de musique. Marc a passé son baccalauréat. La feuille d'acanthe est employée en sculpture. Le duc a subi un échec au jeu d'échecs. Elle prédit l'avenir dans le marc de café. Calchas fut un grand prêtre grec. Il arriva sur les bords de l'Achéron et réclama sa fille aux échos des enfers. Il but de l'arsenic au lieu de punch. Elle est tracassée par les humeurs peccantes. Le voyageur franchit le mont Cnémis et les marais du Sperchius.

G *dur*

Cette consonne est la correspondante faible du **c** *dur*, du **k** et du **q.**

Comme pour prononcer ces trois lettres, la langue s'appuie à la racine des dents inférieures, mais moins fortement, de même les dents s'écartent et les angles des lèvres se portent un peu en dehors.

Le **g** est toujours fort ou guttural, placé devant **a, o, u**, comme *gâter, envergure, golfe,* etc.

Il a la même valeur lorsqu'il est suivi d'une consonne autre que la lettre **n**, comme *glaner, flegme, grossier,* etc.

GN. — Lorsque cette consonne conjointe commence le mot elle n'a jamais le son mouillé qui lui est propre, les deux consonnes doivent être détachées. EXEMPLE : *gnomon, gnostique,* se prononcent **gh-***nomon,* **gh-***nostique.*

La même prononciation a lieu dans les mots suivants : *magnificat, stagnant, stagnation, agnus, Progné, igné, magnat, inexpugnable, imprégnation, agnat, agnation, diagnostic,* et quelques autres très rarement employés que l'on prononce *ma***gh-***nificat,sta***gh-***nant,* etc.

CARACTÈRE MUET. — Le **g** final ne s'articule pas, EXCEPTÉ dans les mots suivants : *joug, bourg, Berg, Young, Hasting, Kiang, Hoang,* qui se prononcent *jou***gue**, *bour***gue**, etc.

Dans les composés de *bourg* et de *berg* le **g** est muet : *Calembourg, Faubourg, Fribourg, Strasbourg, Nuremberg, Hambourg, Cherbourg, Wurtemberg, Luxembourg, Spitzberg.*

— Il est également muet dans *sangsue, vingt, vingtième, vingtaine, quatre-vingt, doigt, doigté, doigtier, Regnard, Regnaud, Compiègne, Clugny.*

Le **g** est redoublé dans un très petit nombre de mots, dans ce cas le premier **g** prend le son du **k.** EXEMPLE : *su***k***gérer* pour *suggérer.*

Les mots d'origine italienne : *Cagliari, bonne voglie, imbroglio,* se prononcent *Caliari, bonne voli, imbrolio.*

A la liaison, le **g** équivaut au **k** et cette liaison a surtout lieu dans le discours soutenu, mais quand les mots terminés par un **g** sont au pluriel, cette lettre disparaît dans la prononciation.

Exercice

26me. — L'élève soulignera les **g** à prononciation *gutturale.*

Le chant de Progné annonce le printemps. Agde est une ancienne ville. Nous avons chanté le Magnificat.

Il a fait un mauvais calembourg. Hasting exerça d'affreux brigandages. Les Gallois prirent une forteresse inexpugnable. De Compiègne il se rendit à Cherbourg et de là à Bergen. Un orang-outang se baigna dans l'eau stagnante. Le duc de Raguse visita le magnat hongrois à Cagliari. Il a apporté un coing du jardin du bourg. Goa est une ville de l'Asie portugaise. On appelle gnomon l'aiguille des cadrans solaires. Il refit son testament par suggestion.

Q

Le **q** a la même valeur que le **k** et le **c** dur, et se permute avec ces lettres.

Cette consonne ne s'écrit jamais sans être suivie d'un **u**, si ce n'est dans quelques mots où elle est finale et dans quelques noms propres.

L'**u** qui suit le **q** est parfois muet comme dans *qualité, querelle, quittance*, etc., que l'on prononce **k**alité, **k**erelle, **k**ittance.

Il se fait entendre dans certains mots comme *équestre quitus, quintette*, etc., que l'on prononce é**ku**-estre, **ku**-itus, etc.

Enfin quelquefois l'**u** se prononce **ou**, comme dans *aquatique*, que l'on prononce a**kou**atique.

QUA. — Si l'on doit désirer une amélioration dans quelques usages de notre prononciation, c'est surtout celle qui concerne les mots commençant en **qua**, dans lesquels cette syllabe se prononce tantôt **ka**, comme *quadrille*, tantôt **koua** comme *quadruple*.

Quelquefois dans le même mot **qu** se prononce de deux manières différentes, comme on le voit dans les mots **qu**in**qu**agénaire; a**qu**ati**qu**e, et cela même sans aucun motif d'étymologie.

Si les auteurs étaient d'accord sur tel ou tel son à donner à ces syllabes, l'inconvénient serait moindre mais les indications données par les dictionnaires sont très vagues.

Quand il y a choix, il est cependant préférable de prononcer **koua**, ce son a d'abord l'avantage d'indiquer presque sûrement l'orthographe, de plus le nombre de mots où cette syllabe se prononce ainsi est beaucoup plus grand que celui où elle sonne **ka.**

QUI. — Pour l'initiale **qui**, on fera sentir l'**u** de préférence quand il y aura doute sur le son à émettre. Exemple *quitus, quirinus,* etc., que l'on prononce **ku**-*itus,* **ku**-*irinus.* En général l'**u** se fait entendre dans les mots venant du latin.

QUE. — Dans **que,** l'**u** ne s'entend à peu près jamais.

Le **q** final se prononce comme **k,** il est muet dans le mot *cinq,* lorsque ce mot est immédiatement suivi d'un substantif commençant par une consonne. Exemple : *cinq vases, cin-vases.* Dans les autres cas le **q** de *cinq* se fait entendre.

La consonne **q** ne se double jamais.

Exercice

27me. — L'élève soulignera **q,** lorsque cette consonne fera entendre le son de l'**u** à sa suite.

Quirinus était adoré par les Romains. Je fus reçu par le questeur de l'assemblée. Vendre un objet le quadruple de sa valeur. Il faut quatre danseurs pour un quadrille. Ce bas-relief représente un quadrige. J'ignore le quantième de sa lettre. Qu'elle se mêle de filer sa quenouille. Il vaut mieux tenir que quérir. La Pentecôte est la quinquagésime pascale. Se tenir droit comme une quille. Le quirime est une pierre merveilleuse. Junon était surnommée quirite. Les feuilles de quisquale se mangent crues. La fortune l'a quitté. Le quadrilatère est une figure géométrique.

H

Il y a des grammairiens qui ne rangent pas cette lettre au nombre des consonnes par la raison bien simple que, dans la plupart des cas, elle ne sonne pas du tout, et ne figure dans le mot qu'à raison de l'éty-

mologie. C'est alors un **h** muet, comme dans *Hercule,
Homère, honneur,* etc., qu'on prononce sans **h.**

Dans d'autres mots tels que : le *héros,* la *haine;*
l'**h** au lieu d'être muet est aspiré, c'est-à-dire prononcé
par un souffle qui sort de la gorge, en tenant la langue
collée aux dents inférieures et en abaissant fortement
la mâchoire.

C'est alors l'**h** véritable, car l'aspiration est l'essence
de cette lettre.

H initial s'aspire dans tous les mots, EXCEPTÉ dans
la plupart de ceux qui nous viennent du latin et où
cette lettre ne sert que de signe étymologique. Il
s'aspire encore étant initial dans presque tous les
noms de villes et de pays : la *Hollande,* la *Hongrie,* le
Hainaut, la *Haye,* etc.

Il s'aspire également entre deux voyelles, comme
dans *cohue, cohorte, Abraham,* etc.

La lettre **h** est muette quand elle n'ajoute rien à la
prononciation de la voyelle qui suit. Dans ce cas il y a
élision de la voyelle finale du mot précédent. EXEMPLE :
la *douce harmonie,* la *dou-ç-armonie.*

CH. — Quoique l'explication de cette consonne conjointe ait été déjà donnée, il n'est pas inutile de
rappeler que dans les mots d'origine arabe, grecque ou
hébraïque, le **ch** se prononce **k.**

Sont EXCEPTÉS les mots suivants qu'un fréquent usage
a francisés et qui ont pris la prononciation sifflante :
*archevêque, chimie, archidiacre, archiprêtre, chéru-
bin, chirurgien, architecte, Michel, Achille, Machiavel,
Ezéchias, Achéron,* ce dernier mot se prononce encore
Akéron, ainsi que *Ezékias; Michel Ange,* se dit aussi
Miquel ou plutôt *Mikel-Ange.*

Ch n'a aucun son dans *almanach,* prononcez
almana.

LH. — Ces deux lettres ont la prononciation mouillée
pareille à celle de deux **ll.** EXEMPLE : *Milhau, Paulhan,*
se prononcent *Mi-iô, Pô-ian.*

PH. — Dans les mots tirés du grec et de l'hébreu ces deux lettres réunies se prononcent **f.**

Exercice

28me. — L'élève soulignera les **h** *aspirés* qui se trouvent dans les mots suivants :

L'eau de la reine de Hongrie est fort connue. Il hésite et ne se hâte point. Je hais la cohue. La honte se lisait sur son front. Les héros conduisaient les cohortes. On doit être humain pour les hirondelles. Cet homme est un histrion. Le visage couvert de hâle il arrive du Hainaut. Les Hollandais pêchent le hareng. Abraham est hargneux. Dieu aime les âmes humbles. La huppe est un charmant oiseau. Callimaque a fait des hymnes. Chair est homonyme de cher. Nous fîmes halte sur la montagne,

VI. — *LA VIBRANTE*

R

De tous les sons articulés, le **r** est celui qui se fait le plus sentir par la nature même de son articulation. Il suffit de s'écouter prononcer cette lettre pour s'apercevoir qu'elle se redouble ou se triple malgré nous. C'est aussi une des lettres les plus difficiles à prononcer; les enfants n'y parviennent qu'avec peine. Quelques personnes même ne l'articulent qu'en grasseyant, c'est là un vice de prononciation; les Parisiens grasseyent, il est vrai, et c'est chez eux un défaut charmant quand il n'est pas affecté.

La consonne **r** est donc le signe représentatif d'une articulation linguale, qui est le résultat d'une vibration très vive de la langue contre le palais. On lui a donné aussi l'épithète de **roulante**, mot d'ailleurs qui la dépeint parfaitement.

Malgré la difficulté de sa prononciation; cette lettre se lie aisément avec les consonnes muettes dans une même syllabe; aussi la classe-t-on parmi les liquides.

Les liaisons de la lettre **r** sont presque toujours d'une extrême douceur.

CARACTÈRE MUET. — Le **r** ne s'articule pas à la fin des mots :

1º Dans les infinitifs de la 1ʳᵉ conjugaison ; EXCEPTÉ dans le discours soutenu, et surtout dans les vers, où le **r** final des infinitifs en **er** peut très bien se lier avec la voyelle d'un mot suivant ;

2º Dans le mot *monsieur*, qu'on prononce *mesieu;*

3º Dans le mot *gars*, qu'on prononce *gâ;*

4º Dans les adjectifs en **er** lorsqu'ils sont marqués du **s** du pluriel, c'est alors cette dernière lettre qui se lie au substantif suivant, d'après l'accord invariable de ces deux parties du discours. EXEMPLE : de *légers efforts*, de *légé-z-efforts;* les *derniers adieux*, les *dernié-z-adieux*.

5º Dans les mots et les noms propres de **plusieurs syllabes** terminés en **ier, yer, cher, ger**, tels que : *bachelier, Fléchier, foyer, archer, horloger, Roger, Béranger*, etc.

Mais le **r** se fait sentir dans les **monosyllabes** en **ier, yer, cher, ger**, tels que : *hier, fier, cher, Gers*, etc.

Il s'articule également dans *Eucher, Fischer, Suger, Niger, Alfier*.

A part les cas que l'on vient de voir le **r** s'articule à la fin des mots.

Au commencement et au milieu des mots il s'articule toujours.

Le redoublement de la lettre **r** se fait souvent sentir dans la prononciation, et ce redoublement contribue à la variété du langage ; seulement on devrait simplifier l'orthographe en retranchant un **r** dans les mots où l'on n'en fait entendre qu'un seul.

Voici les mots soumis au redoublement du **r :**

1º Les futurs et les conditionnels des verbes *mourir, courir, acquérir, requérir*, et leurs dérivés;

2º Les mots qui commencent par **ir**, comme *irrégu-*

lier, irrévérence, irresponsable, etc., EXCEPTÉ irriter et ses dérivés;

3° les mots : *errata, errer, erroné, abhorrer, arrhes, erreur, aberration, concurrence, concurrent, occurrence, errement, horreur, interrègne, horrible, terreur, terrible, torrent, narration, courroux.*

Toutefois quelques-uns de ces mots n'admettent le redoublement que dans le discours soutenu.

`Dans les noms propres où le **r** est redoublé, on n'en prononce qu'un habituellement, cependant on fait parfois sentir les deux **r** dans *Burrhus, Pyrrhus, Pyrrha, pyrriques.*

RH. — Ces deux consonnes n'ont point d'autre articulation que celle du **r** simple.

Exercice

29ᵐᵉ. — L'élève soulignera les **r** *muets* et mettra un trait d'union après **r** final se liant avec le mot suivant :

Mon verdier ne veut pas chanter. Hier, il a reçu son diplôme de bachelier. Les derniers adieux du petit gars. Monsieur Fischer a lu Fléchier. De ce rocher j'aperçois le clocher de l'église. Chanter et danser ne peut durer. On doit aimer son foyer. Roger est un ami bien cher. Il voulait aller attaquer Alfier. Il faut respecter et chérir la vertu. Messieurs les archers, à vous de tirer. A quoi sert d'être fier. Le berger a vu le danger. Ce soulier va te blesser. Le châtaignier dresse son front altier.

VII. — *CONSONNES MOUILLÉES*

On appelle consonnes **mouillées**, celles qui se prononcent avec une certaine mollesse et non avec leur valeur ordinaire. EXEMPLE : *choyer, agneau, Paulhan, grille.*

On voit par cet exemple que **ch, gn, lh, ll**, sont des consonnes mouillées.

Les trois premières consonnes conjointes ayant été
dejà expliquées, il reste donc à parler seulement du
ll mouillé.

La prononciation du **ll** mouillé a soulevé et soulève
encore bien des discussions. Il y a deux manières de
le prononcer.

— Les Parisiens le remplacent simplement par un
y ils disent *mé-yeur, pa-ye, fi-ye, boutè-ye, Versa-ye*,
pour *meilleur, paille, fille, bouteille, Versailles*.

Or, cette prononciation aurait pour effet d'appauvrir
notre langue, d'en rendre lés sons moins variés et
moins harmonieux, le **l** mouillé étant une articulation
parfaitement distincte des voyelles **i** et **y**.

— La seconde façon de le prononcer est particulière
à la plupart des provinciaux, surtout à ceux du Midi,
ils articulent le **l** tout en faisant sentir l'**i** ; la voix
seule, d'ailleurs, peut donner une idée de cette articulation que les grammairiens, en général, déclarent
parfaite mais qu'ils ne conseillent pas dans le discours
soutenu.

— Sans manquer aux règles on peut donc adopter
l'une ou l'autre de ces prononciations.

Voici dans quelles circonstances le **l** a la prononciation mouillée.

Deux **l** précédés d'un **i** se mouillent toujours, *fille,
mantille,* EXCEPTÉ :

1º Quand **ill** est initial, comme dans **ill**u*stre ;*

2º Dans les verbes *distiller, osciller, vaciller ;*

3º Dans les mots terminés en **illaire, illation,**
comme *titill*ation, *maxillaire :*

4º Dans les mots suivants : *Achille, codicille, Gille,
Saint-Gilles, Dille* (nom de ville)*, mille, mil* (nom de
nombre)*, papille, pupille, tranquille, pusillanime,
ville,* et leurs dérivés.

— Il ne faut pas confondre **ill** avec **yll**, qui ne se
mouille jamais.

Les quatre terminaisons masculines **ail, eil, euil,
ouil,** se mouillent toujours sans exception, ainsi que
leurs terminaisons féminines.

Ex. : *travail, réveil, treuil, verrouil.*

— Les terminaisons masculines **illars, illit, illard,**

illon, illot, illac, illy, sont dans le même cas, comme appartenant à des mots purement français.

Ex. : *Billy, Condillac, billot, Massillon,* etc.

— Même chose a lieu pour les noms propres, parce qu'ils ont une origine semblable.

Quatre noms terminés en **il** font sentir le **l** mouillé, ce sont : *fenil, grésil, mil* (pour millet) et *avril,* même pour ce dernier mot l'usage fait dire *avri***le.**

Exercices

30me. — L'élève soulignera les *consonnes mouillées.*

On peut être gentilhomme par le cœur. Versailles, Rambouillet sont des villes où les rois ont séjourné. Cette médaille est merveilleuse. Il ajouta un codicille au testament. Gille monte sur la colline pour cueillir des feuilles de tilleul. Le sire de Pardailhan pilla Villers. Les fillettes babillent. Il n'y a plus un grain de mil dans le poulailler. L'amiral parut sur le tillac. J'écris un billet à ma pupille. Achille est loin d'être pusillanime. Camille distille des fleurs. La monnaie de billon est vulgaire. La sibylle a souillé ses sentiments. Tilly est près de Caen. Milhau est dans l'Aveyron.

DÉFAUTS D'ARTICULATION

Les principaux défauts d'articulation sont : le *Bégaiement,* le *Biaisement,* le *Bredouillement,* le *Grasseyement,* le *Sifflement* et le *Zézaiement.*

Le **bégaiement** consiste dans une difficulté plus ou moins grande de parler, dans une hésitation pénible, une répétition saccadée d'une même syllabe avant de pouvoir prononcer la syllabe suivante. C'est une affection nerveuse que l'on peut guérir avec de la persévérance à exécuter les exercices nécessaires.

Le bégaiement n'affecte pas toujours les mêmes organes et il est à remarquer que certaines personnes ont de la difficulté à prononcer les *frappantes*, d'autres les *sifflantes*; chez les unes ce sont les lèvres qui ont de la peine à articuler, chez les autres c'est la langue, presque toutes manquent de souffle.

Pour tâcher de corriger ce défaut il faut donc aspirer largement, appuyer fortement les organes chargés d'articuler et ne laisser échapper le son qu'avec l'expiration de l'air.

On commencera par faire cet exercice sur chaque consonne en la prononçant longuement, puis on le fera d'un mouvement plus rapide, ensuite on ajoutera chacune des voyelles à chacune des consonnes.

— Quand on fera cet exercice avec des mots de plusieurs syllabes, il sera nécessaire de respirer entre chacune d'elles afin de prendre le temps de bien placer les organes pour le changement d'articulation.

Le **biaisement** consiste dans la paresse de la langue qui se place en travers de la bouche et ne bouge plus de cette position.

Ce défaut produit un son mouillé et pâteux qui dénature presque toutes les consonnes.

C'est encore des exercices lents et réguliers qui corrigeront ce vice marqué de prononciation.

Il faudra observer quelles sont les consonnes mal articulées et faire travailler les organes chargés de les émettre; ce premier travail terminé, on réunira un son à l'articulation.

Le **bredouillement** est une prononciation vicieuse qui résulte d'une trop grande précipitation à parler.

Les mots mal articulés se confondent dans un bruit sourd qui empêche de les comprendre.

Avec des exercices de lecture lents et mesurés on parviendra à se défaire de cette fâcheuse habitude.

Les vers alexandrins qui demandent une grande ampleur de diction pourront servir d'exercices.

Le **grasseyement** est une manière défectueuse de prononcer le **r**; au lieu de porter la langue au palais et d'émettre un son vibrant, on resserre la gorge d'où il ne sort qu'un son rauque et gras, désagréable à entendre quand il est souvent renouvelé et surtout quand il est affecté.

Pour éviter ce défaut on fera des exercices sur chaque consonne et sur chaque voyelle en intercalant un **r** entre les deux lettres.

EXEMPLE : *bra, bre, bri, bro, bru.*

cra, cre, cri, cro, cru,

dra, dre, dri, dro, dru, etc.

On observera surtout de faire vibrer le **r** par un roulement prolongé de la langue contre le palais.

— Autrefois pour obtenir la note vibrante du **r**, on faisait dire et redire les vers suivants, tirés du 1er acte de *Sémiramis* de Voltaire :

Oui, Mithrane, en secret, l'ordre émané du trône
Remet *entre tes bras Arsace et Babylone.*
Que la reine en ces lieux brillants de sa splendeur,
De son puissant génie imprime la grandeur !
Quel art a pu former ces enceintes profondes
Où l'Euphrate égaré porte en tribut ses ondes, etc,

Le **sifflement** provient de ce que la pointe de la langue se place entre les dents, dans l'articulation des consonnes homophones **c** doux, **s** et **z** ; **g** doux et **j**.

Ce défaut est aussi nommé **blésité**.

Il suffit de placer la langue non entre les dents, mais derrière la mâchoire supérieure pour bien prononcer le **c**, le **s** ou le **z**, ensuite on articulera fortement.

— Pour le **g** et le **j** on laissera la langue couchée dans l'intérieur de la bouche et le sifflement passera entre les dents sans que la langue y participe.

Voici un exercice qui pourra servir d'exemple :

Oui, ce cœur généreux, dans cette circonstance,
A gémi de nos maux et cessé sa vengeance.
Son génie *a vaincu, le ciel est apaisé,*
Et **C**yrus *règnera sur ce peuple abusé.*

Le **zézayement** consiste à prononcer le **z** pour le **j** ou le **g** doux. Ce défaut n'est pas rare chez les enfants.

Encore là une observation exacte dans l'articulation fera disparaître ce défaut.

— Une autre substitution de lettres est celle du **g**

dur, du **k** et du **q**, en un mot de toutes les gutturales
en **d** et en **t**.

Pour dire **coquelicot**, **garçon**, on dit **totelitot**,
darçon.

On devra faire des exercices répétés sur les consonnes *gutturales*, en ayant soin de bien placer la langue.

LOCUTIONS ET MOTS ÉTRANGERS

Longtemps la langue française a été la seconde langue de tous les peuples, comme la France était leur
seconde patrie. Aujourd'hui il est de mode, chez nous,
d'emprunter aux langues étrangères, et surtout à la
langue-anglaise, une foule de mots non seulement pour
la chasse, la pêche, l'équitation, le canotage et tous
les exercices du corps, mais encore pour les jeux et pour
le monde.

Il faut réagir contre cet envahissement progressif, la
langue française est assez riche pour n'avoir nul besoin
de contracter des emprunts ; elle est en butte à trop de
dangers pour qu'on ne s'attache pas à la défendre.

Mais si nous engageons de supprimer de la conversation tous les mots qui ne sont pas purement français, il
arrive, trop souvent, qu'on se trouve dans l'obligation
de les prononcer en lisant les journaux, les revues ou
les livres modernes. C'est pourquoi nous donnons ici,
pour les personnes ne parlant ni l'anglais ni l'allemand,
une liste des mots les plus usités avec leur prononciation en regard :

All right : Ol-ra-ï-te.
Bow-window : bô-ouinndo.
Clown : claoun.
Club : cleub.
Cok-tail : coq-tèle.
Cottage : cottedge.
Darling : darlingue.
Esquire : escouaïre.
Five o' clock tea : faï-ve o' cloc-te.

Flirt : fleurte.
Foot-ball : foute-bôl.
For ever : for éveur.
Forget me not : forguette mi note.
Fox terrier : fox-terrieur.
Garden-party : gardn-parti.
Gentleman farmer : djine-tlémane farmeur.
Gin ; djine.
God save the queen : god sève ze couine.
High-life : ha-i-la-i-fe.
Home : ôme.
House : aouse.
Interview : ineteurviou.
Interviewer : ineteurviouveur.
Jackson : djacqsone.
Kronprinz : croûn-prinntz.
Lady : leddé.
Lawn-tennis : lou-te-niss.
Leader : lideur.
Leit-motiv : laït-motif.
Lied : lidde.
Lord : lorde.
Meeting : miting.
Mistress : missesse.
Pale ale : pêle-êle.
Penny : penn-aï.
Pickles : piclès.
Plum-cake : ploum-kèque.
Pudding : pouding.
Quaker : couacre.
Rally-paper : rali-pépeur.
Record : ricorde.
Remember : rimmembeur.
Reporter : reporteur.
Rocking-chair : roking-tchair.
Sandwich : sanedouitche.
Shampoing : champou-ïng.
Shilling : chélingn.
Shocking : choquign.
Snow-boot : snô-boute.
Sportsman : sportt-smane.
Stout : staoute.
Struggle for life : streu-gueul-for-la-ï-fe.

Tender : teundeur.
That is the question : zatt iz ze quou-ech-tieunn.
Vergis mein nicht : fer giusse ma-ïnne nichte.
Warrant : ouorraunt.
Yacht: iôtt.

DEUXIÈME PARTIE

LECTURE ET DICTION

ACCENTUATION

L'accent (1) est la modulation de la voix humaine
qui s'élève ou s'abaisse sur certaines syllabes et leur
donne plus ou moins d'intensité, d'où résulte cette
variété qui n'est pas un simple ornement de la parole,
mais qui en est un élément aussi nécessaire que le son
lui-même.

L'accent est, pour ainsi dire, la physionomie de la
voix.

Un mot, même isolé, ne doit pas être considéré
comme une suite de sons ajoutés les uns aux autres ;
c'est un ensemble qui a ses parties distinctes, un commencement et une fin, une élévation et un abaissement.

Il en est de même d'une période ; nous ne prononçons pas les mots qui la composent avec la même
intensité ; il y en a sur lesquels nous élevons la voix, il
y en a d'autres sur lesquels nous l'abaissons ; en sorte
qu'une phrase est également un tout, qui a un commencement et une fin, une élévation et un abaissement.

Enfin le sentiment vient ajouter de nouvelles
inflexions à celles que l'usage et l'origine de la langue
ont données aux mots pris en eux-mêmes, et à celles
que la construction de la phrase donne aux mots, en
tant qu'exprimant une pensée par leur accord.

---

(1) Dictionnaire Bescherelle.

De là résultent trois sortes d'accents :
1º L'accent **tonique;**
2º L'accent **logique;**
3º L'accent **expressif.**

I. — *ACCENT TONIQUE*

Chaque mot a une **tonique,** une syllabe accentuée, sur laquelle la voix s'élève et s'appuie plus ou moins longtemps ; mais plus longtemps et plus vivement que sur les autres parties du mot. C'est sur cette syllabe que doit porter l'accent dit **tonique.**

Il se dit aussi des syllabes mêmes sur lesquelles porte cet accent, on dit la *syllabe tonique* ou la *tonique.*

Il faut se garder de confondre l'*accent* avec la *quantité*, ce sont deux choses très distinctes. L'*accent* se rapporte au ton : par lui les syllabes sont graves ou aiguës ; la *quantité* se rapporte au temps : par lui les syllabes sont longues ou brèves.

Certains grammairiens prétendent qu'il ne peut y avoir d'accent français, que la précision à cet égard est une chimère. La quantité, disent-ils, peut être soumise à des règles mais non l'accent qui se modifie selon les tempéraments, le caractère ou la vivacité des individus. A leur avis, il n'y a pas un seul mot chez nous qui soit articulé avec la même accentuation, non seulement d'une partie de la France à l'autre, mais dans la capitale même.

Parmi les langues modernes, la langue italienne est celle qui, dans sa prosodie, a les intonations les plus marquées et les plus variées en même temps ; pour n'être pas si marqué l'accent français l'est cependant assez pour qu'une oreille un peu exercée puisse le distinguer.

En règle générale, l'harmonie exige que l'accent se porte sur la dernière syllabe quand elle n'est pas muette ou sur la pénultième ou avant-dernière syllabe, si la dernière est muette.

Exemple : *mai***son,** *beau***té,** *va***se,** *lan***ga***ge,* etc.

Il existe des dictionnaires italiens, anglais, allemands, etc., où l'on a marqué l'accent tonique ; il n'en existe pas en français.

Exercice

31me. — L'élève fera un trait sous la syllabe *tonique*.

Accessit. Physiologie. Accident. Eventail. Table. Mouchoir. Papier. Boîte. Ciseaux. Livre. Panier. Statuer. Tapis. Académie. Folie. Visiblement. Aveugle. Demander. Qualité. Acception. Bonté. Reine. Profit. Absolument. Portrait. Glace. Journée. Inquiétude. Travail. Etal. Coque.

II. — *ACCENT LOGIQUE*

On confond souvent l'*accent logique* ou *rationnel* avec l'*accent tonique* ou *grammatical*. La différence est la même entre ces deux accents que celle qui existe entre l'*analyse grammaticale* et l'*analyse logique*.

La première ne s'occupe que de la qualité des mots et la seconde décompose la proposition en *sujet,* en *verbe* et en *attribut*.

L'accent **logique** signale donc à l'intelligence la vérité de la pensée, en indiquant le rapport, la connexion plus ou moins grande que les propositions et les idées ont entre elles. Cette sorte d'accent se marque en partie par la ponctuation.

En général, une phrase est une suite de mots formant la même idée, et tellement enchaînés qu'on ne pourrait les interrompre sans faire un contre-sens jusqu'à ce que la phrase se termine sur un repos complet ou sur un repos suspensif marqué par un signe de ponctuation.

On verra dans le chapitre traitant de la *Phraséologie* quelles sortes d'inflexions doit prendre la voix dans l'énonciation d'une proposition, suivant l'ordre de la logique, des pensées et des sentiments.

Exercice

32ᵐᵉ. — L'élève mettra la *ponctuation* indiquée par le sens de chaque phrase.

La vie humaine est semblable à un chemin dont l'issue est un précipice affreux on nous en avertit dès le premier pas mais la loi est prononcée il faut avancer toujours.

Soit que Dieu soulevant les bassins des mers ait versé sur les continents l'océan troublé soit que détournant le soleil de sa route il lui ait commandé de se lever sur le pôle avec des signes funestes il est certain qu'un affreux déluge a ravagé la terre.

Venez peuples venez maintenant mais venez plutôt princes et seigneurs et vous qui jugez la terre et vous qui ouvrez aux hommes les portes du ciel et vous plus que tous les autres princes et princesses nobles rejetons de tant de rois lumières de la France mais aujourd'hui obscurcies et couvertes de votre douleur comme d'un nuage venez voir le peu qui nous reste d'une si auguste naissance de tant de grandeur de tant de gloire.

III. — *ACCENT EXPRESSIF*

Un accent qu'on ne saurait mettre en doute est celui qui naît des mouvements de l'âme. Chaque passion s'exprime par une nuance particulière de la voix.

Si on a pu dire « L'esprit se peint dans les yeux », on pourrait ajouter avec raison « Le cœur se réfléchit dans la voix ».

Un caractère *violent* et *grossier* s'annonce d'ordinaire par un ton *haut* et *brusque*.

La parole *brève, dure, véhémente,* s'associe à une *volonté inflexible.*

Un *esprit concentré* s'exprimera avec *mesure* comme s'il avait la crainte de dissiper sa pensée.

L'*ironie,* le *sarcasme,* la *dérision,* s'annoncent par des *ricanements aigres* et *caustiques.*

Un timbre *ingrat, aigu, glapissant*, dénotera un caractère *faux,* un esprit *vide.*

La *dissimulation* et la *perfidie* ont une voix *flûtée, mielleuse, traînante, hypocrite.*

L'accent de la *crainte* est *tremblant, étouffé.*

La voix doit être *forte* dans la *colère; éclatante* dans la *joie; lente* et *pénible* dans l'*affliction; douce* et *flexible* dans les *épanchements de l'âme.*

Le *raisonnement,* la *démonstration,* la *description,* la *narration,* ont chacun un ton qui leur est propre, un certain accent qui fait de ces diverses inflexions une musique absolument distincte.

« La voix, a dit Montaigne, est la fleur de la beauté ».
En effet, si elle est l'interprète du cœur, elle exerce en même temps sur lui un empire irrésistible.
Les sons de la voix répondent comme les cordes d'un instrument à la passion qui les touche et les met en mouvement; néanmoins, si ses différentes modifications font par leur variété le charme de la diction, elles doivent être toujours parfaitement justes et naturelles.

———

PROSODIE
ET HARMONIE DES MOTS

La **Prosodie** est la prononciation mesurée des syllabes selon l'accent, l'aspiration et surtout la **quantité.**

S'il suffit à un auteur d'avoir une oreille attentive pour employer l'espèce d'harmonie qui naît de la combinaison de nos voyelles douces avec nos voyelles fortes, sans que le nombre de celles-ci l'emporte jamais sur l'autre, le lecteur doit s'efforcer d'interpréter avec justesse cet heureux mélange de sons.

Le français est parmi les langues modernes une des plus prosodiques.

Considérés comme *son*, les mots sont composés de syllabes *douces, brèves* ou *vives*, selon que la pensée qu'ils expriment est *agréable, brillante* ou *légère;* de syllabes *sonores, fortes* et *majestueuses,* si la pensée est *noble. sérieuse* ou *élevée.*

La brillante description de *L'Orage* de Saint-Lambert (1) nous offre dans les vers suivants un bon exemple d'harmonie imitative :

> *Les monts ont prolongé le lugubre murmure,*
> *Dont le son lent et sourd attriste la nature.*

Ces syllabes sourdes et traînantes rappellent le son répercuté par les échos.

> *Et la foudre en grondant roule dans l'étendue ;*

Ce dernier hémistiche semble, par le son prolongé des voyelles nasales, porter la pensée vers un horizon infini.

> *Elle redouble, vole, éclate dans les airs;*

Coups subits, précipités comme la foudre, exprimés par des syllabes brèves.

Peu de langues sont aussi expressives que la nôtre, c'est à la voix de faire valoir le rapport harmonique entre les sons et les idées; si on s'y étudiait attentivement, on n'entendrait plus aussi souvent répéter que « la langue française est une des plus pauvres en fait d'accent et d'harmonie et que l'élévation et la durée y prédominent seules et presque à l'exclusion de l'accent pathétique ».

Ecoutons Victor Hugo et méditons, comme lecteurs, cette belle page qui fait suite à sa « Réponse à un acte d'accusation » : (2)·

---

(1) Recueil de M. Ch. LEROY, Belin, éditeur.
(1) Les *Contemplations*. Hetzel-Quantin, éditeur.

Car le mot, qu'on le sache, est un être vivant.
La main du songeur vibre et tremble en l'écrivant;
La plume, qui d'une aile allongeait l'envergure,
Frémit sur le papier quand sort cette figure.
Le mot, le terme, type on ne sait d'où venu,
Face de l'invisible, aspect de l'inconnu;
Créé, par qui? forgé, par qui? jailli de l'ombre.
Montant et descendant dans notre tête sombre.
Trouvant toujours le sens comme l'eau le niveau.
Formule des lueurs flottantes du cerveau.

Oui, vous tous, comprenez que les mots sont des choses.
Ils roulent pêle-mêle au gouffre obscur des proses,
Ou font gronder le ver, orageuse forêt.
Du sphynx Esprit Humain le mot sait le secret.
Le mot veut, ne veut pas, accourt, fée ou bacchante,
S'offre, se donne ou fuit; devant Néron qui chante
Ou Charles Neuf qui rime, il recule hagard;
Tel mot est un sourire, et tel autre un regard;
De quelque mot profond tout homme est le disciple;
Toute force ici-bas a le mot pour multiple;
Moulé sur le cerveau, vif ou lent, grave ou bref,
Le creux du crâne humain lui donne son relief;
La vieille empreinte y reste auprès de la nouvelle;
Ce qu'un mot ne sait pas, un autre le révèle;
Les mots heurtent le front comme l'eau le récif;
Ils fourmillent, ouvrant dans notre esprit pensif
Des griffes ou des mains, et quelques-uns des ailes;
Comme en un âtre noir errent des étincelles,
Rêveurs, tristes, joyeux, amers, sinistres, doux,
Sombre peuple, les mots vont et viennent en nous;
Les mots sont les passants mystérieux de l'âme.

Oui, tout puissant! tel est le mot. Fou qui s'en joue!
Quand l'erreur fait un nœud dans l'homme, il le dénoue
Il est foudre dans l'ombre et ver dans le fruit mûr.
Il sort d'une trompette, il tremble sur un mur,
Et Balthazar chancelle, et Jéricho s'écroule.
Il s'incorpore au peuple, étant lui-même foule.
Il est vie, esprit, germe, ouragan, vertu, feu;
Car le mot, c'est le Verbe, et le Verbe, c'est Dieu.

PONCTUATION ET RESPIRATION

Une des principales règles de diction est dans une observation rigoureuse de la ponctuation.

Les signes de ponctuation sont en quelque sorte les pauses musicales du discours ; ils contribuent à l'intelligence du sens et donnent de la clarté au style.

Quoique nous marquant exactement la mesure, les signes de ponctuation ne nous indiquent que rarement le ton.

La **virgule** n'indique, en réalité, qu'une légère suspension, ainsi que le point-virgule.

Le **point** signifie que le sens de la phrase est terminé et que la voix doit baisser et se reposer, car on ne doit jamais finir une phrase du même ton dont on la commence.

Les **deux-points** commandent l'attention sur la phrase suivante.

La **parenthèse** nous montre une proposition incidente.

Enfin si tous ces signes peuvent servir au lecteur pour varier ses inflexions de voix, le **point d'exclamation** et le **point d'interrogation** seuls, indiquent clairement l'accent.

Il est à remarquer que le **point d'exclamation** porte toujours un son identique, la seule vue du signe qui le représente suffit à rappeler l'accent de toutes les affections vives ou subites de l'âme, soit qu'il exprime:

L'admiration :

Oh ! pouvoir de l'hymen ! quel retour sur mon âme !

La terreur :

Ils sont là !.. là, tout près !.. vos lâches oppresseurs !

La pitié :

Pauvre enfant ! Si jeune, c'est horrible !

La prière :

O mort ! tu peux attendre, éloigne, éloigne-toi !

L'aversion :

O d'une indigne sœur insupportable audace !

La surprise :

Quel prodige nouveau me trouble et m'embarrasse !

La colère :

Ah ! sorcière maudite ! empoisonneuse d'âmes !

La joie :

C'est lui ! l'Emmanuel, le Christ libérateur !

La douleur :

Hélas ! de quel effet tes discours sont suivis !

Le mépris :

Quelle bassesse, ô ciel ! et d'âme et de langage !

La crainte :

Heu ! ma peur à chaque pas s'accroît !
   Etc., etc.

Le *point d'interrogation* (1) possède trois tons différents. Dans toute phrase interrogative il est de règle que le son du premier mot doit correspondre au son du dernier, les deux intonations doivent être à l'unisson.

La première manière de le prononcer doit mettre cette règle en pratique ; elle exprime les sentiments ordinaires de la vie. C'est une interrogation simple.

La deuxième manière s'accentue de bas en haut ; en prenant le *la* comme note du diapason parlé, le premier son sera un *la* et le dernier un *la* également à une octave plus haut. Le sentiment interrogatif de la phrase marque alors l'impatience et la colère.

---

(1) Cette remarque est empruntée à M. Legouvé, dans sa *Lecture en Action*, Hetzel et Cⁱᵉ, éditeurs.

La troisième manière est un intervalle renversé, c'est-à-dire portant le son de haut en bas ; elle marque le mépris et le dédain. EXEMPLE :

(1) *Grande reine est ici votre place?*
(la)   *(la)*

Parmi vos ennemis *(la)* *que venez-vous chercher* *(la)* *?*

De ce temple profane *(la)* *osez-vous approcher* *(la)* *?*

On n'oubliera pas que chaque écrivain a sa ponctuation personnelle, et qu'il faut s'attacher à la re produire fidèlement puisqu'elle fait partie de sa pensée intime.

Si pour bien lire ou dire il faut bien prononcer et articuler, la ponctuation nous aide à faire ce travail en nous permettant de respirer.

Respirer c'est se reposer, c'est prendre le temps de faire agir les organes, d'articuler chaque syllabe selon sa forme, de donner à chaque mot sa nuance particulière, c'est faire tomber l'intonation juste sur chacun d'eux. *Respirer* c'est éviter la précipitation, l'obscurité, la monotonie, car une phrase ne sera et ne *doit jamais* être commencée du même ton qu'on a fini la précédente.

— Il n'est pas inutile de s'exercer à respirer ; pour si facile que paraisse cette opération, tous les grands comédiens, les orateurs éminents, les célèbres conférenciers, en la travaillant, l'ont élevée à la hauteur d'un art.

En effet, quand on n'a pas de souffle, on manque de force ; la fatigue survient, on perd ses moyens et on finit par lasser l'auditoire.

Dans le 1er chapitre de la 1re partie de cet ouvrage,

---

(1) *Athalie.*

Ces marbres, (**divins fossiles**)
Délices de l'œil étonné.

Un péché, (**dites-vous,**) *et la raison, de grâce?*

Exercice

34 me. — L'élève mettra entre parenthèses les propositions *incidentes*.

L'ennui naquit, dit-on, de l'uniformité. Du sommeil de la mort, du sommeil que j'envie, tous dorment à présent. Sortant d'un bois en fleur au pied de la colline, une fauvette s'envola. Il pensait sans doute arriver assez tôt. Il arriva fier de son invention, fierté d'ailleurs bien naturelle, puis demanda la permission d'aller la montrer d'un coup d'aile, aux autres anges ses amis. Le jeune homme, en sa fougueuse ardeur, presse la lenteur du vieillard. Ce dialogue, imité de Plutarque, est un modèle de versification.

MODÈLE DU DEVOIR :

L'ennui naquit (dit-on) de l'uniformité...

ENUMÉRATION ET RÉPÉTITION

Lorsque dans une proposition il y a **énumération,** on doit accentuer le second membre plus que le premier, le troisième plus que le second et ainsi de suite.
EXEMPLE :

La vie? Eh ! Qu'est-ce donc ? Un **rien,** *un* **souffle,** *un* **rêve !**

Athalie dit dans le *Récit du Songe* :
Je l'ai vu : *son même air,* son **même habit de lin,** **Sa démarche, ses yeux,** et tous **ses traits enfin !**

C'est à l'intelligence à déterminer les endroits où l'on doit couper une énumération quand elle est composée de plus de cinq membres, et cela sans rompre l'harmonie de la phrase.
Parfois l'énumération, par l'idée qu'elle exprime,

exige que le son aille en se dégradant, c'est-à-dire que chaque membre en soit de moins en moins accentué.

EXEMPLE :

Front voilé, yeux baissés, bouche close...

Lorsque le même mot ou la même expression est répété plusieurs fois dans une période, on l'accentue de plus en plus après avoir fait un léger arrêt avant de le prononcer.

Voici un exemple pris dans les *Imprécations de Camille* (1) :

Rome, *l'unique objet de mon ressentiment !*
Rome, *à qui vient ton bras d'immoler mon amant !*
Rome, *qui t'a vu naître et que ton cœur adore !*
Rome, *enfin, que je hais parce qu'elle t'honore !*

Exercice

35me. — L'élève soulignera par plusieurs traits l'espèce de *crescendo* que doit produire la voix dans les *énumérations* et les *répétitions*.

La jalousie, l'ambition, l'avarice sont des passions inquiétantes. Jouissez, prince de cette victoire, jouissez-en par la vertu de ce sacrifice. Heureux celui qui n'envie pas les biens de la terre ; heureux, celui qui vit éloigné des hommes ; heureux, celui qui a trouvé le port du salut. Dans la solitude, Dieu parle au cœur de l'homme ; dans la solitude, l'homme parle au cœur de Dieu. Son courage, son intrépidité, sa valeur étonnait les plus braves. Un seul mot, un soupir, un coup d'œil nous trahit. Ces merveilles sont curieuses, elles sont attachantes, elles sont instructives, elles sont charmantes, mais nous ne les soupçonnons pas. Ce fils, ma seule joie, ce fils mon seul amour.

MODÈLE DU DEVOIR :

La jalousie, l'ambition, l'avarice sont des...

---

(1) *Les Horaces*, tragédie de CORNEILLE.

COMPARAISONS ET CONTRASTES

Dans les points de **comparaison** on doit toujours s'arrêter pour en détacher les termes. Exemple :
L'un | *est fils de Joad ;* **l'autre** | *m'est inconnu.*

Ceci | *tuera* cela.

Dans les phrases où se trouvent des **contrastes** ou **oppositions,** la voix par sa variété d'intonations devra les faire valoir. Cette étude demande une grande souplesse d'organe, car il faut souvent passer assez vivement d'un ton à un autre.

L'exemple suivant montrera en même temps des **comparaisons** et des **contrastes.**

...**Le riche** | *par la* **charité** *qui* **console** *et qui* **soulage ;** *le* **pauvre** | *par une vie* **humble** *et* **laborieuse.** *Le ciel sera ouvert à* **celui** *qui* **souffre** | *parce qu'il aura été* **patient ;** *à* **celui** *qui* **soulage** *parce qu'il aura été* **compatissant.** *La vertu de* **l'un** | *sera d'être* **généreux ;** *la vertu de* **l'autre** | *d'être* **reconnaissant.**

On comprendra sans peine l'effet que l'on peut tirer des *oppositions,* il faut les distinguer dans un morceau et les mettre en relief par un son de voix différent.

Exercice

36ᵐᵉ. — L'élève séparera par un trait vertical les termes de *comparaison* et soulignera les *contrastes.*

Deux enfants, l'un fort simple, l'autre plus madré, trouvèrent en commun des noix nouvelles. Le rusé prend les cerneaux et le naïf garda les coquilles. Toi tu parles, moi j'écoute ; l'un sème, l'autre récolte. La parole est d'argent et le silence est d'or. C'est les ingrats qui font les égoïstes. Ni la douceur ni la force n'ébranlent un sot entêté. Ni l'une ni l'autre n'est ma mère. Pars, emporte le bonheur et laisse-nous l'ennui ; sors

avec une larme, entre avec un sourire. C'est nous qui
sommes accusés, c'est vous qui êtes les coupables. Tu
fus la nuit, il est le jour. Dois-je les oublier, s'il ne s'en
souvient plus.

MODÈLE DU DEVOIR :

Deux enfants, l'un | fort simple, l'autre | plus
madré...

MOT DE VALEUR

Il y a dans toute proposition un mot où se résume le
sens entier d'une phrase ; mot éclatant ou obscur, l'intelligence doit le trouver et la voix le mettre en lumière.
C'est ce qu'on appelle le **mot de valeur.**

Ce genre d'accentuation peut se porter sur toutes les
parties du discours, tantôt sur un verbe ou sur un
substantif, tantôt sur un adjectif ou une préposition ;
il faut chercher à le poser, soit au commencement, soit
au milieu, soit à la fin de la phrase. C'est la *pensée-
mère* de la proposition ; il faut donc s'ingénier à la
trouver, à la distinguer des autres mots et à la faire
sentir avec plus ou moins de force ou de finesse, suivant les délicatesses de la pensée, du sentiment ou de
la passion qu'exprime la phrase. EXEMPLES :

Nom. — *Cette vie est un* **songe,** *et la mort un*
réveil.

Adjectif. — *Vous fit prendre,* **imprudente,** *et
mon titre et mes armes.*

Pronom. — *Vous n'ignorez pas* **qui** *l'on a vu
trois fois conspirer contre moi.*

Verbe. — *Les étangs, les troupeaux avec leur voix
cassée, tout* **souffre** *et tout se* **plaint.**

Adverbe. — *Commence par la haine et finis*
toujours *par la clémence.*

Conjonction. — *La vertu est nécessaire* **car** *elle
conduit au bonheur.*

Interjection. — **Hélas !** *il m'en souvient.*

ne dit que des choses insignifiantes. Ces étoffes coûtent cher. Les gens qui travaillent au rabais gagnent peu. Il parle à voix basse. Et monté sur le faîte il aspire à descendre.

MODÈLE DU DEVOIR

Une terre aride... Le malheur nous-accable...

PROSE ET POÉSIE

Comme discours écrit, la **prose** est le langage usuel, c'est anssi l'instrument le plus commode et le plus exact employé dans la conversation.

« A de certaines époques, chez les peuples, la prose a été jugée indigne d'être écrite et de servir surtout à conserver la mémoire des événements. Mais partout, avec le progrès des siècles, on voit la prose se réhabiliter glorieusement et s'emparer du domaine des sciences, de l'éloquence, de la philosophie, et quelquefois lutter avec avantage contre la poésie ; car, si elle n'a pas le rhythme des vers, elle a du moins une sorte de nombre riche et harmonieux qui naît de l'arrangement des mots, de la terminaison des phrases et de la coupure des périodes. »

La **poésie** est l'art de composer des ouvrages en vers ; la poésie a son histoire qui est celle de l'humanité. De tout temps l'homme a chanté ses joies et raconté ses douleurs en mêlant l'harmonie et la musique à ses larmes et à ses sourires.

« La poésie est l'incarnation de ce que l'homme a de plus intime dans le cœur et de plus divin dans la pensée ; de ce que la nature visible a de plus magnifique dans les images et de plus mélodieux dans les sons. C'est à la fois sentiment et sensation, esprit et matière, et voilà pourquoi c'est la langue complète ; langue par excellence qui saisit l'homme par son humanité tout entière, idée pour l'esprit, sentiment pour l'âme, image pour l'imagination et musique pour l'oreille ».

Après ces deux définitions, il est inutile de dire que la **Prose** et la **Poésie**, s'interprèteront de deux façons absolument différentes.

Si la prose peut s'élever par les pensées qu'elle exprime jusqu'à la poésie, il lui manquera toujours cette musique des rimes qui fait de la poésie un langage de rêve.

Les anciens Grecs avaient une notation musicale qui leur permettait de reproduire les principales inflexions de la voix parlante ; leur poésie était en *récitatif* (1).

Quoique n'ayant rien de semblable dans notre langue, il est aisé de comprendre que la même proposition, rendue en prose et en vers, aura deux manières d'être dites bien sensibles ; dans le premier cas, elle aura plus de simplicité, et, dans le second, elle aura plus d'élévation et de charme.

La poésie a aussi une ponctuation particulière, souvent l'auteur ne la marque pas, c'est au lecteur de la trouver, en consultant la rime et le rhythme.

DES VERS

Les vers français sont composés d'un certain nombre de syllabes, dont les dernières riment ensemble, le plus souvent deux à deux.

On appelle *vers libres*, ceux qui, quoique liés et par le sens et par les rimes, quoique renfermés dans la même période ou la même stance, ne sont pas assujettis au rhythme des autres stances de la pièce dont ils font partie.

Les *Fables* de La Fontaine sont écrites en vers libres.

On appelle *vers blancs*, ceux qui sont non rimés.

---

(1) Sorte de langage noté et accompagné par la musique. Au 16me siècle les odes de Ronsard se chantaient.

Le **Rhythme** est la cadence des vers, c'est une suite déterminée de syllabes ou de mots qui symétrisent avec une autre suite pareille ; par exemple, le *rhythme* de notre vers alexandrin est composé de douze syllabes qui donnent à tous les vers du même genre une égale durée par leurs intervalles et leurs combinaisons. C'est le vers de l'épopée, de la tragédie et de la comédie.

Il y a le vers de dix syllabes, il convient surtout aux contes et à l'épître familière, on l'emploie aussi dans la comédie. Certains vers n'ont que huit, sept, six, cinq, quatre, deux et même une seule syllabe : ces trois derniers s'emploient rarement seuls.

La **Cadence** est la marche harmonieuse des phrases, soit dans la prose, soit dans les vers, ou la manière dont elles sont terminées.

A l'égard de la poésie, il y a une cadence simple, ordinaire, qui se soutient également partout, qui rend les vers doux, coulants, qui écarte avec soin tout ce qui pourrait blesser l'oreille par un son rude et choquant, et qui, par le mélange de différents nombres et de différentes mesures, forme cette harmonie si agréable qui règne universellement dans tout le corps d'un poème.

Dans les langues vivantes, la cadence résulte du nombre des syllabes qu'admet chaque vers, de la richesse, de la variété et de la disposition des rimes.

Buffon a dit dans ses vers sur *La Poésie* :

> D'une mesure cadencée
> Je connais le charme enchanteur :
> L'oreille est le chemin du cœur ;
> L'harmonie et son bruit flatteur
> Sont l'ornement de la pensée...

C'est donc au sens auditif que s'adresse la cadence, le lecteur devra en faire sentir toute l'harmonie par une **diction exacte et mesurée.**

LA RIME

La **Rime** est la consonnance des finales des vers, le retour du même son à la fin de deux ou de plusieurs vers en rapport l'un avec l'autre.

La rime contribue à donner un grand charme à la poésie; elle doit être sensible à l'oreille, il faut qu'elle tombe sur des syllabes *sonores,* ou, si les vers finissent par une syllabe muette, il faut que la pénultième et la finale soient *consonnantes.*

On appelle *rime masculine,* celle qui se termine par un son plein où ne figure pas l'**e** muet, comme *candeur* et *ardeur, plaisir* et *désir.*

La rime est *féminine* quand elle se termine par un **e** muet, soit seul, comme *envie*; soit suivi du signe de la pluralité, les *envies.* Pour qu'il y ait rime la consonnance doit commencer à la pénultième ou avant-dernière syllabe, comme **b**our**se** avec **c**our**se.**

• La rime est *pleine* ou *riche,* quand non seulement le son mais l'articulation est la même. Exemple : *suc**cès*** et *pro**cès**, **s**tu**peur** et **v**a**peur.***

On appelle *rime pauvre,* celle qui n'offre que la répétition du même son dans sa plus grande simplicité. Elle est plus pauvre au singulier qu'au pluriel, au féminin qu'au masculin, tels sont les mots : *vé**cu*** et *ver**tu**, tabl**eau** et é**cho.***

La rime est *suffisante* quand elle est formée d'une voyelle et d'une articulation identique, comme *bra**ve*** et *escla**ve**, timi**de** et rapi**de.***

La rime est *fausse,* lorsqu'elle est formée par deux mots qui n'ont qu'une apparence de conformité dans le son final, tels que : *o**bjet** et a**bject**, **u**r**bain** et **s**a**lin.**

La voix doit faire sentir la rime, surtout les *fémini-*

nes, cependant on ne doit s'arrêter à la fin du vers que lorsque le sens de la phrase le commande, sans cela il y aurait monotonie.

Quand on ne s'arrête pas à la fin du vers, il suffit d'articuler la dernière syllabe sonore et de passer rapidement d'un vers à l'autre, c'est ce que l'on appelle: l'enjambement. Les enjambements doivent être savamment combinés. EXEMPLE :

Qu'est-ce donc que la rime ? Une chaîne légère —
(sans arrêt)
— Que s'impose l'esprit, que l'école exagère.

La modification et la diversité que les consonnes apportent aux voyelles, le mélange des rimes *masculines* et des rimes *féminines*, communiquent aux vers une mélodie délicieuse.

Exercice

39me.— L'élève mettra en regard des vers accouplés si la rime est *riche, féminine, pauvre, fausse* ou *suffisante.*

Enfants, ne cueillez pas la rose
Créée pour que les papillons s'y posent.

Grâce aux dieux. mon malheur passe mon espérance :
Oui, je te loue, ô Ciel, de ta persévérance !

C'est là qu'en arrivant, plus qu'en tout le chemin,
Vous trouverez partout l'horreur du nom romain.

Six petits pieds délicats
Avaient bien pu former ces pas.

Tout était blanc de neige, âpre soufflait la bise
Et la nuit descendait, silencieuse et grise.

II. — *LA CÉSURE*

La **Césure** est une sorte de coupure au milieu ou vers le milieu du vers. Elle n'est pas seulement néces-

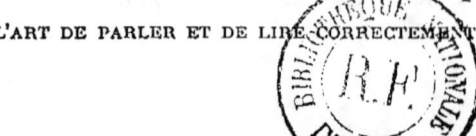

saire au rhythme, à la marche des vers, elle permet aussi au lecteur de respirer.

Ce repos tout en offrant à l'oreille une cadence agréable, soulage donc la poitrine qui serait trop fatiguée si on était obligé de soutenir la voix sur un trop grand nombre de syllabes sans aspirer.

La césure a principalement lieu dans les vers alexandrins qui sont de douze syllabes et dans les vers de dix syllabes. Chaque partie d'un vers ainsi coupé s'appelle **hémistiche.**

L'esprit et l'usage de la césure sont bien exprimés dans ces vers de Boileau :
Que toujours dans vos vers, — le sens coupant les mots,
Suspende l'hémistiche, — en marque le repos.

La césure ne peut être placée qu'après un mot et non dans le corps d'un mot ; il faut aussi que le sens permette le repos, sans cela il ne peut y avoir césure.

Ainsi la césure ne doit pas tomber sur un adjectif suivi d'un substantif, ni sur un substantif suivi de son adjectif, à moins que plusieurs adjectifs ne suivent le substantif.
On ne dira pas :
N'oublions pas les grands — bienfaits de la patrie.
On dira :
Redoutez ces projets — inhumains et barbares.

La césure ne doit pas séparer deux verbes ou un verbe formant avec un nom un sens indivisible, ainsi que cela a lieu dans les vers suivants :
Mon père quoiqu'il eût — la tête des meilleures,
Ne m'a rien fait — apprendre que mes heures.

Les hémistiches des vers qui se suivent immédiatement ne doivent pas rimer entre eux, car alors cela formerait deux vers dans le vers. EXEMPLE :
Si la grâce à ton **cœur** *— par sa clarté céleste,*
N'eût découvert **l'horreur** *— de ce piège funeste.*

En somme, on doit voir, d'après ces exemples, qu'il

faut consulter le bon goût, l'oreille et surtout le sens du vers pour bien marquer la césure.

Comme pour la rime, il faut seulement indiquer le repos et non s'y arrêter.

Les vers de huit syllabes n'ont point de césure fixée, moins encore ceux de sept ou d'un nombre de syllabes au-dessous.

L'école dite « romantique » dans sa tentative de rénovation littéraire, s'attaqua surtout à la césure ; les règles n'en furent point observées, particulièrement dans les pièces de théâtre.

Exercice

40 ᵐᵉ. — L'élève par un trait vertical marquera la *Césure* en séparant les *hémistiches*.

Quoi ! vous fuyez tandis que vos soldats se battent !
Rarement de sa faute, on aime le témoin.
L'opprobre avalit l'âme et flétrit le courage.
Sans me plaindre de vous, je ne puis me défendre.
Le lys prude me voit approcher sans courroux.
Syracuse reçoit nos vaisseaux dans son port.
Toi, mon fils, maintenant me seras-tu fidèle ?
Jamais on ne vaincra les Romains que dans Rome.
Dans vos cités en deuil que de cris vont s'entendre !
Rien n'est beau que le vrai : le vrai seul est aimable.

III. — *ELLIPSES ET INVERSIONS.*

Une des grandes difficultés de la lecture des vers réside dans les **ellipses** et **inversions**.

L'ellipse est l'omission d'un ou de plusieurs mots qui sont ou qui paraissent nécessaires pour compléter l'expression d'une pensée.

L'inversion est la construction de mots contraire à l'ordre des idées ou à l'ordre analytique.

Il faut donc que, malgré l'absence des mots et malgré leur transposition, on conserve à chaque partie d'un morceau le ton qu'elle aurait dans l'ordre grammatical.

On admire l'ellipse suivante, dans un vers de Racine, que l'on a souvent tenté d'imiter (1):
Je t'aimais inconstant, qu'aurais-je fait fidèle?

La grammaire eût dit : « *si je t'aimais quoique tu fusses inconstant, qu'aurais-je fait si tu avais été fidèle?* » Mais ce tour serait languissant et vulgaire.

Si l'ellipse rend le discours plus vif et plus rapide, notre langue exige que ce qu'on ne dit pas soit sous-entendu aisément, c'est à l'intonation de rendre la phrase claire et lumineuse. Il faut que celui qui écoute ne s'aperçoive pas qu'il y ait des mots supprimés. Lorsque Corneille fait dire à *Nérine*, confidente de *Médée*:
Contre tant d'ennemis, que vous reste-t-il?
et que *Médée* répond :
    Moi!... *moi, dis-je, et c'est assez.*

Ce *moi*, qui est pour *je me reste,* est sublime et en dit plus long qu'un long discours.

Dans son traité deversification, le grammairien Dessiaux cite dix sortes d'inversions. Sans les énumérer toutes, en voici quelques exemples :

Inversion du régime indirect du verbe :
A de plus hauts partis, *Rodrigue* **peut prétendre**.

Inversion du complément de l'adjectif :
Aux larmes *de sa mère il a paru sensible.*

Inversion du sujet du verbe :
Déjà **fuit** *son* **bonheur** *avec son innocence.*

Si l'inversion est une des beautés de la poésie, si elle prête à tous les styles un moyen puissant de varier les tours, de donner de la force à la phrase et de faire éviter les équivoques, elle exige que malgré leur dépla-

---

(1) *Andromaque,* tragédie de RACINE.

cement les tons propres de chaque partie des phrases soient conservés.

Pour bien dire une ellipse ou une inversion, on doit mettre la phrase en prose, ensuite la redire en vers avec les intonations de la prose, mais en y ajoutant l'expression poétique.

DU STYLE

Le **Style** est la manière de s'exprimer portant un caractère émané ou de la qualité de l'ouvrage ou du goût personnel, caractère qui résulte du tour de la pensée, du choix des mots, de l'arrangement respectif de toutes les parties constitutives du discours.

On définit le *style*, dans les belles-lettres, la manière d'exprimer ses pensées, soit par écrit, soit même de vive voix ; et par là on entend surtout le choix et l'arrangement des mots selon les lois de l'harmonie et du nombre, relativement à l'élévation ou à la simplicité du sujet qu'on traite.

L'école classique admet trois sortes de style : le *simple*, le *tempéré* et le *sublime*.

Le *style simple* est celui qu'on emploie dans les entretiens familiers, dans les lettres, dans les fables. Il doit être pur, clair et précis.

Le *style tempéré* suppose un sujet sérieux, admet des images brillantes et variées. Il est intermédiaire entre le premier style dont il n'a pas la simplicité et le style sublime dont il n'a pas l'énergie.

Le *style noble* ou *sublime* imprime à l'âme des mouvements d'admiration par la grandeur de ses pensées et la majesté de ses expressions.

Chaque écrivain a son style particulier, son tour de phrase personnel, ses locutions familières ; ils ne doi-

vent donc pas être interprétés avec la même expression
et s'il est possible avec la même voix.

L'œuvre du fabuliste ne prête pas à l'envolée poétique ; les doux sentiments de l'élégiaque ne s'expriment
pas avec la voix d'airain du lyrique ; les sombres récits
du poète tragique n'ont pas le timbre mordant de l'auteur satirique ni la légèreté du comique.

Neuf genres principaux se distinguent dans le style
et se reproduisent aussi bien dans le *style simple* que
dans le *style noble* ou le *style tempéré*.

Ces neuf genres sont : le *simple*, le *poétique*, le
mélancolique, le *narratif*, le *comique*, le *satirique*,
le *philosophique*, le *lyrique* et le *dramatique* ou
tragique.

Quoique distincts, ces genres sont pourtants liés
ensemble, car un seul morceau peut en contenir plusieurs, s'il ne les contient pas tous.

Le ton simple plaît ; le poétique, charme ; le mélancolique, émeut ; le narratif, captive ; le comique, égaie ;
le satirique, intéresse ; le philosophique, instruit ; le
lyrique, élève ; le tragique, passionne.

DE L'ÉTUDE D'UN MORCEAU

Avant de commencer l'étude d'un morceau comme
intonations, comme inflexions, comme sentiments, en
un mot avant de chercher à le déclamer, il est nécessaire de s'exercer à le prononcer correctement.

Cet exercice se peut comparer à l'étude d'un morceau
de chant, que l'on solfie d'abord avec la voix parlante
pour marquer la mesure et la durée des sons, et que
l'on chante ensuite avec les intonations et l'expression musicale.

Donc, il faut d'abord s'étudier à former les sons
ouverts ou fermés, à prolonger le son sur les voyelles
et les syllabes longues, à donner leur véritable valeur
aux voyelles nasales, à prononcer avec goût les diphtongues, à ne pas faire entendre les **e** muets, à articuler nettement les consonnes.

Après s'être exercé et avoir triomphé de ces difficultés, on cherchera ensuite l'accent logique de chaque proposition, c'est-à-dire l'accent indiqué par les signes de ponctuation, par la marche des idées, qui, dans leurs différentes manières d'être exprimées, rendent la phrase plus ou moins harmonieuse. On étudiera les mots comme musique, on appuiera sur ceux qui font image, on trouvera celui en qui résume le sens de la phrase (mot de valeur), on détachera le sujet d'une proposition, on élèvera la voix sur les qualificatifs, on la baissera sur les incidentes, on fera valoir les contrastes en détachant les termes de comparaison, on observera dans les vers les ellipses et les inversions.

. Cette étude, véritable analyse, doit être faite avec soin, elle est, d'ailleurs, très intéressante, car en s'étudiant à traduire fidèlement la pensée de l'auteur, on découvre la forme pure ou vicieuse qu'il a employée pour l'exprimer : en travaillant la déclamation, on apprend la littérature. Analyser un morceau, c'est en faire la critique, et la critique, quand elle est sincère, peut rendre bien des services à l'esprit.

Enfin nous voici arrivés au point où la science se transforme en art : à l'accent expressif. C'est ici que l'interprète doit communiquer à ceux qui l'écoutent, l'émotion ou le charme qu'il éprouve à rendre l'élévation d'un sentiment ou la beauté d'une expression ; c'est ici qu'il doit s'assimiler la nature même de l'écrivain, car c'est par la compréhension subtile de son œuvre, qu'elle soit claire et noble comme chez Racine, simple et sincère comme chez La Fontaine, solide et comique comme chez Molière, ironique et fine comme chez La Bruyère, élevée et forte comme chez Corneille, qu'il la ressuscitera toujours vivante et vraie aux auditeurs.

Pour lire ou déclamer avec art, il faut donc : 1º bien prononcer, 2º comprendre, 3º exprimer.

Voici, comme modèle, une petite pièce de vers annotée de signes divers pour indiquer cette triple étude.

Les sons ouverts sont marqués d'un (ʿ), les syllabes longues sont surmontées d'un (⌢), les voyelles nasales sont indiquées par un petit trait horizontal (—).

O monde ! ô vie ! ô temps, fantômes, ombres vaines,
        Qui lâssez à la fin mès pas irrésolus ;
Quand reviendront cès jours où vôs mains étaient
                                    [pleines,
Vôs regards caressants, vôs promèsses certaines ?
        Jamais, ô jamais plus !

L'éclat du jour s'éteint aux pleurs où je me noie,
Lès charmes de la nuit passent inaperçus ;
Nuit, jour, printemps, hiver, est-il rien que je voie ?
Mon cœur pêut battre encor de pêine, mais de joie,
        Jamais, ô jamais plus !

Pour l'étude du morceau comme diction, les mots de
valeur sont écrits en italique et soulignés.

Les énumérations soulignées et divisées par une
ligne verticale indiquant un léger arrêt.

Les expressions poétiques sont écrites en italique.

Les syllabes détachées sont marquées d'un trait coupé.

Les contrastes sont surmontés d'un trait horizontal.

O monde ! | ô vie ! | ô temps, | fantômes, ombres vaines,
        Qui lassez à la fin mes pas irrésolus ;
Quand reviendront ces jours où vos mains étaient pleines, |
Vos regards caressants, | vos promesses certaines ?
        Jamais, ô jamais plus !

L'éclat du jour s'éteint aux fleurs où je me noie,
Les charmes de la nuit passent inaperçus ;
Nuit, | jour, | printemps, | hiver, | est-il rien que je voie ?

Mon cœur peut battre encor de peine, mais de joie,
        Jamais ! ô jamais plus !

Dans le premier vers, augmentation de son à chaque
exclamation, puis decrescendo à fantômes, ombres
vaines.

Au deuxième vers, appuyer sur *lassez* qui est le mot de valeur de la phrase, et détacher les syllabes des mots suivants : *mes pas irrésolus.*

Les membres de phrase des deux vers qui suivent forment encore une énumération que l'on détaillera poétiquement.

A la deuxième strophe, mettre en contraste *éclat du jour* avec *s'éteint aux pleurs...*

Donner une tonalité chantante aux mots : *Les charmes de la nuit.*

Enumération au vers :

Nuit, jour, printemps, hiver, est-il **rien** que je voie ?

Appuyer sur **rien**.

Mon cœur peut battre encor de peine, mais de joie.

Changer de ton pour mettre en contraste les mots : *peine* et *joie.*

Les mots : *Jamais, ô jamais plus* ! seront dits d'un son de voix plus bas et plus grave que le reste du morceau.

Ces deux strophes sont pleines d'ampleur et de charme poétique, elles demandent à être dites lentement ; on peut remarquer, du reste, que presque tous les mots sont formés de syllabes longues, il ne faut donc pas craindre de prolonger les sons, surtout pour la prononciation des syllabes nasales.

Le ton général de la diction sera triste et doux avec seulement une nuance d'amertume aux mots :

Jamais, ô jamais plus !

qui tombent et se répètent comme un glas funèbre.

DU MAINTIEN

Nous ne croirions pas notre tâche accomplie si, avant de terminer, nous n'ajoutions un mot sur le maintien du lecteur ou du diseur.

Nous avons vu, à propos de la voix, que c'est surtout par l'oreille que l'âme se laisse prendre et que la fiction des chaînes d'or qui la captive a sa réalité ; or, si une voix douce, sonore, flexible, se fait écouter et plaît à l'oreille, de même, une physionomie ouverte, un maintien digne, un geste harmonieux plairont aux yeux.

Le **maintien** est la manière de se tenir et de se placer dans des positions diverses : presque toutes les nuances du caractère peuvent être exprimées par le maintien, il est un des moyens par lesquels l'âme devient visible à l'œil de l'observateur. Donc, puisque le maintien produit sur l'homme intelligent une impression aussi sûre que frappante, il faut s'observer à garder toujours une attitude pleine de grâce et de décence, à prendre un air assuré sans hardiesse ni affectation, à avoir des mouvements vrais et naturels.

Le lecteur doit éviter de poser le livre sur une table et de se pencher dessus, le buste doit être toujours droit et la poitrine bien ouverte pour laisser échapper le son sans fatigue ; on tiendra le livre de la main gauche, afin de garder la main droite libre pour tourner les pages ou pour esquisser quelques gestes : il faut avoir soin de ne pas porter le livre devant le visage et surtout devant la bouche.

Si l'on se tient debout, les jambes seront bien posées, bien droites, le pied droit un peu en avant, la pointe des pieds en dehors ; on peut avancer aussi le pied gauche mais il ne faut jamais se laisser aller ni se pencher sur l'une ou l'autre jambe.

On appelle **physionomie** l'ensemble des traits du visage, considéré comme indice de l'esprit et du caractère. Les physionomistes ou physiognomonistes ont partagé le visage en trois régions : la région supérieure, composée du front et des yeux, est le siège particulier des sentiments de l'âme, de l'esprit, de la pensée ; la partie moyenne, le nez, les joues et une partie de la bouche, exprime surtout les passions physiques, les émotions, les douleurs du corps ; la partie inférieure, la bouche, les lèvres, le menton, les mâchoires, est affectée aux appétits vulgaires, aux instincts grossiers. On peut se baser sur ces observations pour exprimer les passions, les douleurs et les sentiments.

Le visage est ce que l'on observe le plus dans l'orateur, il est de tous pays et de toutes langues : les plus

ignorants y savent lire. Il doit donc s'assujettir au sujet, et faire sentir ou deviner les mouvements de l'âme,
sans grimaces d'aucune sorte, ni roulement d'yeux
ridicule.

Le **geste** est un mouvement extérieur du corps servant à exprimer nos sentiments, nos désirs, nos crain-
tes et toutes les sensations diverses que nous pouvons
éprouver. Telle est l'éloquence du geste que les juges
de l'Aréopage s'en défiaient, et pour en éviter la séduc-
tion ils prirent le parti de n'écouter les orateurs que dans
les ténèbres. Démosthène, le prince des orateurs, faisait
autant d'effet par ses gestes que par sa parole.

Sans le geste des mains l'action est faible et sans
chaleur, il concourt, a dit Buffon, avec les mouvements
du visage pour exprimer les mouvements de l'âme. On
peut lire dans Athénée (1) et dans Apulée (2) que l'art
du *geste* était, de tous les arts libéraux, celui que les
anciens aimaient et pratiquaient le plus ; on ne saurait
relever toute la difficulté, toute la sublimité, toute la
beauté de cet art antique, qui est arrivé jusqu'à nous
sous le nom de pantomime. Si ce n'est pas ici ce dont
nous nous occupons, il n'en est pas moins assuré que
c'est par des mouvements relatifs et proportionnés à
ceux de l'âme que la main produit tous ses effets.

Le geste est, en quelque sorte, à la parole ce que la
parole est à la pensée ; il lui donne un corps, et la fait
sentir même aux sourds. Tout l'extérieur aide à la parole, la main quelquefois y supplée ; elle appelle, con-
gédie, supplie, menace, prête serments.

On doit être, en général, assez sobre de gestes, il
faut qu'ils soient toujours justes et en rapport avec les
paroles ; ne pas indiquer, par exemple, le ciel lorsque
l'on parle de la terre. Les bras doivent garder leur
souplesse et se soulever dans toute leur longueur, il
faut éviter de retirer les coudes en arrière ou de les
serrer près du corps. On ne doit pas tenir les doigts
collés et allongés ni trop ouverts mais légèrement écartés et fermés.

---

(1) Célèbre grammairien et rhéteur grec, de Naucratis
(Egypte), contemporain de Marc Aurèle.
(2) Poète, philosophe et jurisconsulte, né à Madaure (Afri-
que) en l'an 114 de J. C.

Si l'on procédait d'une manière graduelle dans le grand art de traduire les pensées, on ne commencerait pas par la parole mais bien par la pose, le geste et la physionomie. Le langage des passions est mieux et plus vite exprimé par le geste que par la parole, il la précède presque toujours, car il résulte d'un mouvement tumultueux indépendant de la volonté.

Ainsi, pour bien dire, non-seulement il faut avoir une bonne prononciation, posséder une voix assez flexible pour traduire tous les sentiments, mais encore une physionomie mobile, des gestes ni faux, ni maladroits, s'accordant parfaitement avec elle, et un maintien plein de grâce permettant de s'exprimer librement.

« Surtout n'imitez pas cet homme ridicule,
« Dont le bras nonchalant fait toujours le pendule...
« L'un semble d'une main encenser l'assemblée ;
« L'autre à ses doigts crochus paraît avoir l'onglée...
« Ici ce bras manchot jamais ne se déploie ;
« Là ces doigts écartés font une patte d'oie. »

. . . .

« Surtout gardez-vous bien, mémoires chancelantes,
« De montrer dans vos yeux deux prunelles roulantes.
« Quelle pitié de voir l'orateur entrepris
« Relire dans la voûte un discours mal appris ! »

(P. Sanlecque).

La *mémoire*, ce miroir vivant de l'intelligence, joue un grand rôle dans l'étude de la lecture ; elle conserve dans notre esprit le souvenir de ce que nous avons lu et nous amène forcément à le raconter, à le *dire*.

La bonne mémoire est un don précieux qui donne au débit plus d'aisance, de vérité et même de naturel ; Cicéron l'appelait le *trésor de l'esprit*.

Il y a peu de mémoires assez paresseuses pour n'être pas capables de se développer d'une manière satisfaisante par un exercice de tous les jours. La persévérance, la volonté, l'attention, l'imagination, améliorent et fortifient cette faculté naturelle qui, sans culture, s'affaiblit et se perd.

CONCLUSION

Voilà dans leur ensemble et, autant que possible, dans l'ordre que comportent leurs difficultés, les principales règles à observer dans l'art de la diction.

Heureux si nous avons pu convaincre les incrédules et intéresser les indifférents en leur répétant que c'est par la parole que l'on développe toutes les ressources de l'intelligence, qu'elle aide puissamment à tirer tout le parti possible des connaissaeces acquises et qu'elle est, en réalité, le seul lien qui unisse les sociétés.

Si l'on reconnaît avec nous l'utilité pratique d'une diction exacte, si l'on sait y trouver des plaisirs sans cesse renouvelés, si par elle on recueille des satisfactions d'amour propre, on nous permettra d'ajouter que la femme y gagnera encore ce charme personnel, d'essence tout immatérielle, dont la parole est l'organe principal.

Personne n'échappe au charme de la parole, si nous l'avons présentée comme instrument intellectuel chez l'homme, pour qui elle est souvent aussi une arme de combat, voici qu'elle devient chez la femme une lyre magique de laquelle elle pourra tirer de tendres accents, berceurs de toutes les douleurs, ou de vibrantes notes, élevant l'âme à des hauteurs inconnues.

Cette puissance de la voix sur le cœur humain a été observée par l'écrivain profond qui nous a donné « *La Comédie humaine.* » Voici ce qu'il écrit en dépeignant l'une de ses plus nobles héroïnes :

« D'abord j'essayai de me mettre à mon aise dans » un fauteuil ; puis je reconnus les avantages de ma » position en me laissant aller au charme d'entendre « la voix de la comtesse. Le souffle de son âme se dé-

» ployait dans les replis des syllabes, comme le son
» se divise sous les clefs d'une flûte ; il expirait ondu-
» leusement à l'oreille d'où il précipitait l'action du
» sang. Sa façon de dire les terminaisons en *i* faisait
» croire à quelque chant d'oiseau ; le *ch* prononcé par
» elle était comme une caresse, et la manière dont
» elle attaquait les *t* accusait le despotisme du cœur.
» Elle étendait ainsi, sans le savoir, le sens des mots,
» et vous entraînait l'âme dans un monde surhu-
» main. »

Dût-on nous reprocher de reproduire trop complai-
samment diverses appréciations, nous pensons qu'elles viennent trop à propos à l'appui de ce que nous
avançons et qu'il y a trop à gagner à les entendre
pour que nous nous abstenions de les citer.

M. Maryan et G. Bréal dans leur livre nouvellement
paru (1) « *Le Fond et la Forme* », disent au chapitre traitant de la voix et de la prononciation : « Ah !
» la voix, j'en conviens, quel charme puissant n'a-t-elle
» pas ! Il y en a qui remuent délicieusement, comme
» des vibrations d'âme, voix chaudes et veloutées, lim-
» pides ou sonores. Hélas! on n'a pas celle qu'on sou-
» haite. Il faut alors racheter ce qui lui manque par
» la pureté de la prononciation, la netteté de l'articu-
» lation, et vous pourrez ainsi vous faire écouter
» avec infiniment de plaisir. Si ces deux qualités ne
» sont pas chez vous naturelles, un peu d'observa-
» tion et d'exercice vous les fera bientôt acquérir.

» Pour la prononciation, veillez aux *o* et aux *a*.
» Rien n'est vulgaire comme de les prononcer brefs
» quand ils sont longs, longs quand ils sont brefs, et
» bien que la grammaire ne mette pas d'accents cir-
» conflexes sur certains mots, l'usage veut qu'on les
» prononce comme s'il y en avait, en atténuant un
» peu ; dites: pôse, rôse. Dénués d'accentuation, ces
» mots sont horribles, horribles comme la prononcia-
» tion de votre amie Gertrude, qui vous fait des phra-
» ses ainsi accentuées : « J'ai la voix trop *hotte*, cha-
» *quin* le sait ; on me donne de la *patte* de guim*ove*
» à la *més*on. »

---

(1) *Le Savoir-Vivre pour les Jeunes Filles*, librairie Bloud et
Barral.

» Vous pouvez toutes arriver à la pureté de la pro-
» nonciation ; vous le devez absolument si vous ne
» voulez pas qu'on se demande à quel milieu vous
» appartenez. »

Pense-t-on assez dans l'éducation des jeunes filles
qu'elles seront un jour, comme mères, les premières
éducatrices de l'enfance, cherche-t-on à leur faciliter le
rôle qu'elles auront à remplir ? Ecoutez ce que dit (1)
Quintilien dans son livre des (2) « *Institutions ora-
toires* » : « C'est du soin que les mères prennent à
» former nos premiers sons que dépend pour nous
» une bonne ou une mauvaise prononciation. »

Et M. Legouvé, le maître dans l'art de dire, n'a-t-il
pas écrit dans son « dernier mot » du « *Petit traité de
la lecture à haute voix (3)* », tout ce que l'on peut
écrire à ce sujet ? Il s'adresse, lui, au sentiment de
toutes les femmes, qu'elles soient filles, sœurs ou mères,
en les adjurant d'acquérir un talent qui peut devenir une
vertu. « Quelle joie pour la jeune fille, dit-il, de pou-
» voir, à l'aide de quelques pages bien lues, calmer
» celui qui souffre, consoler celui qui pleure, dis-
» traire celui qui crie. »

Sur cette pensée nous nous arrêtons, ce n'est jamais
en vain qu'on fait appel au dévouement de la femme,
et sous l'aimable forme qu'il revêt ici elle y trouvera,
avec l'accomplissement du Bien, la joie intime que
procure le Beau.

---

(1) Quintilien, le plus célèbre des rhéteurs romains, né l'an
42 de J.-C.

(2) Ce livre ne nous a été conservé que par un seul manus-
crit qui fut trouvé en 1419 dans une vieille tour de l'abbaye
de Saint-Gall.

(3) Hetzel et Cⁱᵉ, éditeurs.

TROISIÈME PARTIE

MODÈLES D'EXERCICES

POUR LES DIVERS

GENRES D'INTERPRÉTATION

DU TON SIMPLE

On comprend dans le *genre simple* tout ce qui se dit avec esprit et facilité avec le ton du récit et de la conversation, tels que : les *apologues* ou *fables*, les *contes,* les *allégories,* les *lettres,* le *rondeau,* l'*épigramme,* etc.

Ce genre demande de la clarté, de la correction sinon de la couleur et du relief. Il suffit, pour en saisir le caractère particulier, d'en appeler à ses souvenirs, et de s'efforcer de reproduire le ton que nous avons si souvent entendu et donné nous-mêmes dans nos causeries.

Voici les observations principales : articuler nettement, observer la ponctuation, prendre un ton plus grave pour les sentences et moralités, mettre de l'animation dans les dialogues, changer de ton avec chaque personnage. Que les effets soient marqués simplement et avec naturel ; que l'emphase soit écartée ou ne l'employer que d'une manière finement ironique, les idées poétiques seront dites cependant avec sentiment. « Quand vous trouvez dans un vers, un grain de poésie, a dit Legouvé, recueillez-le précieusement comme une parcelle d'or, et encadrez-le dans le cours de la phrase, il éclairera tout le reste. »

Malgré son apparente facilité, le ton simple exige de l'abandon en même temps que de la finesse, sans ces deux qualités on risque de tomber dans le ton vulgaire ou enfantin. Le goût et le bon sens se révolteraient à la fois si l'on entendait une phrase naïve exprimée avec majesté, une pensée joyeuse dite avec l'accent de la douleur, une idée ironique reudue poétiquement.

Dans ce genre il faut savoir rester soi-même et nuancer habilement le débit, des intentions que l'écrivain a mises dans son morceau.

Si les Bêtes parlaient.

N'en déplaise à l'espèce humaine,
Qui de jour en jour s'appauvrit,
Je trouve que dans La Fontaine
Les bêtes ont beaucoup d'esprit.
De bons mots nous sommes avares,
Et soit dit sans nous ravaler,
Peut-être seraient-ils moins rares,
Si les bêtes pouvaient parler !

Bien que le cocher jure et sacre
Et que le temps soit des plus beaux,
Nous montons six dans un fiacre
Que traînent deux maigres chevaux ;
Par ces chétives haridelles
Lorsque nous nous faisons rouler,
Nous en entendrions de belles
Si les bêtes pouvaient parler !

Sur l'obélisque qu'on admire,
On voit une foule d'oiseaux ;
Mais personne encor n'a pu dire
A quoi servent ces animaux.
Devant ce rébus, et pour cause,
On voit les savants reculer ;
Nous saurions du moins quelque chose,
Si les bêtes pouvaient parler !

Près de l'aveugle misérable
Vous trouverez toujours un chien,
Le compagnon inséparable
De ceux, hélas ! qui n'ont plus rien.
Pour l'homme que la faim tourmente,
Des yeux il semble postuler ;
Que sa voix serait éloquente
Si les bêtes pouvaient parler !

Après ce couplet, que je meure
Plutôt que d'en faire un nouveau,
Attendu que pour le quart d'heure,
Je suis au bout de mon rouleau.
Quand on n'a plus rien dans sa tête,
On ne peut se dissimuler
Qu'on parlerait comme une bête
Si les bêtes pouvaient parler !

Eugène DÉSAUGIERS (1772-1827).

La Visite académique.

Pour entrer à l'Académie
Un candidat allait trottant,
En habit de cérémonie,
De porte en porte visitant,
Sollicitant et récitant
Une banale litanie,
Demi-modeste, en mots choisis.
Il arrive enfin au logis
D'un doyen de la compagnie :
Il monte, frappe à petits coups.
« Hé, Monsieur ! que demandez-vous ?
Lui dit une bonne servante,
Qui tout en larmes se présente.
— Pourrai-je pas avoir l'honneur
De dire deux mots à Monsieur ?
— Las ! quand il vient de rendre l'âme...
— Il est mort ? — Vous pouvez d'ici
Entendre les cris de Madame ;
Il ne souffre plus, Dieu merci.

— Ah ! bon Dieu ! je suis tout saisi !
Ce cher !... ma douleur est si forte ! »

Le candidat, parlant ainsi,
Referme doucement la porte,
Et sur l'escalier dit : « Je vois
Que l'affaire change de face ;
Je venais demander sa voix ;
Je m'en vais demander sa place. »

ANDRIEUX (1759-1833).

La Fauvette et le Rossignol

Une fauvette dont la voix
Enchantait les échos par sa douceur extrême,
Espéra surpasser le rossignol lui-même,
Et lui fit un défi. L'on choisit dans le bois
Un lieu propre au combat : les juges se placèrent ;
C'était le linot, le serin,
Le rouge-gorge et le tarin.
Tous les autres oiseaux derrière eux se perchèrent.
Deux vieux chardonnerets et deux jeunes pinsons
Furent gardes du camp ; le merle était trompette,
Il donne le signal. Aussitôt la fauvette
Fait entendre les plus doux sons :
Avec adresse elle varie
De ses accents filés la touchante harmonie,
Et ravit tous les cœurs par ses tendres chansons.
L'assemblée applaudit. Bientôt on fait silence ;
Alors le rossignol commence :
Trois accords purs, égaux, brillants,
Que termine une juste et parfaite cadence,
Sont le prélude de ses chants.
Ensuite son gosier flexible,
Parcourant sans efforts tous les tons de sa voix,
Tantôt vif et pressé, tantôt lent et sensible,
Etonne et ravit à la fois.
Les juges cependant demeuraient en balance ;
Le linot, le serin, de la fauvette amis,
Ne voulaient point donner de prix ;

Les autres disputaient. L'assemblée en silence
    Ecoutait leurs doctes avis,
Lorsqu'un geai s'écria : « Victoire à la fauvette ! »
    Ce mot décida sa défaite;
    Pour le rossignol aussitôt
L'aréopage ailé tout d'une voix s'explique.

      Ainsi le suffrage d'un sot
      Fait plus de mal que sa critique.

          FLORIAN (1755-1794).

Content de peu.

    Heureux qui de son espérance
    N'étend pas l'horizon trop loin,
    Et, satisfait de peu d'aisance,
    De ce beau royaume de France
    Possède à l'ombre un petit coin !

    Pour m'agrandir m'irai-je battre ?
    Trois arpents sont assez pour moi :
    Dans trois arpents on peut s'ébattre.
    Alcinoüs en avait quatre,
    Mais Alcinoüs était roi.

    Si les hommes pouvaient s'entendre !
    Mais non : tant qu'il trouve un voisin,
    Tout homme a le cœur d'Alexandre,
    Et, prince ou bourgeois, veut étendre
    Ou son royaume ou son jardin.

    Quant à moi, devenu plus sage
    Et dans mes désirs satisfait,
    Peu redoutable au voisinage,
    Je ne demande à ce village
    De lot que celui qu'il m'a fait.

    Content si, m'assurant la vue
    De la rivière et du coteau,
    J'y puis seulement, sur la rue,
    Joindre la place étroite et nue
    Que borne, en fleurs, le vieux sureau.

C'est tout... Et puis encor peut-être
Ce petit bois plein de gazon,
Qui se berce sous ma fenêtre,
Et semble m'attendre pour maître,
Caché derrière ma maison.

Rien de plus... Et si, murmurante,
Dans ce bois devenu le mien,
Venait à luire une eau courante,
Alors... Si ce n'est quelque rente,
Il ne me manquerait plus rien.

Pierre Lebrun (1785-1873).

Les deux Almanachs.

Un almanach de l'an passé,
Etant sur un bureau côte à côte placé
    Près de l'almanach de l'année,
Lui disait : « Cher voisin, quel crime ai-je donc fait
Qu'on ait si brusquement changé ma destinée ?
Mon maître, chaque jour, m'ouvrait, me consultait;
    Et maintenant ma basane fanée
A la poussière, aux vers demeure abandonnée,
    Tandis que le capricieux
Semble avoir pour toi seul et des mains et des yeux. »
L'autre almanach, tout frais doré sur tranche,
    Lui répondit : « Mon pauvre ami,
Tu n'es plus de ce temps, et le tien est fini.
    Quand nous en sommes au Dimanche,
    Tu n'es encor qu'au samedi,
    Ne t'en prends qu'à ton millésime,
Si, grâce au mien, je suis ce que tu fus,
    J'aurai mon tour, et mon seul crime
    Sera d'avoir compté douze lunes de plus. »

Ainsi tout passe et change en ce monde fragile.
N'être plus de son temps, c'est comme n'être pas.
Les hommes sont charmants tant qu'on leur est utile;
    Qui ne l'est plus ne voit que des ingrats.

Résignez-vous à ces tristes pensées,
Gens d'autrefois, puissances renversées,
Vieux serviteurs, anciens soldats,
Amis trahis, beautés passées :
Vous êtes de vieux almanachs (1).

VIENNET (1777-1868).

*A Monseigneur le Duc de Bourgogne
qui avait demandé à M. de La Fontaine une Fable
qui fut nommée :*

Le Chat et la Souris,

Pour plaire au jeune prince à qui la Renommée
    Destine un temple en ses écrits,
Comment composerai-je une fable nommée
    Le Chat et la Souris ?

Dois-je représenter en ces vers une belle
Qui, douce en apparence, et toutefois cruelle,
Va se jouant des cœurs que ses charmes ont pris,
    Comme le Chat de la Souris ?

Prendrai-je pour sujet les jeux de la Fortune ?
Rien ne lui convient mieux : et c'est chose commune
Que de lui voir traiter ceux qu'on croit ses amis,
    Comme le Chat fait la Souris.

Introduirai-je un roi qu'entre ses favoris
Elle respecte seul, roi qui fixe sa roue,
Qui n'est point empêché d'un monde d'ennemis,
Et qui des plus puissants, quand il lui plaît, se joue,
    Comme le Chat de la Souris ?

---

(1) Puisse ce recueil rendre quelques services avant de
devenir un vieil almanach.

Mais insensiblement, dans le tour que j'ai pris,
Mon dessein se rencontre ; et si je ne m'abuse,
Je pourrais tout gâter par de plus longs récits :
Le jeune prince alors se jouerait de ma Muse
      Comme le Chat de la Souris.

LA FONTAINE (1621-1695).

Rondeau

Ma foi, c'est fait de moi : car Isabeau
M'a conjuré de lui faire un rondeau ;
Cela me met en une peine extrème.
Quoi ! treize vers, huit en eau, cinq en ème !
Je lui ferais aussitôt un bateau.
En voilà cinq pourtant en un monceau ;
Faisons-en huit, en invoquant Brodeau,
Et puis mettons par quelque stratagème :
      Ma foi, c'est fait.

Si je pouvais encor de mon cerveau
Tirer cinq vers, l'ouvrage serait beau.
Mais cependant je suis dedans l'onzième,
Et si je crois que je fais le douzième,
En voilà treize ajustés de niveau :
      Ma foi, c'est fait.

VOITURE (1598-1648).

DU TON POÉTIQUE

On a personnifié la *Poésie* et on l'a représentée sous
les traits d'une jeune nymphe couronnée de lauriers,
une lyre en main, l'air inspiré, le visage animé, les
yeux au ciel.

Voilà, en effet, — moins la lyre et la couronne de
lauriers, — la véritable physionomie que doit avoir la

personne qui veut exprimer tout ce qu'il y a d'élevé
et d'idéal dans l'imagination.

Le genre poétique demande peu d'inflexions de voix,
mais un ton presque uniforme, sorte de mélopée pleine
de grâce et de douceur. On se tromperait si l'on jugeait
qu'il est facile d'atteindre la perfection dans ce genre ;
ce n'est pas le ton des grandes passions qui exige souvent le plus d'art mais bien celui des sentiments délicats.

Comme nous l'avons vu dans le chapitre de l'*Harmonie des mots*, il y a des mots et même des lettres
dont l'articulation est merveilleusement propre à exprimer la passion ou le sentiment qui les a fait choisir.
Si c'est à l'écrivain de trouver ces mots, c'est au lecteur
et au déclamateur de les faire valoir et de leur imprimer leur cachet particulier. Il faudra donc ici adoucir
toute consonnance rude, accentuer les syllabes longues,
les féminines, les voyelles nasales, porter même le
son d'un mot à l'autre, afin de produire une sorte de
chant ininterrompu, comme le bruit calme et continu
de l'eau d'une source. La suavité de la voix se prêtera
à la suavité des pensées et le charme de l'expression
poétique se doublera du charme de la diction.

La Prière pour tous

Fragment

(LES FEUILLES D'AUTOMNE. — 1830)

Ma fille, va prier. — Vois, la nuit est venue.
Une planète d'or là-bas perce la nue ;
La brume des coteaux fait trembler le contour ;
A peine un char lointain glisse dans l'ombre... Ecoute !
Tout rentre et se repose ; et l'arbre de la route
Secoue au vent du soir la poussière du jour.

Le jour est pour le mal, la fatigue et la haine.
Prions, voici la nuit ! la nuit grave et sereine !
Le vieux pâtre, le vent aux brèches de la tour,
Les étangs, les troupeaux, avec leur voix cassée,
Tout souffre et tout se plaint. La nature lassée
A besoin de sommeil, de prière et d'amour.

C'est l'heure où les enfants parlent avec les anges.
Tandis que nous courons à nos plaisirs étranges,
Tous les petits enfants, les yeux levés au ciel,
Mains jointes et pieds nus, à genoux sur la pierre,
Disant à la même heure une même prière,
Demandent pour nous grâce au père universel.

Ma fille, va prier ! — D'abord, surtout, pour celle
Qui berça tant de nuits ta couche qui chancelle,
Pour celle qui te prit jeune âme dans le ciel,
Et qui te mit au monde, et depuis, tendre mère,
Faisant pour toi deux parts dans cette vie amère,
Toujours a bu l'absinthe et t'a laissé le miel.

Puis ensuite pour moi ! j'en ai plus besoin qu'elle.
Elle est, ainsi que toi, bonne, simple et fidèle.
Elle a le front limpide et le cœur satisfait.
Beaucoup ont sa pitié, nul ne lui fait envie ;
Sage et douce, elle prend patiemment la vie ;
Elle souffre le mal sans savoir qui le fait.

Va donc prier pour moi ! — Dis pour toute prière :
— Seigneur, Seigneur mon Dieu, vous êtes notre père,
Grâce, vous êtes bon ! grâce, vous êtes grand ! —
Laisse aller ta parole où ton âme l'envoie ;
Ne t'inquiète pas, toute chose a sa voie,
Ne ne t'inquiète pas du chemin qu'elle prend.

Il n'est rien ici-bas qui ne trouve sa pente.
Le fleuve jusqu'aux mers dans les plaines serpente ;
L'abeille sait la fleur qui recèle le miel.
Toute aile vers son but incessamment retombe,
L'aigle vole au soleil, le vautour à la tombe,
L'hirondelle au printemps, et la prière au ciel.

Comme une aumône, enfant, donne donc ta prière
A ton père, à ta mère, aux pères de ton père ;
Donne au riche à qui Dieu refuse le bonheur,
Donne au pauvre, à la veuve, au crime, au vice immonde.
Fais en priant le tour des misères du monde ;
Donne à tous ! donne aux morts ! — enfin, donne au
[Seigneur !

— Quoi ! murmure ta voix qui veut parler et n'ose,
Au Seigneur, au Très-Haut manque-t-il quelque chose ?
Il est le saint des saints, il est le roi des rois !
Il se fait des soleils un cortège suprême !
Il fait baisser la voix à l'Océan lui-même !
Il est seul ! il est tout ! à jamais ! à la fois ! —

Enfant, quand tout le jour vous avez en famille,
Tes deux frères et toi, joué sous la charmille,
Le soir, vous êtes las, vos membres sont pliés,
Il vous faut un lait pur et quelques noix frugales,
Et, baisant tour à tour vos têtes inégales,
Votre mère à genoux lave vos faibles pieds.

Eh bien ! il est quelqu'un dans ce monde où nous sommes
Qui tout le jour aussi marche parmi les hommes,
Servant et consolant, à toute heure, en tout lieu,
Un bon pasteur qui suit sa brebis égarée,
Un pèlerin qui va de contrée en contrée,
Ce passant, ce pasteur, ce pèlerin, c'est Dieu.

Le soir il est bien las ! il faut, pour qu'il sourie,
Une âme qui le serve, un enfant qui le prie,
Un peu d'amour ! O toi qui ne sais pas tromper,
Porte-lui ton cœur plein d'innocence et d'extase,
Tremblante et l'œil baissé comme un précieux vase
Dont on craint de laisser une goutte échapper !

Porte-lui ta prière ! et quand, à quelque flamme
Qui d'une chaleur douce emplira ta jeune âme,
Tu verras qu'il est proche, alors, ô mon bonheur,
O mon enfant ! sans craindre affront ni raillerie,
Verse, comme autrefois, Marthe, sœur de Marie,
Verse tout ton parfum sur les pieds du Seigneur !

Victor Hugo (1802-1885).

Nox

(Poèmes antiques — 1852)

Sur la pente des monts, les brises apaisées
Inclinent au sommeil les arbres onduleux ;
L'oiseau silencieux s'endort dans les rosées,
Et l'étoile a doré l'écume des flots bleus.

Au contour des ravins, sur les hauteurs sauvages,
Une molle vapeur efface les chemins ;
La lune tristement baigne les noirs feuillages ;
L'oreille n'entend plus les murmures humains.

Mais sur le sable au loin chante la mer divine,
Et des hautes forêts gémit la grande voix,
Et l'air sonore, aux cieux que la nuit illumine,
Porte le chant des mers et le soupir des bois.

Montez, saintes rumeurs, paroles surhumaines,
Entretien lent et doux de la terre et du ciel !
Montez, et demandez aux étoiles sereines
S'il est pour les atteindre un chemin éternel.

O mers, ô bois songeurs, voix pieuses du monde,
Vous m'avez répondu durant mes jours mauvais,
Vous avez apaisé ma tristesse inféconde,
Et dans mon cœur aussi vous chantez à jamais !

LECONTE DE LISLE (1818-1894).

Ode à la Charité.

(Cantiques Spirituels)

Les méchants m'ont vanté leurs mensonges frivoles
Mais je n'aime que les paroles
De l'éternelle vérité.
Plein du feu divin qui m'inspire
Je consacre aujourd'hui ma lyre
A la céleste charité.

En vain je parlerais le langage des anges ;
   En vain. mon Dieu, de tes louanges
   Je remplirais tout l'univers :
   Sans amour, ma gloire n'égale
   Que la gloire de la cymbale
   Qui d'un vain bruit frappe les airs.

Que sert à mon esprit de percer les abîmes
   Des mystères les plus sublimes
   Et de lire dans l'avenir !
   Sans amour, ma science est vaine,
   Comme le songe dont à peine
   Il reste un léger souvenir.

Que je vois de vertus qui brillent sur ta race,
   Charité, fille de la grâce !
   Avec toi marche la douceur,
   Que suit avec un air affable
   La patience, inséparable
   De la paix, aimable sœur.

Tel que l'astre du jour écarte les ténèbres,
   De la nuit compagnes funèbres,
   Telle tu chasses d'un coup d'œil
   L'envie aux humains si fatale
   Et toute la troupe infernale
   Des vices, enfants de l'orgueil.

Aux faiblesses d'autrui loin d'être inexorable,
   Toujours d'un voile favorable
   Tu t'efforces de les couvrir :
   Quel triomphe manque à ta gloire ?
   L'amour sait tout vaincre, tout croire,
   Tout espérer et tout souffrir.

RACINE (1639-1699).

La Voulzie

S'il est un nom bien doux fait pour la poésie,
Oh ! dites, n'est-ce pas le nom de la Voulzie ?

La Voulzie, est-ce un fleuve aux grandes îles? Non ;
Mais avec un murmure aussi doux que son nom,
Un tout petit ruisseau coulant visible à peine ;
Uu géant altéré le boirait d'une haleine ;
Le nain vert Obéron, jouant au bord des flots,
Sauterait par-dessus sans mouiller ses grelots.
Mais j'aime la Voulzie et ses bois noirs de mûres,
Et dans son lit de fleurs ses bonds et ses murmures.
Enfant, j'ai bien souvent, à l'ombre des buissons,
Dans le langage humain traduit ses vagues sons ;
Pauvre écolier rêveur, et qu'on disait sauvage,
Quand j'émiettais mon pain à l'oiseau du rivage,
L'onde semblait me dire : « Espère ! aux mauvais jours
Dieu te rendra ton pain. » — Dieu me le doit toujours !
C'était mon Egérie, (1) et l'oracle prospère
A toutes mes douleurs jetait ce mot : « Espère !
Espère et chante, enfant dont le berceau trembla.
Plus de frayeur : Camille et ta mère sont là.
Moi, j'aurai pour tes chants de longs échos…»—Chimère!
Le fossoyeur m'a pris et Camille et ma mère.
J'avais bien des amis ici-bas quand j'y vins,
Bluet éclos parmi les roses de Provins (2) :
Du sommeil de la mort. du sommeil que j'envie,
Presque tous maintenant dorment, et, dans la vie,
Le chemin, dont l'épine insulte à mes lambeaux,
Comme une voie antique est bordé de tombeaux.
Dans le pays des sourds j'ai promené ma lyre ;
J'ai chanté sans échos, et, pris d'un noir délire,
J'ai brisé mon luth, puis de l'ivoire sacré
J'ai jeté les débris au vent… et j'ai pleuré !
Pourtant je te pardonne, ô ma Voulzie et même,
Triste, tant j'ai besoin d'un confident qui m'aime,
Me parle avec douceur et me trompe, qu'avant
De clore au jour mes yeux battus d'un si long vent
Je veux faire à tes bords un saint pèlerinage,
Revoir tous les buissons si chers à mon jeune âge,
Dormir encore au bruit de tes roseaux chanteurs,
Et causer d'avenir avec tes flots menteurs.

Hégésippe MOREAU. (1810-1838).

---

(1) Nymphe du Latium. Au figuré, toute femme ou toute chose
personnifiée, du genre féminin, considérée comme inspiratrice.

(2) Ville de Seine-et-Marne, célèbre par sa culture de roses,
dites de Provins.

Le Pélican.

(Fragment de La Nuit de Mai.*— 1835).*

Quel que soit le souci que ta jeunesse endure,
Laisse-la s'élargir cette sainte blessure
Que les noirs séraphins t'ont faite au fond du cœur ;
Rien ne nous rend si grands qu'une grande douleur.
Mais, pour en être atteint, ne crois pas, ô poète !
Que ta voix ici-bas doive rester muette.
Les plus désespérés sont les chants les plus beaux,
Et j'en sais d'immortels qui sont de purs sanglots.
Lorsque le pélican, lassé d'un long voyage,
Dans les brouillards du soir retourne à ses roseaux,
Ses petits affamés courent sur le rivage
En le voyant au loin s'abattre sur les eaux.
Déjà, croyant saisir et partager leur proie,
Ils courent à leur père avec des cris de joie
En secouant leurs becs sur leurs goîtres hideux.
Lui, gagnant à pas lents une roche élevée,
De son aile pendante abritant sa couvée,
Pêcheur mélancolique, il regarde les cieux.
Le sang coule à longs flots de sa poitrine ouverte ;
En vain il a des mers fouillé la profondeur :
L'océan était vide et la plage déserte ;
Pour toute nourriture il apporte son cœur.
Sombre et silencieux, étendu sur la pierre,
Partageant à ses fils ses entrailles de père,
Dans son amour sublime il berce sa douleur.
Et, regardant couler sa sanglante mamelle,
Sur son festin de mort il s'affaisse et chancelle,
Ivre de volupté, de tendresse et d'horreur.
Mais parfois, au milieu du divin sacrifice,
Fatigué de mourir dans un trop long supplice,
Il craint que ses enfants ne le laissent vivant ;
Alors il se soulève, ouvre son aile au vent,
Et, se frappant le cœur avec un cri sauvage,
Il pousse dans la nuit un si funèbre adieu,
Que les oiseaux des mers désertent le rivage,
Et que le voyageur attardé sur la plage,
Sentant passer la mort, se recommande à Dieu.

Poëte, c'est ainsi que font les grands poètes.
Ils laissent s'égayer ceux qui vivent un temps ;
Mais les festins humains qu'ils servent à leurs fêtes
Ressemblent la plupart à ceux du pélican.

Alfred de MUSSET (1810-1857).

Murmure d'étoiles.

Dans le ciel que la nuit inonde,
Frémissantes au vent du soir,
Les étoiles d'or, sur le monde,
Penchent leur front blanc pour mieux voir.

Elles écoutent ce que disent
Les fontaines dans les bosquets,
Et les sources claires qu'irisent
Les rayons de lune coquets.

Elles baignent de leur lumière
Le malheureux, qui, dans les bois,
Dort confiant, le pauvre hère,
N'ayant qu'un grand chêne pour toit.

Elles mettent une caresse
Sur le front pâle du rêveur,
A la nuit disant sa tendresse
Et les doux pensers de son cœur.

Puis tout bas elles se racontent
Tout ce qu'elles ont vu chez nous,
Tandis qu'au ciel elles remontent
Brillant d'un éclat calme et doux.

Et de là vient le sourd murmure
Que l'on entend au fond des bois,
Et qui glisse sur la ramure,
Comme l'écho de mille voix.

Jacinthe BLANCHE.

Le Poète au Rossignol

Quand ta voix céleste prélude
Au silence des belles nuits,
Barde ailé de ma solitude,
Tu ne sais pas que je te suis !

Tu ne sais pas que mon oreille,
Suspendue à ta douce voix,
De l'harmonie universelle
S'enivre longtemps sous les bois !

Tu ne sais pas que mon haleine
Sur mes lèvres n'ose passer,
Que mon pied muet foule à peine
La feuille qu'il vient de froisser !

Et qu'enfin un autre poète
Dont la lyre a moins de secrets,
Dans son âme envie et répète
Ton hymne nocturne aux forêts !

Mais si l'astre des nuits se penche
Aux bords des monts pour t'écouter,
Tu te caches de branche en branche
Au rayon qui vient y flotter.

Et si la source qui repousse
L'humble caillou qui l'arrêtait,
Elève une voix dans la mousse,
La tienne se trouble et se tait !

Ah ! ta voix touchante ou sublime
Est-trop pure pour ce bas lieu !
Cette musique qui t'anime
Est un instinct qui monte à Dieu !

Et cette voix mystérieuse
Qu'écoutent les anges et moi,
Ce soupir de la nuit pieuse,
Oiseau mélodieux, c'est toi !

Oh ! mêle ta voix à la mienne !
La même oreille nous entend ;
Mais ta prière aérienne
Monte mieux au ciel qui l'attend !

Elle est l'écho d'une nature
Qui n'est qu'amour et pureté,
Le brûlant et divin murmure,
L'hymne flottant des nuits d'été !

Et nous, dans cette voix sans charmes,
Qui gémit en sortant du cœur,
On sent toujours trembler des larmes,
Ou retentir une douleur !

LAMARTINE (1790-1869).

DU TON MÉLANCOLIQUE
OU ÉLÉGIAQUE

L'*élégie* a pour objet de chanter les regrets, la douleur. Consacrée d'abord à la plainte, elle devint ensuite, par le caractère tout intime de ses accents, l'expression de la joie douce et du sentiment ; quelquefois elle s'élève même à la hauteur de la poésie héroïque.

Le *ton mélancolique,* dans sa simplicité touchante et noble, doit exprimer en même temps que les charmes de l'imagination, les sentiments du cœur.

Ce ton se rapproche beaucoup du ton poétique ; il en a la délicatesse, mais il est plus simple, plus naturel. La voix doit être grave, parfois amère et désolée ; avant de commencer on devra bien se pénétrer des sentiments qui remplissent le morceau, afin que ses accents soient parfaitement justes ; on doit en trouver le germe et la source dans le cœur.

Les inflexions de la véritable sensibilité sont les traits les plus propres à frapper les âmes, car se serait en vain que l'on compterait sur l'art pour exprimer ce qu'on ne sentirait pas. Si le sentiment est calme, on emploie les sons doux, longs, traînants, avec de longues pauses ; si l'affection est vive, la voix sera moins abattue mais plus troublée ; elle sera parfois saccadée, tremblante, pleine de larmes et laissant même échapper involontairement un cri véhément révélant une émotion profonde.

Quoique le ton élégiaque soit le ton général des morceaux suivants, chacun d'eux, comme on le verra, comporte une nuance différente. D'ailleurs, tous les exercices, même ceux du même genre de style, ont été variés le plus possible, afin d'exercer la voix dans toute son étendue.

Sonnet sur la mort d'un enfant.

Comme on voit sur la branche au mois de mai la rose
En sa belle jeunesse, en sa première fleur,
Rendre le ciel jaloux de sa vive couleur,
Quand l'aube de ses fleurs au point du jour l'arrose :

La grâce dans sa feuille et l'amour se repose,
Embaumant les jardins et les arbres d'odeur ;
Mais battue ou de pluie ou d'excessive ardeur,
Languissante, elle meurt, feuille à feuille desclose.

Ainsi dans ta première et jeune nouveauté,
Quand la terre et le ciel honoraient ta beauté,
La Parque t'a tuée, et cendres tu reposes.

Pour obsèques reçois mes larmes et mes pleurs,
Ce vase plein de lait, ce panier plein de fleurs,
Afin que vif et mort ton corps ne soit que roses.

RONSARD (1524-1585)

L'Isolement

(Premières méditations. — 1819)

Souvent sur la montagne, à l'ombre du vieux chêne,
Au coucher du soleil, tristement je m'assieds ;
Je promène au hasard mes regards sur la plaine,
Dont le tableau changeant se déroule à mes pieds.

Ici gronde le fleuve aux vagues écumantes ;
Il serpente, et s'enfonce en un lointain obscur ;
Là le lac immobile étend ses eaux dormantes
Où l'étoile du soir se lève dans l'azur.

Au sommet de ces monts couronnés de bois sombres,
Le crépuscule encor jette un dernier rayon ;
Et le char vaporeux de la reine des ombres
Monte, et blanchit déjà les bords de l'horizon.

Cependant, s'élançant de la flèche gothique,
Un son religieux se répand dans les airs :
Le voyageur s'arrête, et la cloche rustique
Aux derniers bruits du jour mêle de saints concerts.

Mais à ces doux tableaux mon âme indifférente
N'éprouve devant eux ni charme ni transports ;
Je contemple la terre ainsi qu'une ombre errante :
Le soleil des vivants n'échauffe plus les morts.

De colline en colline en vain portant ma vue,
Du sud à l'aquilon, de l'aurore au couchant,
Je parcours tous les points de l'immense étendue,
Et je dis : « Nulle part le bonheur ne m'attend ».

Que me font ces vallons, ces palais, ces chaumières,
Vains objets dont pour moi le charme est envolé ?
Fleuves, rochers, forêts, solitudes si chères,
Un seul être vous manque, et tout est dépeuplé !

Que le tour du soleil ou commence ou s'achève,
D'un œil indifférent je le suis dans son cours ;
En un ciel sombre ou pur qu'il se couche ou se lève,
Qu'importe le soleil ? je n'attends rien des jours.

Quand je pourrais le suivre en sa vaste carrière,
Mes yeux verraient partout le vide et les déserts :
Je ne désire rien de tout ce qu'il éclaire ;
Je ne demande rien à l'immense univers.

Mais peut-être au delà des bornes de sa sphère,
Lieux où le vrai soleil éclaire d'autres cieux,
Si je pouvais laisser ma dépouille à la terre,
Ce que j'ai tant rêvé paraîtrait à mes yeux !

Là, je m'enivrerais à la source où j'aspire ;
Là, je retrouverais et l'espoir et l'amour,
Et ce bien idéal que toute âme désire,
Et qui n'a pas de nom au terrestre séjour !

Que ne puis-je, porté sur le char de l'Aurore,
Vague objet de mes vœux, m'élancer jusqu'à toi !
Sur la terre d'exil pourquoi resté-je encore ?
Il n'est rien de commun entre la terre et moi.

Quand la feuille des bois tombe dans la prairie,
Le vent du soir s'élève et l'arrache aux vallons ;
Et moi, je suis semblable à la feuille flétrie :
Emportez-moi comme elle, orageux aquilons !

LAMARTINE (1790-1869).

Douleur de vivre.

Parfois, las d'être esclave et de boire la lie
De ce calice amer que l'on nomme la vie,
Las du mépris des sots qui suit la pauvreté,
Je regarde à la tombe, asile souhaité !
Je souris à ma mort volontaire et prochaine,
Je me prie, en pleurant, d'oser rompre ma chaîne ;
Le fer libérateur qui percerait mon sein,
Déjà frappe mes yeux et frémit sous ma main ;
Et puis mon cœur s'écoute et s'ouvre à la faiblesse ;
Mes écrits imparfaits, mes amis, ma jeunesse,
L'avenir incertain, car à ses propres yeux
L'homme sait se cacher d'un voile spécieux ;
A quelque noir chagrin qu'elle soit asservie,
D'une étreinte invincible il embrasse la vie,
Et va chercher bien loin, plutôt que de mourir,
Quelque prétexte ami pour vivre et pour souffrir.

André CHÉNIER (1762-1794).

Plainte.

O monde ! ô vie ! ô temps ! fantômes, ombres vaines,
Qui lassez à la fin mes pas irrésolus ;
Quand reviendront ces jours où vos mains étaient plein
Vos regards caressants, vos promesses certaines ?
　　　Jamais, ô jamais plus !

L'éclat du jour s'éteint aux pleurs où je me noie,
Les charmes de la nuit passent inaperçus ;
Nuit, jour, printemps, hiver, est-il rien que je voie ?
Mon cœur peut battre encor de peine, mais de joie,
　　　Jamais, ô jamais plus !

　　　　　　　Mᵐᵉ Tastu (1798-1885).

La Maison abandonnée.

Pauvre logis désert, que j'aime ton aspect !
Comme du fond du cœur je plains ta destinée !
Toujours je te salue avec un saint respect,
　　　Maison abandonnée !

La jeunesse y chantait les doux printemps nouveaux,
Dès que l'oiseau folâtre animait la charmille,
Dans cette ruche heureuse, avec ses gais travaux,
　　　Bourdonnait la famille.

Le seuil fêtait l'époux ; le soir, à son retour,
L'épouse l'attendait : aux lèvres de leur père
Sautaient de beaux enfants, et puis avec amour
　　　Ils embrassaient leur mère.

Après les jours finis dans la paix du bonheur,
On priait Dieu, la Vierge et les saintes Phalanges ;
Et puis on s'endormait dans la paix du Seigneur
　　　Sous les ailes des anges.

Rien n'avait dénoué le tendre et doux faisceau !
Au grand-père joyeux, à l'aïeule ravie
L'enfant en souriant niait dans son berceau
    Les peines de la vie.

La vigne aux rameaux verts, dorés de beaux grains mûrs,
Le jasmin argenté, les odorantes roses,
Le chèvrefeuille errant faisait rire ces murs
    Aujourd'hui si moroses.

Cette triste maison n'a plus regard ni voix,
Dans la lampe il n'est plus d'aliment pour la flamme,
Les foyers qui brillaient sont tous éteints et froids ;
    Le logis n'a plus d'âme...

Ce logis autrefois si bruyant et si beau,
Hélas ! vide et muet, voilé de lierres sombres,
Appartient au passé. Ce n'est plus qu'un tombeau
    Habité par des ombres.

Oh ! ne rajeunis point tes murs, fendus des vents,
Maison abandonnée ! ainsi vieillis et tombe.
Ne te redonne pas à de nouveaux vivants,
    Sois fidèle à la tombe.

Les souffles, les soupirs, tous les nocturnes bruits
Sont les âmes des morts qui toujours se souviennent.
Les doux gémissements qui remplissent tes nuits
    Sont des morts qui reviennent.

Leurs périssables corps ont seuls pu te quitter ;
Mais leurs âmes toujours aiment tes murs paisibles ;
Tes morts chéris n'ont pas cessé de t'habiter :
    Ils ne sont qu'invisibles !

BOULAY-PATY (1805-1864).

L'Anniversaire.

Hélas ! après dix ans je revois la journée
Où l'âme de mon père est aux cieux retournée.
L'heure sonne : j'écoute. O regrets ! ô douleurs!
Quand cette heure eut sonné, je n'avais plus de père :
On retenait mes pas loin du lit funéraire ;
On me disait : « Il dort! » et je versais des pleurs.

Mais du temple voisin quand la cloche sacrée
Annonça qu'un mortel avait quitté le jour,
Chaque son retentit dans mon âme navrée,
    Et je crus mourir à mon tour.
Tout ce qui m'entourait me racontait ma perte ;
Quand la nuit dans les airs jeta son crêpe noir,
Mon père à ses côtés ne me fit plus asseoir ;
Et j'attendis en vain à sa place déserte
Une tendre caresse et le baiser du soir.
    Je voyais l'ombre auguste et chère
    M'apparaître toutes les nuits ;
    Inconsolable en mes ennuis,
Je pleurais tous les jours, même auprès de ma mère.

Ce long regret, dix ans ne l'ont point adouci ;
Je ne puis voir un fils dans les bras de son père
Sans dire en soupirant : « J'avais un père aussi! »

Son image est toujours présente à ma tendresse,
Ah ! quand la pâle automne aura jauni les bois,
O mon père! je veux promener ma tristesse
Aux lieux où je te vis pour la dernière fois.

    Sur ces bords que la Somme arrose
J'irai chercher l'asile où ta cendre repose ;
    J'irai d'une modeste fleur
    Orner ta tombe respectée,
Et sur la pierre, encor de larmes humectée,
    Redire ce chant de douleur.

MILLEVOYE (1782-1816).

A ma Fille

(LES CONTEMPLATIONS — 1842)

O mon enfant, tu vois, je me soumets.
Fais comme moi; vis du monde éloignée;
Heureuse ? non ; triomphante ? jamais.
    — Résignée ! —

Sois bonne et douce, et lève un front pieux.
Comme le jour dans les cieux met sa flamme,
Toi, mon enfant, dans l'azur de tes yeux
    Mets ton âme !

Nul n'est heureux et nul n'est triomphant.
L'heure est pour tous une chose incomplète;
L'heure est une ombre, et notre vie, enfant,
    En est faite.

Oui, de leur sort tous les hommes sont las.
Pour être heureux, à tous, — destin morose ! —
Tout a manqué. Tout, c'est-à-dire, hélas !
    Peu de chose.

Ce peu de chose est ce que, pour sa part,
Dans l'univers chacun cherche et désire :
Un mot, un nom, un peu d'or, un regard,
    Un sourire !

La gaîté manque au grand roi sans amours;
La goutte d'eau manque au désert immense.
L'homme est un puits où le vide toujours
    Recommence.

Le ciel, qui sait nos maux et nos douleurs,
Prend en pitié nos jours vains et sonores.
Chaque matin, il baigne de ses pleurs
    Nos aurores.

Dieu nous éclaire, à chacun de nos pas,
Sur ce qu'il est et sur ce que nous sommes ;
Une loi sort des choses d'ici-bas,
      Et des hommes.

Cette loi sainte, il faut s'y conformer,
Et la voici, toute âme y peut atteindre :
Ne rien haïr, mon enfant, tout aimer.
      Ou tout plaindre !

Victor Hugo

DU TON NARRATIF ET DESCRIPTIF

Pour nous retracer en touches vigoureuses le spectacle de l'*Orage*, chargez votre palette, vous devez être peintre. Pour narrer le récit de la *Victoire de Spartacus*, pour faire revivre le lugubre poème du *Récit du Tribun*, pour nous raconter les *Visions de Jeanne d'Arc* et la *Légende du Chevrier*, soyez habile metteur en scène, animez les personnages, prêtez-leur une étincelle de votre vie.

La *narration* et la *description* exigent une longue analyse ; tous les détails doivent en être étudiés avec soin, comme dans un tableau, on doit faire valoir les rayons et les ombres en opposant les uns aux autres. Dans l'*Aumône du Cid*, on trouvera de ces fréquents contrastes.

Ce genre demande beaucoup de clarté dans le débit et une grande souplesse de voix, car c'est la voix qui donne la richesse du coloris et la vigueur du relief. On trouve des narrations simples aussi bien que de dramatiques, des descriptions poétiques comme des passionnées : tous les tons peuvent se rencontrer dans ce genre et c'est ce qui en constitue la difficulté.

Voici ce qu'en dit Cicéron : « La narration exige des inflexions variées qui représentent, pour ainsi dire, par les sons, la nature de chaque fait et de chaque détail ! avez-vous à raconter quelques discours, des questions, des réponses, des exclamations, exprimez, par votre débit, les affections de chaque personne et ses plus intimes sentiments.

La juste observation de la ponctuation sera aussi d'un grand secours pour éviter la monotonie dans le genre purement descriptif ; la ponctuation dessine la phrase, tandis que la voix la colore.

Victoire de Spartacus.

(Extrait de SPARTACUS. *Tragédie en 5 actes)*

Rome de Lucullus célébrait la victoire :
Pour la première fois j'assistais à ces jeux
Où le sang prodigué de tant de malheureux
Coule pour le plaisir d'une foule inhumaine.
Mes yeux avec horreur se portaient sur l'arène ;
D'affreux cris de douleur, de sourds gémissements,
Se mêlaient à la joie, aux applaudissements.
Un cimbre, dont le front, respirant la menace,
D'une large blessure offrait l'horrible trace,
De deux braves Gaulois avait ouvert le flanc :
Il les foulait aux pieds ; il nageait dans le sang,
Lorsque, pour le malheur et l'opprobre de Rome,
Sur l'arène soudain on vit paraître un homme
Dont la stature noble et la mâle beauté
Alliaient la jeunesse avec la majesté :
Cet homme avec dédain sur l'arène se couche ;
Il garde, en frémissant, un silence farouche ;
On voit des pleurs de rage échapper de ses yeux.
Plein d'un brutal orgueil, le Cimbre audacieux
Prend ce noble dédain pour amour de la vie,
Le frappe... Celui-ci s'élance avec furie,
Et, présentant le fer à ses yeux effrayés,
De deux horribles coups il l'étend à ses pieds.
Tout le peuple à grands cris applaudit sa victoire.
Cet homme alors s'avance, indigné de sa gloire :
« Peuple romain, dit-il, vous, consuls et sénat,
Qui me voyez frémir de ce honteux combat,
C'est une gloire à vous bien grande, bien insigne,
Que d'exposer ainsi sur une arène indigne
Le fils d'Arioviste à vos gladiateurs ;
Etouffez dans mon sang ma honte et mes fureurs,

Votre opprobre et le mien ; ou j'atteste le Tibre
Que, si Spartacus vit et se voit jamais libre,
Des flots de sang romain pourront seuls effacer
La tache de celui que je viens de verser !

B. V. SAURIN (1706-1781).

L'Orage.

On voit à l'horizon de deux points opposés
Des nuages monter dans les airs embrasés ;
On les voit s'épaissir, s'élever et s'étendre.
D'un tonnerre éloigné le bruit s'est fait entendre :
Les flots en ont frémi ; l'air en est ébranlé,
Et le long du vallon le feuillage a tremblé ;
Les monts ont prolongé le lugubre murmure,
Dont le son lent et sourd attriste la nature.
Il succède à ce bruit un calme plein d'horreur,
Et la terre en silence attend dans la terreur ;
Des monts et des rochers le vaste amphithéâtre
Disparaît tout à coup sous un voile grisâtre ;
Le nuage élargi le couvre de ses flancs ;
Il pèse sur les airs tranquilles et brûlants.
Mais des traits enflammés ont sillonné la nue,
Et la foudre, en grondant, roule dans l'étendue ;
Elle redouble, vole, éclate dans les airs ;
Leur nuit est plus profonde, et de vastes éclairs
En font sortir sans cesse un jour pâle et livide.
Du couchant ténébreux s'élance un vent rapide,
Qui tourne sur la plaine, et, rasant les sillons,
Enlève un sable noir qui roule en tourbillons.
Ce nuage nouveau, ce torrent de poussière,
Dérobe à la campagne un reste de lumière.
La peur, l'airain sonnant, dans les temples sacrés
Font entrer à grands flots les peuples égarés.
Grand Dieu ! vois à tes pieds leur foule consternée
Te demander le prix des travaux de l'année.
Hélas ! d'un ciel en feu les globules glacés
Ecrasent en tombant les épis renversés.
Le tonnerre et les vents déchirent les nuages ;
Le fermier de ses champs contemple les ravages,

Et presse dans ses bras ses enfants effrayés.
La foudre éclate, tombe ; et des monts foudroyés
Descendent à grand bruit les graviers et les ondes,
Qui courent en torrents sur les plaines fécondes.
O récolte ! ô moissons ! tout périt sans retour :
L'ouvrage d'une année est détruit dans un jour.

SAINT-LAMBERT (1716-1803).

Le Récit du Tribun.

(Histoires et Légendes) (1).

. . . .
Alors le vieux tribun pencha sa tête grise ;
Il se tut et pleura ; sa douleur fut comprise ;
Les vingts soldats gaulois à ses côtés assis
En silence attendaient la fin de ses récits.
Seuls, du vent dans les pins sifflaient les longs murmures
Mais plus d'un cœur battait sous l'acier des armures,
Le tribun, ce soir-là, paraissait rajeunir,
Ses trente ans revivaient avec son souvenir.

— « Oui, reprit-il, j'ai vu cette lugubre histoire :
J'étais centurion et garde du Prétoire ;
J'étais là, sur le roc, immobile, impuissant,
A trois pas de la Croix toute rouge de sang.
Il me vit... Je tremblai sous ce regard intime ;
Et j'entendis la voix de cet Homme-victime
Dire avec un soupir solennel et profond :
« Père, pardonnez-leur ! Savent-ils ce qu'ils font ? »
Il priait. — Mais la foule, en sa lâche ironie,
Fléchissait les genoux devant son agonie ;
Leurs cris de mort grondaient comme un sourd hurle-
Et les prêtres haineux passaient en blasphémant. [ment,

« Quel spectacle !... Ah ! depuis, dans la forêt germaine,
Souvent j'ai vu bondir des flots de rage humaine ;
Des captifs se ruaient contre nos bataillons,
Déchiraient de leurs dents leur chair ou leurs haillons,

_____

(1) Retaux, éditeur.

Vomissaient contre nous leur sang et leur outrage :
C'était du désespoir et presque du courage.
Mais chez ces juifs, c'était un délire moqueur,
Un reflux de l'enfer qui leur montait au cœur.

« Sur la cime du roc, étroite et dénudée,
D'ignobles mendiants, rebut de la Judée,
Agitaient contre Lui, sous ses bras étendus,
Les bras que par miracle il leur avait rendus.
De la langue ou des yeux tel lui devait l'usage
Qui venait en riant lui cracher au visage ;
Mais Lui, mourant divin, dans son triste abandon,
Inclinait sa paupière en signe de pardon.
Et sa mère était là, debout, l'âme brisée,
Ecoutant leur blasphème et l'infâme risée,
Pleurant, mais forte et noble et grande en sa douleur.
Répétant, elle aussi : « Mon Dieu, pardonnez-leur ! »

Le vétéran parut recueillir sa pensée,
Un sanglot étreignit sa poitrine oppressée...
Il reprit : « Sous nos pieds, le rocher s'ébranla,
Puis au fond du ciel noir le soleil se voila ;
La nuit couvrit la plaine, et les monts, et le monde ;
L'épouvante saisit cette cohue immonde.
Ils tremblaient, ils fuyaient d'un pas mal affermi,
Et dans l'ombre, en tombant ricanaient à demi,
De ce rire hébété, hoquet de la démence.

« Jérusalem semblait comme un sépulcre immense
Aux bords duquel, penché vers ce peuple d'ingrats,
L'agonisant divin étendait ses deux bras.
Enfin, il acheva de souffrir et de vivre ;
Saluant en vainqueur la mort qui le délivre,
Il lève fièrement son front sanglant, meurtri ;
Par les échos du ciel sa voix jette un grand cri,
Et son âme s'échappe avec une prière.
Et moi, près de sa Croix, à genoux sur la pierre,
Adorant la vertu de ce sublime adieu,
Je dis : « En vérité, cet homme est Fils de Dieu ! »

II

Mais alors dans le camp les clairons retentirent ;
Du tertre impérial douze hérauts partirent,
Criant aux légions : « Chefs et soldats, demain,
Néron, consul, César, dieu du peuple romain,
Maître de la Victoire et de la destinée,
Fête l'éternité de sa trentième année.
Tous devant son image, au pied de son autel,
Offriront leur encens à Néron immortel ! »

... Le soir le vieux tribun et vingt légionnaires
Expiraient sous les coups de licteurs mercenaires.
Tous refusaient l'encens de l'adoration
A Néron éternel, dieu, César... histrion !...
Le dieu dit, en faisant cette belle hécatombe :
« Leur tête ne sait pas se courber ; qu'elle tombe ! »
Tous, souriant au ciel, saluaient la douleur ;
Et le tribun disait : « O Christ, pardonnez-leur ! »

P. V. Delaporte.

Les Visions de Jeanne d'Arc.

(Extrait du livre de Jeanne d'Arc).

Un jour d'été, jour de jeûne, à midi, Jeanne étant au
jardin de son père, tout près de l'église, vit de ce côté une
éblouissante lumière, et entendit une voix : « Jeanne,
sois bonne et sage enfant ; va souvent à l'église. » La
pauvre fille eut grand'peur.

Une autre fois, elle entendit encore la voix, vit la
clarté, mais dans cette clarté de nobles figures dont
l'une avait des ailes et semblait un sage prud'homme.
Il lui dit : « Jeanne, va au secours du roi de France, et
tu lui rendras son royaume, » Elle répondit, toute
tremblante : « Messire, je ne suis qu'une pauvre fille ;
je ne saurais chevaucher, ni conduire les hommes
d'armes. » La voix répliqua : « Tu iras trouver M. de
Baudricourt, capitaine de Vaucouleurs, et il te fera
mener au roi. Sainte Catherine et sainte Marguerite

viendront t'assister. » Elle resta stupéfaite et en larmes, comme si elle eût déjà vu sa destinée tout entière.

Le prud'homme n'était pas moins que saint Michel, le sévère archange des jugements et des batailles. Il revint encore, lui rendit courage « et lui raconta la pitié qui estoit au royaume de France ». Puis vinrent les blanches figures de saintes, parmi d'innombrables lumières, la tête parée de riches couronnes, la voix douce et attendrissante à en pleurer. Mais Jeanne pleurait surtout quand les saintes et les anges la quittaient. « J'aurais bien voulu, dit-elle, que les anges m'eussent emportée... »

Si elle pleurait, dans un si grand bonheur, ce n'était pas sans raison. Quelque belles et glorieuses que fussent ses visions, sa vie dès lors avait changé. Elle, qui n'avait entendu jusque là qu'une voix, celle de sa mère, dont la sienne était l'écho, elle entendait maintenant la puissante voix des anges ! Et que voulait la voix céleste ? Qu'elle délaissât cette mère, cette douce maison. Elle, qu'un seul mot déconcertait, il lui fallait aller parmi les hommes, parler aux hommes, aux soldats. Il fallait qu'elle quittât pour le monde, pour la guerre, ce petit jardin sous l'ombre de l'église, où elle n'entendait que les cloches et où les oiseaux mangeaient dans sa main. Car tel était l'attrait de douceur qui entourait la jeune sainte ; les animaux et les oiseaux du ciel venaient à elle, comme jadis aux Pères du désert, dans la confiance de la paix de Dieu.

MICHELET (1798-1874).

L'Aumône du Cid.

Un soir, dans la Sierra, passait Campeador.
Sur sa cuirasse d'or le soleil mirait l'or
Des derniers flamboiements d'une soirée ardente,
Et doublait du héros la splendeur flamboyante !
Il n'était qu'or partout, du cimier aux talons,
L'or des cuissards froissait l'or des caparaçons.

Des rubis grenadins faisaient feu sur son casque,
Mais ses yeux en faisaient plus encor sous son masque.
Superbe, et de loisir, il allait sans pareil,
Et n'ayant rien à battre, il battait le soleil !

Et les pâtres penchés aux rampes des montagnes,
Se le montraient flambant au loin, dans les campagnes
Comme une tour de feu, ce grand cavalier d'or,
Et disaient : « C'est Saint Jacques, ou bien Campeador,
Confondant tous les deux dans une même gloire,
L'un pour mieux l'admirer, l'autre, pour mieux y croire !

Or, comme il passait là, magnifique et puissant,
Et calme, et grave et lent, le radieux passant
Entendit dans le creux d'un ravin solitaire,
Une voix qui semblait, triste, sortir de terre !
Et c'était, étendu sur le sol, un lépreux,
Une immondice humaine, un monstre, un être affreux,
Dont l'aspect fit lever tout droit, dans la poussière,
Les deux pieds du cheval, se dressant en arrière,
Comme s'il eût compris que les fers de ses pieds,
S'ils touchaient à cet être, en resteraient souillés
Et qu'ils ne pourraient plus en essuyer la fange !

Cependant le héros, dans sa splendeur d'Archange,
Inclinant son panache éclatant, aperçut
Ce hideux malandrin, sale et vil, le rebut
Du monde, — il lui tendit noblement son aumône,
Du haut de son cheval cabré, comme d'un trône,
A ce lépreux impur, contagieux maudit,
Qui la lui demandait au nom de Jésus-Christ !
C'est alors qu'on put voir une chose touchante :
Allongeant vers le Cid sa main pulvérulente,
Le lépreux accroupi se mit sur ses genoux,
Surpris — le repoussé ! — de voir un homme doux
Ne pas montrer l'horreur qu'inspirait sa présence,
Et ne pas l'écarter du bois dur de sa lance ;
Et, touché dans le cœur de voir cette pitié,
Il osa, lui, le vil, l'affreux, l'humilié,
Dans un de ces élans plus forts que la nature
Au gantelet d'acier coller sa bouche impure.
Le malheureux savait qu'il pouvait appuyer
Sans lui donner son mal sur le brillant acier,

Le mouiller de sa lèvre, y traîner son haleine.
Lui qui n'avait jamais baisé de main humaine
Et qui donnait la mort d'un seul attouchement,
Vautra son front dartreux sur l'acier de ce gant.

Et le Cid le laissa très tranquillement faire,
Sans dédain, sans dégoût, sans haine, sans colère,
Immobile il restait, le grand Campeador !
Que pouvait-il penser sous le grillage d'or
De son casque en rubis, quand il vit cette audace ?
Quel sentiment passa sous l'or de sa cuirasse ?
Mais il fixa longtemps le lépreux, — puis, soudain,
Il arracha son gant et lui donna sa main.

Barbey d'Aurevilly (1811-1889).

La Légende du Chevrier.

Comme ils n'ont pas trouvé place à l'hôtellerie,
Marie et saint Joseph s'abritent pour la nuit
Dans une pauvre étable où l'hôte les conduit,
Et là Jésus est né de la Vierge Marie.

Il est à peine né qu'aux pâtres d'alentour,
Qui gardent leurs troupeaux dans la nuit solitaire,
Des anges lumineux annoncent le mystère.
— Beaucoup sont en chemin avant le point du jour.

Ils portent à l'Enfant, couché sur de la paille,
Entre l'âne et le bœuf qui soufflent doucement,
Du lait pur, des agneaux, du miel et du froment,
Tous les humbles trésors du pauvre qui travaille.

Le dernier venu dit : « Trop pauvre, je n'ai rien
Que la flûte en roseau pendue à ma ceinture,
Dont je sonne, la nuit, quand le troupeau pâture :
J'en peux offrir un air, si Jésus le veut bien. »

Marie a dit que oui, souriant sous son voile...
Mais soudain sont entrés les mages d'Orient ;
Ils viennent à Jésus l'adorer en priant,
Et ces rois sont venus guidés par une étoile.

L'or brode, étincelant, leur manteau rouge et bleu,
Bleu, rouge, étincelant comme un ciel à l'aurore.
Chacun d'eux, prosterné devant Jésus, l'adore ;
Ils offrent l'or, l'encens, la myrrhe à l'Enfant-Dieu.

Ebloui, comme tous, par leur train magnifique,
Le pauvre chevrier se tenait dans un coin ;
Mais la douce Marie : « Etes vous pas trop loin
Pour voir l'Enfant, brave homme, en sonnant la musique ? »

Il s'avance troublé, tire son chalumeau,
Et, timide d'abord, l'approche de ses lèvres ;
Puis, comme s'il était tout seul avec ses chèvres,
Il souffle hardiment dans la flûte en roseau.

Sans rien voir que l'Enfant de toute l'assemblée,
Les yeux brillants de joie, il sonne avec vigueur ;
Il y met tout son souffle, il y met tout son cœur,
Comme s'il était seul sous la nuit étoilée.

Or, tout le monde écoute avec ravissement ;
Les rois sont attentifs à la flûte rustique,
Et, quand le chevrier a fini sa musique,
Jésus, qui tend les bras sourit divinement.

Jean AICARD.

Le Combat du Taureau.

(*Extrait de* GONZALVE DE CORDOUE)

Au milieu du champ est un vaste cirque environné
de nombreux gradins ; c'est là que l'auguste reine, habile dans cet art si doux de gagner les cœurs de son
peuple en s'occupant de ses plaisirs, invite souvent
ses guerriers au spectacle le plus chéri des Espagnols.
Là, les jeunes chefs sans cuirasse, vêtus d'un simple
habit de soie, armés seulement d'une lance, viennent
sur de rapides coursiers attaquer et vaincre des taureaux sauvages. Des soldats à pied, plus légers encore, les cheveux enveloppés dans des réseaux, tien-

nent d'une main un voile de pourpre, de l'autre des lances aiguës. L'alcade proclame la loi de ne secourir aucun combattant, de ne leur laisser d'autres armes que la lance pour immoler, le voile pour se défendre. Les rois, entourés de la cour, président à ces jeux sanglants, et l'armée entière, occupant les immenses amphithéâtres, témoigne par des transports de plaisir et d'ivresse quel est son amour effréné pour ces antiques combats.

Le signal est donné, la barrière s'ouvre, le taureau s'élance au milieu du cirque ; mais, au bruit de mille fanfares, aux cris, à la vue des spectateurs, il s'arrête, inquiet, troublé ; ses naseaux fument, ses regards brûlants errent sur les amphithéâtres ; il semble également en proie à la surprise et à la fureur. Tout à coup il se précipite sur un cavalier qui le blesse et fuit rapidement à l'autre bout. Le taureau s'irrite, le poursuit de près, frappe à coups redoublés la terre et fond sur le voile éclatant que lui présente un combattant à pied. L'adroit Espagnol, dans le même instant, évite à la fois sa rencontre, suspend à ses cornes le voile léger, et lui darde une flèche aiguë qui de nouveau fait couler le sang. Percé bientôt de toutes les lances, blessé de ces traits pénétrants dont le fer recourbé reste dans la plaie, l'animal bondit dans l'arène, pousse d'horribles mugissements, s'agite en parcourant le cirque, secoue les flèches nombreuses enfoncées dans son large cou, fait voler ensemble les cailloux broyés, les lambeaux de pourpre sanglants, les flots d'écume rougie, et tombe enfin épuisé d'efforts, de colère et de douleur.

FLORIAN.

Le Maître de la Création.

L'homme a la force et la majesté ; les grâces et la beauté sont l'apanage de l'autre sexe.

Tout annonce dans tous deux les maîtres de la terre ; tout marque dans l'homme, même à l'extérieur, sa supériorité sur tous les êtres vivants : il se soutient droit et élevé, son attitude est celle du commande-

ment ; sa tête regarde le ciel, et présente une face auguste sur laquelle est imprimé le caractère de sa dignité ; l'image de l'âme y est peinte par la physionomie ; l'excellence de sa nature perce à travers les
organes matériels, et anime d'un feu divin les traits
de son visage ; son port majestueux , sa démarche ferme et hardie, annoncent sa noblesse et son
rang ; il ne touche à la terre que par ses extrémités
les plus éloignées, il ne la voit que de loin, et semble
la dédaigner...

Lorsque l'âme est tranquille, toutes les parties du
visage sont dans un état de repos : leur proportion,
leur union, leur ensemble, marquent encore assez la
douce harmonie des pensées et répondent au calme de
l'intérieur ; mais lorsque l'âme est agitée, la face humaine devient un tableau vivant où les passions sont
rendues avec autant de délicatesse que d'énergie, où
chaque mouvement de l'âme est exprimé par un
trait, chaque action par un caractère, dont l'impression vive et prompte devance la volonté, nous décèle
et rend au dehors, par des signes pathétiques, les
images de nos secrètes agitations.

C'est surtout dans les yeux qu'elles se peignent et
qu'on peut les reconnaître : l'œil appartient à l'âme
plus qu'aucun autre organe, il semble y toucher et
participer à tous ses mouvements : il en exprime les
passions les plus vives et les émotions les plus tu-
multueuses, comme les mouvements les plus doux et
les sentiments les plus délicats ; il les rend dans toute
leur force, dans toute leur pureté, tels qu'ils viennent
de naître ; il les transmet par des traits rapides qui
portent dans une autre âme le feu, l'action, l'image
de celle dont ils partent. L'œil reçoit et réfléchit en
même temps la lumière de la pensée et la chaleur du
sentiment : c'est le sens de l'esprit et la langue de l'intelligence.

Buffon (1707-1788).

DU TON COMIQUE

La *Comédie* est une œuvre qui représente une action de la vie commune, et qui peint d'une manière plaisante les mœurs, les défauts ou les ridicules des hommes.

Le *ton comique* se distingue surtout par l'esprit ; il doit faire moins entendre le mot que sentir la chose ; de là une délicatesse de touche nécessaire pour éviter de tomber dans la grossièreté.

La *Comédie* demande beaucoup d'aisance dans le maintien ; malgré la vivacité des saillies, la prononciation doit être toujours correcte et la diction pure ; le dialogue animé et plein de feu sera mesuré et naturel, sans affectation ni exagération d'aucune sorte ; on devra faire parler les différents personnages en leur conservant leur type particulier et leur langage propre. Ce mouvement de rôles exige une grande diversité de tons, en même temps qu'un tact bien sûr, pour ne pas les toucher à faux.

Tous les effets de mauvais goût seront rejetés, mieux vaut pécher par excès de sobriété dans les gestes ou les éclats de voix que par excès contraire. Si l'on prend un ton léger pour plaisanter un ridicule que ce soit sans trivialité ; on doit manier avec art un badinage honnête et délicat.

Amphytrion.

SCÈNE PREMIÈRE

SOSIE

Qui va là ? Heu ! ma peur à chaque pas s'accroît !
        Messieurs, ami de tout le monde.
        Ah ! quelle audace sans seconde
        De marcher à l'heure qu'il est !
        Que mon maître couvert de gloire
        Me joue ici un vilain tour !

Quoi ! si pour son prochain il avait quelque amour,
M'aurait-il fait partir par une nuit si noire ?
Et pour me renvoyer annoncer son retour
  Et le détail de sa victoire,
Ne pouvait-il pas bien attendre qu'il fût jour !
  Sosie, à quelle servitude
  Tes jours sont-ils assujettis !
  Notre sort est beaucoup plus rude
  Chez les grands que chez les petits.
Ils veulent que pour eux tout soit, dans la nature,
  Obligé de s'immoler.
Jour et nuit, grêle, vent, péril, chaleur, froidure,
  Dès qu'ils parlent, il faut voler.
  Vingt ans d'assidus services
  N'en obtiennent rien pour nous.
  Le moindre petit caprice
  Nous attire leur courroux.
  Cependant notre âme insensée
S'acharne au vain honneur de demeurer près d'eux,
  Et s'y veut contenter de la fausse pensée
Qu'ont tous les autres gens que nous sommes heureux.
Vers la retraite en vain la raison nous appelle,
En vain notre dépit quelquefois y consent ;
  Leur vue a sur notre zèle
  Un ascendant trop puissant,
Et la moindre faveur d'un coup d'œil caressant
  Nous rengage de plus belle.
  Mais enfin, dans l'obscurité,
Je vois notre maison, et ma frayeur s'évade.
  Il me faudrait, pour l'ambassade
  Quelque discours prémédité.
Je dois aux yeux d'Alcmène un portrait militaire
Du grand combat qui met nos ennemis à bas ;
  Mais comment diantre faire,
  Si je ne m'y trouvai pas ?
N'importe, parlons-en et d'estoc et de taille,
  Comme oculaire témoin.
Combien de gens font-ils de récits de bataille
  Dont il se sont tenus loin !
  Pour jouer mon rôle sans peine,
  Je le veux un peu repasser.
Voici la chambre où j'entre en courrier que l'on mène,

Et cette lanterne est Alcmène,
A qui je me dois adresser.

[Sosie pose sa lanterne à terre.]

Madame, Amphytrion, mon maître et votre époux....
(Bon ! beau début !) l'esprit toujours plein de vos charmes,
    M'a voulu choisir entre tous
Pour vous donner avis du succès de ses armes,
Et du désir qu'il a de se voir près de vous.
    « Ah vraiment, mon pauvre Sosie,
    « A te revoir j'ai de la joie au cœur. »
    Madame, ce m'est trop d'honneur,
    Et mon destin doit faire envie.
(Bien répondu !) « Comment se porte Amphytrion ? »
    Madame, en homme de courage,
Dans les occasions où la gloire l'engage.
    (Fort bien ! belle conception !)
« Quand viendra-t-il, par son retour charmant,
    « Rendre mon âme satisfaite ? »
Le plus tôt qu'il pourra, madame, assurément,
Mais bien plus tard que son cœur ne souhaite.
(Ah !) « Mais quel est l'état où la guerre l'a mis ?
« Que dit-il ? Que fait-il ? Contente un peu mon âme. »
    Il dit moins qu'il ne fait, madame,
    Et fait trembler ses ennemis.
(Peste ! où prend mon esprit toutes ces gentillesses ?)
« Que font les révoltés ? dis-moi, quel est leur sort ? »
Ils n'ont pu résister, madame, à notre effort ;
    Nous les avons taillés en pièces,
    Mis Ptérélas leur chef à mort,
Pris Télèbe d'assaut ; et déjà dans le port
    Tout retentit de nos prouesses.
« Ah ! quel succès ! ô dieux ! Qui l'eût pu jamais croire !
« Raconte-moi, Sosie, un tel événement. »
Je le veux bien, madame ; et, sans m'enfler de gloire,
    Du détail de cette victoire
    Je puis parler très savamment.
    Figurez-vous donc que Télèbe,
    Madame, est de ce côté ;

[Sosie marque les lieux sur sa main, ou à terre.]

    C'est une ville, en vérité,
    Aussi grande quasi que Thèbe.
    La rivière est comme là.

Ici nos gens se campèrent ;
Et l'espace que voilà,
Nos ennemis l'occupèrent.
Sur un haut, vers cet endroit,
Etait leur infanterie ;
Et plus bas, du côté droit,
Etait la cavalerie.
Après avoir aux dieux adressé les prières,
Tous les ordres donnés, on donne le signal.
Les ennemis, pensant nous tailler des croupières,
Firent trois pelotons de leurs gens à cheval ;
Mais leur chaleur par nous fut vite réprimée,
Et vous alle voir comme quoi.
Voilà notre avant-garde à bien faire animée ;
Là, les archers de Créon, notre roi,
Et voici le corps d'armée,

[On fait un peu de bruit.]

Qui d'abord... Attendez, le corps d'armée a peur ;
J'entends quelque bruit, ce me semble.
. . . .
Mon cœur tant soit peu se rassure,
Et je pense que ce n'est rien.
Crainte pourtant de sinistre aventure,
Allons chez nous achever l'entretien.

Molière (1622-1673).

Le Grondeur.

(Extrait du Grondeur, *comédie en 3 actes)*

LE GRONDEUR, LE VALET

LE GRONDEUR

Bourreau ! me feras-tu toujours frapper deux heures
à la porte ?...

LE VALET

Monsieur, je travaillais au jardin ; au premier coup de
marteau, j'ai couru si vite que je suis tombé en chemin.

LE GRONDEUR

Je voudrais que tu te fusses rompu le cou, double chien ; que ne laisses-tu la porte ouverte ?

LE VALET

Hé ! Monsieur, vous me grondâtes hier à cause qu'elle l'était. Quand elle est ouverte, vous vous fâchez; quand elle est fermée vous vous fâchez aussi. Je ne sais plus comment faire.

LE GRONDEUR

Comment faire ? Comment faire ? infâme !...

LE VALET

Oh ! ça, Monsieur, quand vous serez sorti, voulez-vous que je laisse la porte ouverte ?

LE GRONDEUR

Non.

LE VALET

Si faut-il, Monsieur...

LE GRONDEUR

Encore ? tu raisonneras, ivrogne ?

LE VALET

Morbleu ! j'enrage d'avoir raison.

LE GRONDEUR

Te tairas-tu ?

LE VALET

Monsieur, je me ferais hacher ; il faut qu'une porte soit ouverte ou fermée : choisissez, comment la voulez-vous ?

LE GRONDEUR

Je te l'ai dit mille fois, coquin ! Je la veux... je la... Mais voyez ce maraud-là. Est-ce à un valet à venir me faire des questions ? Si je te prends, traître ! je te montrerai bien comment je la veux... As-tu balayé l'escalier ?

LE VALET

Oui, Monsieur, depuis le haut jusqu'en bas.

LE GRONDEUR

Et la cour?

LE VALET

Si vous y trouvez une ordure comme cela, je veux perdre mes gages.

LE GRONDEUR

Tu n'as pas fait boire la mule? -

LE VALET

Ah! Monsieur, demandez-le aux voisins, qui m'ont vu passer.

LE GRONDEUR

Lui as-tu donné l'avoine?

LE VALET

Oui, Monsieur; Guillaume y était présent.

LE GRONDEUR

Mais tu n'as point porté ces bouteilles de quinquina où je t'ai dit?

LE VALET

Pardonnez-moi, Monsieur et j'ai rapporté les vides.

LE GRONDEUR

Et mes lettres, les as-tu portées à la poste? Hein?

LE VALET

Peste! Monsieur, je n'ai eu garde d'y manquer.

LE GRONDEUR

Je t'ai défendu cent fois de râcler ton maudit violon; cependant j'ai entendu ce matin...

LE VALET

Ce matin? Ne vous souvient-il pas que vous le mîtes hier en mille pièces?

LE GRONDEUR

Je gagerais que ces deux voies de bois sont encore...

LE VALET

Elles sont logées, Monsieur. Vraiment, depuis cela, j'ai aidé Guillaume à mettre dans le grenier une charretée de foin, j'ai arrosé tous les arbres du jardin, j'ai nettoyé les allées, j'ai bêché trois planches, et j'achevais l'autre quand vous avez frappé.

LE GRONDEUR

Oh !... il faut que je chasse ce coquin-là ; jamais valet ne m'a fait enrager comme celui-ci : il me ferait mourir de chagrin... Hors d'ici !

BRUÉYS (1640-1693).

Le Billet de Loterie.

(Extrait des CHATEAUX EN ESPAGNE, *acte III, scène VIII)*

VICTOR

On peut bien quelquefois se flatter dans la vie :
J'ai, par exemple, hier, mis à la loterie,
Et mon billet enfin pourrait bien être bon.
Je conviens que cela n'est pas certain : oh ! non ;
Mais la chose est possible, et cela doit suffire.
Puis, en me le donnant, on s'est mis à sourire,
Et l'on m'a dit : « Prenez, car c'est là le meilleur. »
Si je gagnais pourtant le gros lot, quel bonheur !
J'achèterai d'abord une ample seigneurie...
Non, plutôt une bonne et grasse métairie,
Oh ! oui dans ce canton ; j'aime ce pays-ci.
J'aurai donc, à mon tour, des gens à mon service !
Dans le commandement je serai peu novice ;
Mais je ne serai point dur, insolent, ni fier,
Et me rappelerai ce que j'étais hier.
Ma foi, j'aime déjà ma ferme à la folie.
Moi, gros fermier j'aurai ma basse-cour remplie
De poules, de poussins, que je verrai courir ;
De mes mains, chaque jour, je prétends les nourrir.

C'est un coup d'œil charmant, et puis cela rapporte.
Quel plaisir, quand le soir, assis devant ma porte,
J'entendrai le retour de mes moutons bêlants ;
Que je verrai, de loin, revenir à pas lents,
Mes chevaux vigoureux et mes belles génisses,
— Ils sont nos serviteurs, elles sont nos nourrices ; —
Et mon petit Victor, sur son âne monté,
Fermant la marche avec un air de dignité,
Plus heureux que monsieur... le Grand Turc sur son trône.
Je serai riche, riche, et je ferai l'aumône.
Tout bas, sur mon passage, on se dira : « Voilà
Ce bon monsieur Victor ! » Cela me touchera.
Je puis bien m'abuser ; mais ce n'est pas sans cause :
Mon projet est au moins fondé sur quelque chose...

Il cherche.

Sur un billet. Je veux revoir ce cher... Eh ! mais...
Où donc est-il? Tantôt encore je l'avais
Depuis quand ce billet est-il donc invisible?
Ah ! l'aurais-je perdu? serait-il bien possible?
Mon malheur est certain : me voilà confondu !

Il crie.

Que vais-je devenir? Hélas! j'ai tout perdu !

Collin d'Harleville (1755-1806.)

Les Bourgeoises de Qualité.

ACTE II — SCÈNE IV

Mme BLANDINEAU, LA GREFFIÈRE (1), L'ELUE (2), LISETTE

Mme BLANDINEAU

Qu'est-ce que c'est donc, ma sœur? il se répand un bruit, dans le village, qui me paraît des plus surprenants.

L'ÉLUE

Et à moi, des plus ridicules.

---

(1) Femme d'un greffier ou sa veuve.
(2) Femme d'un magistrat *élu* pour tant d'années.

LA GREFFIÈRE

En quoi donc, ridicule ? et qu'est-ce que c'est que ce bruit ? s'il vous plaît, mesdames ?

Mme BLANDINEAU

Que vous allez épouser monsieur le comte, un homme de qualité, un petit étourdi qui n'a rien. Oh ! je ne trouve point cela vraisemblable.

LA GREFFIÈRE

Cela n'est pas moins vrai, ma sœur, me voilà comtesse ; et, grâce au ciel, nous ne figurerons plus ensemble.

Mme BLANDINEAU

Comtesse, vous ? vous, comtesse, ma sœur ?

LA GREFFIÈRE

Dites madame, madame Blandineau, et madame tout court, entendez-vous ?

Mme BLANDINEAU

Madame tout court ! Ah ! je n'en puis plus. Ma sœur comtesse, et moi procureuse ! Un siège, et tôt ; dépêchez, Lisette.

LISETTE

Madame ! madame ! holà donc, madame !

L'ÉLUE

Vous seriez comtesse, vous, ma cousine la greffière ?

LA GREFFIÈRE

Ah ! plus de cousinage, madame l'élue, plus de cousinage.

L'ÉLUE

Un fauteuil aussi : tôt du secours ; à moi, Lisette !

LISETTE

Oh ! par ma foi, donnez-vous patience.

L'ÉLUE

Je m'affaiblis, je suffoque, j'agonise, et je m'en vais mourir de mort subite.

Mme BLANDINEAU

Ecoutez, ma sœur, il n'y a qu'un mot qui serve : vous voulez le porter plus beau que moi, parce que vous êtes mon aînée, ç'a toujours été votre fureur : mais je me séparerais d'avec mon mari, s'il me laissait avoir ce déboire-là. Vous verrez de belles oppositions, laissez faire.

L'ÉLUE

Il ne faut pas que la famille demeure les bras croisés dans cette affaire-ci ; il faut agir, il faut se remuer, ma cousine.

LA GREFFIÈRE

Oh ! remuez-vous, remuez-vous, je me remuerai aussi, moi, je vous en réponds.

LISETTE

Mort de ma vie, que de mouvement! Voilà une famille bien sémillante !

LA GREFFIÈRE

Mais, vraiment, je les trouve admirables; elles m'empêcheront de m'élever, de faire fortune : ces bourgillonnes-là (1) sont si ridicules...

Mme BLANDINEAU

Bourgillonnes, madame l'élue ! bourgillonnes !

L'ÉLUE

Ah ciel ! bourgillonne, moi qui suis, par la grâce de Dieu, fille, sœur et nièce de notaire, et femme d'un élu, ma cousine.

Mme BLANDINEAU

Et moi, ma cousine, qui ai eu plus de treize mille francs en mariage, tant en argent comptant qu'en nippes et bijoux. Je suis dans une colère...

L'ÉLUE

Et moi dans une rage...

---

(1) Diminutif de *bourgeoise*. Ancien terme de mépris.

LA GREFFIÈRE

Oh ! je deviendrai furieuse, moi, je vous en avertis ; prenez-y garde.

LISETTE

Eh ! là, là, mesdames, un peu de modération ; voulez-vous donner à rire à tout le village ? Voilà cette grosse marchande de laine de la rue des Lombards, qui, comme vous savez, n'est pas une bonne langue.

SCÈNE V

LES MÊMES, Mme CARMIN

Mme CARMIN

Bonjour, ma chère madame Blandineau.

Mme BLANDINEAU

Madame Carmin, votre très humble servante.

Mme CARMIN

Je ne puis pas être de votre souper, je m'en retourne à Paris ; je viens prendre congé de vous, mes chers enfants.

LA GREFFIÈRE

Ah ! ne partez que demain, je vous prie, vous ne me refuserez pas d'être témoin...

Mme CARMIN

Je ne puis différer mon départ : je viens de recevoir des nouvelles d'une affaire dont j'attendais la conclusion avec impatience ; elle est finie, il faut que je parte.

L'ÉLUE

Eh ! quelle affaire, madame Carmin ? Sont-ce des laines de Hollande, d'Angleterre, qui vous arrivent ?

Mme CARMIN

Ah ! fi donc : rien moins que cela, mesdames. Je quitte le négoce, je m'y suis enrichie, cela est au-dessous de moi à l'heure qu'il est : j'achète une charge à mon mari, je me fais présidente.

Mme BLANDINEAU

Vous, présidente, madame Carmin ?

Mme CARMIN

Moi-même.

L'ÉLUE

Madame Carmin présidente.

Mme CARMIN

Oui, madame.

LA GREFFIÈRE

Et moi comtesse, madame Carmin.

Mme CARMIN

Vous, comtesse, madame ?

LA GREFFIÈRE

Oui, madame la présidente.

Mme CARMIN

J'en suis ravie, madame la comtesse.

Mme BLANDINEAU

Et moi je suffoque, je n'en puis plus.

L'ÉLUE

Il y en a pour en mourir ; je n'en reviendrai point.

LISETTE

Voilà de belles fortunes. Eh ! madame Carmin remplira bien cette place-là.

Mme CARMIN

Oh ! ce ne sera pas moi qui exercerai, ce sera mon mari ; mais je lui recommanderai certaines affaires.

LA GREFFIÈRE

Il sera bon d'être de vos amies.

Mme CARMIN

Ce n'est qu'une charge de campagne, à la vérité, et

dans une élection d'une très petite ville du côté d'Etampes ; mais il y a de grands agréments, de grandes prérogatives.

L'ÉLUE

Eh ! quelles prérogatives, madame ?

Mme CARMIN

On est maître absolu dans le pays, premièrement. Il n'y a, je crois, dans toute la juridiction, ni procureurs, ni avocats, ni conseillers même, et monsieur le Président peut se vanter qu'il est lui seul toute la justice : cela est fort bien, mesdames.

Mme BLANDINEAU

Oui, cela sera fort beau de voir monsieur Carmin juger tout seul, lui qui ne sait ni latin, ni pratique, ni lire, ni écrire, peut-être.

Mme CARMIN

Oh ! je vous demande pardon, madame Blandineau, il signera son nom fort librement. et avec un paraphe encore, à cause de sa charge.

L'ÉLUE

Mais ce n'est pas assez de savoir signer, il faut juger auparavant.

Mme CARMIN

Belle bagatelle ! Il y a dans la ville un tabellion qui règle tout, moyennant trente ou quarante francs par année ; et puis, quand on a bon sens, bon esprit, on n'a qu'à juger à la rencontre ; c'en est assez pour des gens de province.

LISETTE

Assurément, et les juges les plus habiles ne sont pas toujours les plus équitables.

Mme CARMIN

Au bout du compte, ce n'est pas mon affaire : je ne veux qu'un rang, moi, cela m'en donne un qui me distingue. Monsieur Carmin est un bon homme qui aime la retraite, la campagne ; il jugera comme il pourra.

Il vivra content dans sa petite ville, et moi à Paris comme une présidente.

LA GREFFIÈRE

Et moi comme une comtesse. Nous nous retrouverons, madame la présidente.

Mme CARMIN

Adieu, ma chère madame Blandineau ; à mon retour nous ferons ensemble quelque partie de plaisir.

Mme BLANDINEAU

Adieu, madame Carmin, bon voyage.

Mme CARMIN

Votre très humble servante, madame.

L'ÉLUE

Vous m'avez vendu des laines éventées, que je vous renverrai, madame la présidente.

Mme CARMIN

On vous les changera, madame l'élue. Adieu, mon agréable comtesse.

LA GREFFIÈRE

Adieu ma chère présidente.

LISETTE

Quelle politesse il y a parmi les femmes de qualité ! Au bout du compte, voilà de belles fortunes ! une femme placée, une femme en charge.

Mme BLANDINEAU

Je n'y puis plus tenir, je suis au désespoir ; monsieur Blandineau en achètera une qui m'établisse, où je ne le veux voir de ma vie.

L'ÉLUE

Monsieur l'élu cessera de l'être, ou je trouverai bien moyen de n'être plus sa femme.

SCÈNE VI

LA GREFFIÈRE, LISETTE

LISETTE

Courage, madame, voilà le champ de bataille qui vous demeure, et il faut qu'il crève une douzaine de bourgeoises de cette affaire-ci.

LA GREFFIÈRE

C'est mon beau-frère à qui j'en veux le plus. Il m'a tantôt traitée de folle, quand je lui parlais de devenir comtesse ; je veux qu'il devienne fou, lui, de voir que je lui ai dit vrai.

LISETTE

Le voilà qui vous amène monsieur Naquart.

LA GREFFIÈRE

Ah ! tu vas voir comme je le recevrai.

DANCOURT (1661-1725).

Les Préjugés [1]

(Histoires et légendes)

Oui, vous rirez de moi ; je le sais et j'en rage !...
Un Marseillais ne peut parler de son courage,
Sans que ceux de Paris le traitent de gascon,
Ou disent : Celui-là revient de... Tarascon !
Nous n'en venons pas tous pourtant : la chose est claire.
Mais si l'on eut du cœur, faut-il donc, pour vous plaire,
N'en souffler mot ! jamais ! pas même à ses parents !
Ne parler jamais plus de soi que les... harengs !
On est brave ; on ne cède en audace à personne ;
Mais on est de Marseille, on est de Carcassonne,
De Tarascon peut-être !... On est des Tartarins ;
Et nul ne vous croira chez vos contemporains.

---

(1) Victor Retaux, éditeur.

Votre récit est vrai, péremptoire, explicite ;
Oh ! bah ! c'est feu Monsieur de Crac qui ressuscite !
Vous êtes un vantard, un hâbleur apprenti ;
Vous êtes Marseillais, donc vous avez menti,
Vous citez vos témoins : autant vaudrait chanter ;
Un chien est fait pour mordre et nous pour nous vanter.
C'est un sot préjugé ; tâchons de le détruire.
Tenez, moi qui vous parle...— Ah ! ah ! — Je vous vois rire,
On me met, sans m'entendre, au rang des fanfarons ;
On ne me croira pas, si je... — Nous vous croirons !
— Ecoutez, je vous prie, et je vous le conseille,
Jusqu'au bout ; après quoi, n'accusez plus Marseille.

Vous voyez cette main et ces cinq doigts aussi ;
J'ai de ces cinq doigts-là, j'ai de cette main-ci,
Caressé sur le dos, un aigle, un aigle immense,
Un grand aigle royal... — Ah ! ah ! — Cela commence,
Et dès mon premier mot...— Ah ! ah ! — Très vrai, très sûr,
Vous riez !... A cet aigle, aux yeux remplis d'azur
Et d'un soleil de feu buvant les étincelles,
J'ai de ces cinq doigts-ci caressé les deux ailes,
Sans trembler.—Oh ! — Dans l'ombre, un lion s'avançait :
Et moi, sans coutelas ni lame en mon gousset,
Sans fusil, revolver... rien que mon parapluie !...
J'ai toussé ; la bête en grondant s'est enfuie.
— Vous vous moquez de nous.—Non. Tout cela, c'est vrai !
Et, parole d'honneur, je vous le prouverai.
— Impossible. — Ecoutez. Un tigre, un roi des jungles,
Bondit, les yeux flambants, en allongeant ses ongles.
Je croisai mes deux bras, mes deux bras que voici,
Et j'attendis. — Oh ! oh ! — L'autre attendit aussi.
A la fin, fatigué d'un pareil tête-à-tête,
Je me mis à bâiller en regardant la bête,
Et mon tigre bâilla. — C'est trop : vous abusez.
— Je m'en allais plus loin, les bras toujours croisés ;
Quand, à droite, j'entends siffler d'affreux reptiles ;
A gauche, au bord de l'eau, cinq ou six crocodiles
S'étiraient dans le sable, en me considérant
De ce regard féroce, immobile et pleurant...
Moi, parmi les boas, les serpents noirs et jaunes,
Les crocodiles verts, longs de deux ou trois aunes,
J'allais indifférent, sans armes, sans soucis ;
Je ralentis le pas et même je m'assis,

Sous des palmiers formant panaches et toitures,
Pour mieux voir à loisir ces braves créatures.
— Trop fort, trop fort. — Pourtant très réel, mes amis.
— Vraiment vous dépassez les mensonges permis,
Les mensonges permis même à la Canebière ;
Vous êtes un gascon, un gascon plagiaire,
Et dès les premiers mots nous vous avions jugé.
Quand donc aux bords lointains avez-vous voyagé ?
— Jamais. — Jamais !... Alors, pourquoi ces vanteries ?
Contez ailleurs, à qui les croit, vos menteries,
Vos exploits fabuleux, vos voyages en l'air ;
Vous êtes Marseillais ; donc vous mentez ; c'est clair.
— Et voilà comme on juge un homme au préalable ;
Le vrai peut quelquefois paraître invraisemblable ;
Mais alors on attend la fin, ou l'on est pris.
— Vous venez de... — Pardon, j'arrive de Paris.
— Et quand eut lieu ce tas d'histoires insolentes ?
— Hier soir, à Paris, dans le Jardin des Plantes.

P. V. Delaporte.

Le Nez du Buveur.

(*Extrait des* Vaux de Vire).

Beau nez, dont les rubis ont coûté mainte pipe (1)
    De vin blanc et clairet,
Et duquel la couleur richement participe
    Du rouge et du violet ;

Gros nez, qui te regarde à travers un grand verre
    Te juge encore plus beau.
Tu ne ressembles point au nez de quelque hère
    Qui ne boit que de l'eau.

Un coq d'Inde sa gorge à toi semblable porte :
    Combien de riches gens
N'ont pas si riche nez ! Pour te peindre en la sorte
    Il faut beaucoup de temps.

---

(1) Pipe, grande futaille qui contient environ un muid et demi.

Le verre est le pinceau duquel on t'enlumine ;
    Le vin est la couleur
Dont on t'a peint aussi, plus rouge qu'une guigne,
    En buvant du meilleur.

On dit qu'il nuit aux yeux. Mais seront-ils les maîtres ?
    Le vin est guérison
De mes maux. J'aime mieux perdre les deux fenêtres
    Que toute la maison.

Jean LE HOUX (xve siècle-1616)

Les Lapins.

    Jeunes et vieux, ici-bas chacun aime
A se faire servir : c'est le bonheur suprême !
    Nous devons donc envers nos gens,
Bien qu'ils aient des défauts, nous montrer indulgents,
    Puisqu'on ne peut tout faire par soi-même.
    Monsieur Bonnaud tout le premier
    Assurément pense de même,
En dépit du tour qu'hier lui fit son cuisinier.
En rentrant de la chasse, il va dans sa cuisine :
« Eh ! Jean ! — Monsieur ! — Tu vois dans mon carnier
« Ces trois lapins : prends-les ; mets-les dans un panier ;
« Chez mon ami Charpins, porte-les ; j'imagine
    « Que ce cadeau peut lui faire plaisir.
« Il aime le gibier et j'ai su le choisir ;
« Comme tu vois, ils ont fort bonne mine.....
« Dispose-toi sur le champ à partir.....
« Ah !..... Je te charge aussi de lui remettre,
« Avec les trois lapins, ce petit mot de lettre ;
« Tu m'entends ? — Oui, monsieur. — Avant la fin du jour
    « Tu peux, je crois être ici de retour ;
« N'est-il pas vrai ? — Monsieur, la course est un peu forte,
« Les chemins sont mauvais, le paquet lourd : n'importe,
« Je vas me dépêcher... — Ah ! ah ! je te comprends :
« Tu voudrais boire un coup ! tiens, voilà de quoi : prends,
« Surtout, sois sobre, Jean ! — Monsieur, soyez tranquille.
« Vous savez bien, d'ailleurs, jamais ma raison
    « N'a chancelé ; chacun dans la maison

« Me rend justice ; et puis tout me semble facile
    « Pour vous servir ; car monsieur est si bon !
« — Tu veux donc me tromper ?... Tu me flattes, fripon.
« Oh ! Monsieur ! — Allons, pars, et tâche d'être agile,
« J'attends une réponse, et quand tu rentreras,
    « Tout aussitôt tu me l'apporteras. »
    Ce Jean était un être assez docile,
    Laborieux, très honnête garçon,
    Du reste, fin autant qu'habile,
    Mais quelquefois trop sans façon.
Il part donc, et malgré que les chemins soient gras
Il a déjà passé trois bornes d'une haleine ;
Il s'aperçoit alors que son panier le gêne.
« Ces trois lapins, dit-il, me pèsent sur les bras,
« Au moins, si je voyais un âne, une voiture,
« Je les mettrais dessus. Ma mauvaise aventure
« Veut que sur ce chemin, je n'en rencontre pas...
« Mais quel est ce bouchon de si belle tournure ?
« Je connais cette auberge : entrons-y de ce pas ;
« Je vais me reposer et casser une croûte.
« Mon maître m'a permis de boire un coup en route ;
« Mais je ne boirai pas sans manger, c'est tout clair,
    « J'ai de l'argent ; le vin n'est pas trop cher ;
« Je vais me régaler. Mettons-nous en dépense...
    « Oui, mais l'auberge du Bel-Air
« N'est pas trop bien fournie, on a maigre pitance,
« Pour son argent... Eh ! parbleu ! quand j'y pense,
« Je suis bien sot, ma foi ! j'ai là de quoi manger !
« Je porte trois lapins : pourquoi les ménager ?
« L'ami, si j'en mange un, en aura deux de reste ;
    « C'est bien assez, deux lapins... Malpeste !...
« Et d'ailleurs, mon panier en sera plus léger ;
« Cette seule raison paraît bien suffisante...
« Ainsi, régalons-nous !... holà, garçon ! servante !
« Apportez-moi de suite un broc du meilleur vin
« Que vous ayez, et puis, prenez-moi ce lapin ;
« Qu'on le mette à la broche et qu'on se diligente ;
« Je suis pressé ; je meurs et de soif et de faim ! »
    Pour le servir, alors chacun s'empresse,
La fille, le valet, le maître et la maîtresse,
Tout enfin, dans l'auberge, est sens dessus dessous
    Pour le lapin. Tandis qu'on le prépare,
    Voyez ce que c'est que de nous !

Du cœur de Jean un scrupule s'empare :
    « Comme bientôt notre raison s'égare,
    « Dit-il, lorsque l'on veut surtout
« En bravant son devoir, satisfaire son goût !
« Malheureux ! qu'ai-je fait ? tout mon cœur se décroche,
« L'ombre de ce lapin va me suivre partout !...
« — Mais d'un autre côté j'entends tourner la broche,
« Il faut bien maintenant que j'aille jusqu'au bout.
« — Au diable les remords ! ce sont des trouble-fête
« Il en arrivera, ma foi, ce qu'il pourra ! »
    Pendant ce temps sur la table on apprête
    Nappe, pain, broc, couverts et cœtera ;
    Et puis après on apporte la bête.....
Bien que gourmand, Jean craint d'arriver tard ;
En hâte, il mange, boit, se lève, paye et part.
Puis bientôt il arrive au but de son voyage,
    Il pose à terre son bagage,
    Remet la lettre et se met à l'écart,
    En attendant une réponse,
    « Eh bien ! lui dit l'ami Charpins,
    « Voyons-les donc, ces superbes lapins ! —
« Les voici. — Mais mon cher, cette lettre m'annonce
« Trois lapins. — Oui, monsieur, trois lapins. — C'est
                             [au mieux.
« Mais dans votre panier, moi, je n'en vois que deux...,
« — Oui, monsieur deux lapins. — Eh bien ! par cette
    « Mon ami m'en annonce trois.   [lettre,
« — Oui, monsieur, trois lapins. — Mais, encore une fois
    « Je n'en vois là que deux peut-être.
« — Oui, monsieur, deux lapins. — Vous me compre-
                             [nez mal ;
    « Vous m'apportez deux lapins à cette heure ?
« — Oui, monsieur, deux lapins. — Il m'en faut au total
« Trois, vous dis-je. — Oui, monsieur, trois lapins. —
                             [Que je meure
    « Si j'ai vu de ma vie un tel original !
« Ecoutez-moi, mon cher, avec vous je m'explique
    « Très clairement, je crois...
« Voici bien deux lapins, le fait est sans réplique.
« — Oui, monsieur, deux lapins. — Eh bien ! il m'en
                             [faut trois !
« — Oui, monsieur, trois lapins. — Ennuyeuse bourri-
« Tenez, chez mon ami, retournez au plus tôt.   [que !

Et de ma part, remettez-lui ce mot...
« Ah! si l'esprit se vendait en boutique,
« Vous ne feriez pas mal d'en prendre un fameux lot ;
« Vous en avez besoin ! allez... » Jean sans mot dire,
    Repart. Au milieu du chemin
Il revoit son auberge, et pense à son lapin,
    Et ne peut s'empêcher de rire.
Mais enfin au logis le voici de retour :
« Jean ! qu'est-ce donc ? que veut dire ce tour ?
« Tantôt dans ce panier ne t'ai-je pas fait mettre
« Trois lapins ? — Oui, monsieur, trois lapins.— Par sa
                                              [lettre
« Mon ami me répond qu'il n'en reçoit que deux.
« Oui, monsieur, deux lapins.— Le fait est merveilleux ;
    « Mais cependant tu devais lui remettre,
« De ma part, trois lapins ? — Oui, monsieur, trois
                                              [lapins.
    « — Mais je te dis que mon ami Charpins
« M'écrit n'avoir reçu que deux lapins... Pécore !
« Tu m'entends ? — Oui, monsieur, oui, deux lapins.—
                                              [Encore,
« Lourdaud..., mais ce matin, je t'en ai donné trois...
« — Oui, monsieur, trois lapins.— Ah! brisons cette fois,
« Tes réponses, maraud, me font tourner la tête...
    « Il en manque un... mais tout examiné,
« De ce lapin, dis-moi, n'aurais-tu point dîné ?
    « — Ah ! Ah ! monsieur, vous n'êtes pas si bête
    « Que votre ami, vous l'avez deviné ! »

                                        LENERT.

L'Avare.

ACTE III

HARPAGON

Allons, venez çà tous, que je vous distribue mes ordres pour tantôt et règle à chacun son emploi. Approchez,
dame Claude. Commençons par vous [Elle tient un balai.]
Bon, vous voilà les armes à la main. Je vous commets
au soin de nettoyer partout; et surtout prenez garde

de ne point frotter les meubles trop fort, de peur de les
user. Outre cela, je vous constitue, pendant le souper,
au gouvernement des bouteilles ; et, s'il s'en écarte
quelqu'une et qu'il se casse quelque chose, je m'en
prendrai à vous, et le rabattrai sur vos gages.

MAITRE JACQUES, à part

Châtiment politique.

HARPAGON

Allez. Vous, Brindavoine, et vous, La Merluche, je
vous établis dans la charge de rincer les verres et de
donner à boire, mais seulement lorsque l'on aura soif,
et non pas selon la coutume de certains impertinents
de laquais, qui viennent provoquer les gens et les faire
aviser de boire lorsqu'on n'y songe pas. Attendez
qu'on vous en demande plus d'une fois, et vous ressou-
venez de porter toujours beaucoup d'eau.

MAITRE JACQUES

Oui : le vin pur monte à la tête.

LA MERLUCHE

Quitterons-nous nos souquenilles, Monsieur ?

HARPAGON

Oui, quand vous verrez venir les personnes ; et gar-
dez bien de gâter vos habits.

BRINDAVOINE

Vous savez bien, Monsieur, qu'un des devants de
mon pourpoint est couvert d'une grande tache d'huile
de la lampe.

HARPAGON

Tenez toujours votre chapeau ainsi, lorsque vous
servirez. [Harpagon met son chapeau devant son pourpoint.] — Ho ça,
maître Jacques, approchez-vous ! je vous ai gardé pour
le dernier.

MAITRE JACQUES

Est-ce à votre cocher, monsieur, ou bien à votre cuisinier, que vous voulez parler ? car je suis l'un et l'autre.

HARPAGON

C'est à tous les deux.

MAITRE IACQUES

Mais à qui des deux le premier?

HARPAGON

Au cuisinier.

MAITRE JACQUES

Attendez donc, s'il vous plaît.

[Il ôte sa casaque de cocher et paraît vêtu en cuisinier.]

HARPAGON

Quelle diantre de cérémonie est-ce là ?

MAITRE JACQUES

Vous n'avez qu'à parler.

HARPAGON

Je me suis engagé, maître Jacques, à donner ce soir à souper.

MAITRE JACQUES. à part.

Grande merveille !

HARPAGON

Dis-moi un peu, nous feras-tu bonne chère ?

MAITRE JACQUES

Oui, si vous me donnez bien de l'argent.

HARPAGON

Que diable, toujours de l'argent ! Il semble qu'ils n'aient autre chose à dire : « De l'argent, de l'argent, de l'argent ! » Ah ! ils n'ont que ce mot dans la bouche : « De l'argent! » Toujours parler d'argent. Voilà leur épée de chevet, de l'argent !

VALÈRE

Je n'ai jamais vu de réponse plus impertinente que celle-là. Voilà une belle merveille de faire bonne chère avec bien de l'argent ; c'est une chose la plus aisée du

monde, et il n'y a si pauvre esprit qui n'en fît bien
autant ; mais pour agir en habile homme, il faut
parler de faire bonne chère avec peu d'argent.

MAITRE JACQUES

Bonne chère avec peu d'argent !

VALÈRE

Oui.

MAITRE JACQUES

Par ma foi, Monsieur l'intendant, vous nous oblige-
rez de nous faire voir ce secret, et de prendre mon
office de cuisinier ; aussi bien vous mêlez-vous céans
d'être le factotum.

HARPAGON

Taisez-vous. Qu'est-ce qu'il nous faudra ?

MAITRE JACQUES

Voilà Monsieur votre intendant, qui vous fera bonne
chère pour peu d'argent.

HARPAGON

Haye ! je veux que tu me répondes.

MAITRE JACQUES

Combien serez-vous de gens à table ?

HARPAGON

Nous serons huit ou dix ; mais il ne faut prendre
que huit ; quand il y a à manger pour huit, il y en a
bien pour dix.

VALÈRE

Cela s'entend.

MAITRE JACQUES

Eh bien ! il faudra quatre grands potages bien garnis
et cinq assiettes d'entrées.

HARPAGON

Que diable ! voilà pour traiter toute une ville entière.

MAITRE JACQUES

Rôt...

HARPAGON, en lui mettant la main sur la bouche.

Ah ! traître, tu manges tout mon bien.

MAITRE JACQUES

Entremets...

HARPAGON

Encore ?

VALÈRE

Est-ce que vous avez envie de faire crever tout le monde ? et Monsieur a-t-il invité des gens pour les assassiner à force de mangeaille ? Allez-vous-en lire un peu les préceptes de la santé, et demander aux médecins s'il y a rien de plus préjudiciable à l'homme que de manger avec excès.

HARPAGON

Il a raison.

VALÈRE

Apprenez, maître Jacques, vous et vos pareils, que c'est un coupe-gorge qu'une table remplie de trop de viandes ; que pour se montrer ami de ceux que l'on invite, il faut que la frugalité règne dans les repas qu'on donne et que suivant le dire d'un ancien, *il faut manger pour vivre, et non pas vivre pour manger.*

HARPAGON

Ah ! que cela est bien dit ! Approche que je t'embrasse pour ce mot. Voilà la plus belle sentence que j'aie entendue de ma vie. *Il faut vivre pour manger, et non pas manger pour vi...* Non, ce n'est pas cela. Comment est-ce que tu dis ?

VALÈRE

Qu'il faut manger pour vivre, et non pas vivre pour manger.

HARPAGON, à maître Jacques

Oui. Entends-tu? (A Valère). Qui est le grand homme qui a dit cela ?

VALÈRE

Je ne me souviens pas maintenant de son nom.

HARPAGON

Souviens-toi m'écrire ces mots. Je les veux faire graver en lettres d'or sur la cheminée de ma salle.

VALÈRE

Je n'y manquerai pas. Et pour votre souper, vous n'avez qu'à me laisser faire. Je réglerai tout cela comme il faut.

HARPAGON

Fais donc.

MAITRE JACQUES

Tant mieux ! j'en aurai moins de peine.

HARPAGON, à Valère.

Il faudra de ces choses dont on ne mange guère et qui rassasient d'abord : quelque bon haricot bien gras, avec quelque pâté en pot, bien garni de marrons.

VALÈRE

Reposez-vous sur moi.

HARPAGON

Maintenant, maître Jacques; il faut nettoyer mon carrosse.

MAITRE JACQUES

Attendez. Ceci s'adresse au cocher. (Il remet sa casaque.) Vous dites... ?

HARPAGON

Qu'il faut nettoyer mon carrosse et tenir mes chevaux tout prêts pour conduire à la foire...

MAITRE JACQUES

Vos chevaux, Monsieur? Ma foi, ils ne sont point du

tout en état de marcher. Je ne vous dirai point qu'ils
sont sur la litière, les pauvres bêtes n'en ont point, et
ce serait fort mal parler ; mais vous leur faites observer des jeûnes si austères, que ce ne sont plus rien
que des idées, ou des fantômes, des façons de chevaux.

HARPAGON

Les voilà bien malades ! ils ne font rien.

MAITRE JACQUES

Et pour ne faire rien, Monsieur, est-ce qu'il ne faut
rien manger ? Il leur vaudrait bien mieux, les pauvres
animaux, de travailler beaucoup, de manger de même.
Cela me fend le cœur de les voir ainsi exténués ; car
enfin j'ai une tendresse pour mes chevaux... qu'il me
semble que c'est moi-même, quand je les vois pâtir. Je
m'ôte tous les jours pour eux les choses de la bouche ;
et c'est être, Monsieur, d'un naturel trop dur que de
n'avoir nulle pitié de son prochain.

HARPAGON

Le travail ne sera pas grand d'aller jusqu'à la foire.

MAITRE JACQUES

Non, Monsieur, je n'ai pas le courage de les mener,
et je ferais conscience de leur donner des coups de
fouet, en l'état où ils sont. Comment voudriez-vous
qu'ils traînassent un carrosse, qu'ils ne peuvent pas se
traîner eux-mêmes ?

VALÈRE

Monsieur, j'obligerai le voisin Picard à se charger de
les conduire ; aussi bien nous fera-t-il besoin pour ap-
prêter le souper.

MAITRE JACQUES

Soit. J'aime mieux encore qu'ils meurent sous la main
d'un autre que sous la mienne.

VALÈRE

Maître Jacques fait bien le raisonnable !

MAITRE JACQUES

Monsieur l'intendant fait bien le nécessaire !

HARPAGON

Paix.

MAITRE JACQUES

Monsieur, je ne saurais souffrir les flatteurs ; et je vois que ce qu'il en fait, que ses contrôles perpétuels sur le pain et le vin, le bois, le sel et la chandelle, ne sont rien que pour vous gratter et vous faire sa cour. J'enrage de cela, et je suis fâché tous les jours d'entendre ce qu'on dit de vous : car enfin je me sens pour vous de la tendresse, en dépit que j'en aie ; et, après mes chevaux, vous êtes la personne que j'aime le plus.

HARPAGON

Pourrais-je savoir de vous, maître Jacques, ce que l'on dit de moi ?

MAITRE JACQUES

Oui, Monsieur, si j'étais assuré que cela ne vous fâchât point.

HARPAGON

Non, en aucune façon.

MAITRE JACQUES

Pardonnez-moi : je sais fort bien que je vous mettrais en colère.

HARPAGON

Point du tout : au contraire, c'est me faire plaisir, et je suis bien aise d'apprendre comme on parle de moi.

MAITRE JACQUES

Monsieur, puisque vous le voulez, je vous dirai franchement qu'on nous jette de tous côtés cent brocards à votre sujet ; et que l'on n'est point plus ravi que de faire sans cesse des contes de votre lésine. L'un dit que vous faites imprimer des almanachs particuliers, où vous faites doubler les quatre-temps et les vigiles, afin de profiter des jeûnes où vous obligez votre monde. L'autre, que vous avez toujours une querelle toute prête à faire à vos valets dans le temps des étrennes, ou de leur sortie d'avec vous, pour vous trouver une raison de ne leur donner rien. Celui-là, conte qu'une fois vous fîtes assigner le chat d'un de vos voisins, pour vous avoir mangé un reste de gigot de mouton. Celui-ci, que l'on vous surprit une nuit, en venant dérober vous-même l'avoine de vos chevaux ; et que votre cocher, qui était celui d'avant moi, vous donna dans l'obscurité je ne sais combien de coups de bâton, dont vous ne voulûtes rien dire. Enfin voulez-vous que je vous dise ? On ne saurait aller nulle part où l'on ne vous entende accommoder de toutes pièces : vous êtes la fable et la risée de tout le monde ; et jamais on ne parle de vous que sous les noms d'avare, de ladre, de vilain et de fesse-Mathieu.

HARPAGON, en le battant.

Vous êtes un sot, un maraud, un coquin et un impudent.

MAITRE JACQUES

Hé bien ! ne l'avais-je pas deviné ? Vous ne m'avez pas voulu croire : je vous avais bien dit que je vous fâcherais de vous dire la vérité.

HARPAGON

Apprenez à parler.

MOLIÈRE.

DU TON CRITIQUE ET SATIRIQUE

La *critique* est l'art de juger les ouvrages de l'esprit, les productions littéraires. La critique, a dit Boiste, n'est autre chose que le bon sens perfectionné par la logique.

La *satire* est vive et mordante, elle censure ou tourne en ridicule les vices, les sottises, les passions, les folies des hommes.

On voit donc la différence de ton que l'on doit apporter à une œuvre quand elle présente l'esprit satirique ou l'esprit critique ; il est facile de prendre l'un de ces tons pour l'autre ; ils offrent entre eux quelques points de ressemblance et quelquefois même la critique n'est que la trompeuse enveloppe de la satire.

Ces deux tons demandent une diction précise, incisive ; des traits profonds, comme tracés au burin ; des contours nets, pourtant sans sécheresse ; beaucoup d'esprit et du plus subtil ; du feu parfois, mais jamais de l'insolence. Ils exigent plus de gravité que la comédie, et à cause de cela et de l'uniformité presque générale du style, ils sont difficiles à rendre d'une façon agréable.

Pour les dire avec art, il faut s'exercer à suivre toutes les sinuosités du génie malicieux qui les a inspirés, en échappant à la monotonie par la variété et la vivacité des inflexions.

A mon Habit

Ah ! mon habit, que je vous remercie !
Que je valus hier, grâce à votre valeur !
Je me connais, et plus je m'apprécie,
Plus j'entrevois qu'il faut que mon tailleur,
Par une secrète magie
Ait caché dans vos plis un talisman vainqueur,
Capable de gagner et l'esprit et le cœur.
Dans ce cercle nombreux de bonne compagnie,
Quels honneurs je reçus ! quels égards ! quel accueil !
Auprès de la maîtresse et dans un grand fauteuil,
Je ne vis que des yeux toujours prêts à sourire.
J'eus le droit d'y parler et parler sans rien dire.
Ce que je décidai fut le *nec plus ultra :*
On applaudit à tout, j'avais tant de génie !
Ah ! mon habit que je vous remercie !
C'est vous qui me valez cela.
Mais ma surprise fut extrême :
Je m'aperçus que sur moi-même
Le charme sans doute opérait.
J'entrais jadis d'un air discret,
Ensuite, suspendu sur le bord de ma chaise,
J'écoutais en silence et ne me permettais
Le moindre *si,* le moindre *mais.*
Avec moi tout le monde était fort à son aise,

Et moi je ne l'étais jamais :
Un rien aurait pu me confondre ;
Un regard, tout m'était fatal ;
Je ne parlais que pour répondre,
Je parlais bas, je parlais mal.
Un sot provincial arrivé par le coche
Eût été moins que moi tourmenté dans sa peau ;
Je me mouchais presque au bord de ma poche,
J'éternuai dans mon chapeau.
On pouvait me priver, sans aucune indécence,
De ce salut par l'usage introduit :
Il n'en coûtait de révérence
Qu'à quelqu'un trompé par le bruit.
Mais à présent, mon cher habit,
Tout est de mon ressort, les airs, la suffisance ;
Et ces tons décidés, qu'on prend pour de l'aisance,
Deviennent mes tons favoris.
Est-ce ma faute, à moi, puisqu'ils sont applaudis ?
Dieu ! quel bonheur pour moi, pour cette étoffe,
De ne point habiter ce pays limitrophe
Des conquêtes de notre roi.
Dans la Hollande il est une autre loi :
En vain, j'étalerais ce galon qu'on renomme,
En vain, j'exalterais sa valeur, son débit ;
Ici, l'habit fait valoir l'homme ;
Là, l'homme fait valoir l'habit.
Mais chez nous, peuple aimable, où les grâces, l'esprit
Brillent à présent dans leur force,
L'arbre n'est point jugé sur ses fleurs ou ses fruits :
On le juge sur son écorce.

Sedaine (1719-1797).

La fausse Modestie.

(Extrait des Caractères)

Les hommes parlent de manière, sur ce qui les
regarde, qu'ils n'avouent d'eux-mêmes que de petits
défauts, et encore ceux qui supposent en leurs personnes de beaux talents ou de grandes qualités. Ainsi
l'on se plaint de son peu de mémoire, content d'ailleurs

de son grand sens et de son bon jugement; l'on reçoit
le reproche de la distraction et de la rêverie, comme
s'il nous accordait le bel esprit; l'on dit de soi qu'on
est maladroit et qu'on ne peut rien faire de ses mains,
fort consolé de la perte de ces petits talents par ceux de
l'esprit et par les dons de l'âme que tout le monde nous
connaît; l'on fait l'aveu de sa paresse, en des termes
qui signifient toujours son désintéressement et qu'on
est guéri de l'ambition. L'on ne rougit pas de sa
malpropreté, qui n'est qu'une négligence pour les
petites choses et qui semble supposer qu'on n'a d'ap-
plication que pour les solides et essentielles.

LA BRUYÈRE (1645-1696).

Lettre de Voltaire à Déodati.

(Lettre 3236)

Je suis très sensible à l'honneur que vous me faites
de m'envoyer votre livre sur l'excellence de la langue
italienne. Permettez-moi cependant quelques réflexions
en faveur de la langue française que vous me paraissez
dépriser un peu trop.

Il me paraît qu'il n'y a dans le monde que deux
langues véritablement harmonieuses : la grecque et la
latine. Vous avez le droit de dire : *La bella lingua
toscana è la figlia primogenita del latina* (la belle
langue toscane est la fille aînée du latin), mais jouissez de votre droit d'aînesse et laissez à vos cadettes
partager quelque chose de la succession.

J'ai toujours respecté les Italiens comme nos maîtres,
mais avouez que vous avez fait de fort bons disciples.
Presque toutes les langues de l'Europe ont des qualités
et des défauts qui se compensent. Vous n'avez pas les
mélodieuses terminaisons des mots espagnols, qu'un
heureux concours de voyelles et de consonnes rend si
sonores. *Los rios, los hombres, las historias, las
costumbres.*

Il vous manque aussi les diphtongues, qui, dans notre
langue, font un effet si harmonieux. Les *rois*, les
empereurs, les *exploits*, les *histoires*. Vous nous

reprochez nos *e* muets, comme un son triste et lourd qui expire dans notre bouche, mais c'est précisément dans ces *e* muets que consiste la grande harmonie de notre prose et de nos vers.

Empire, couronne, diadème, flamme, tendresse, victoires, toutes ces désinences heureuses laissent dans l'oreille un son qui subsiste encore dans l'oreille, après le mot prononcé, comme un clavecin qui résonne quand les doigts ne frappent plus les touches...

Avouez, monsieur, que la prodigieuse variété de nos désinences peut avoir quelque avantage sur les cinq terminaisons de tous les mots de votre langue. Encore, de ces cinq terminaisons, faut-il en retrancher une, l'*u*. Vous n'avez guère plus de sept à huit mots qui se terminent ainsi. Restent donc quatre sons, *a, e, i, o*, qui finissent tous les mots italiens. Pensez-vous que l'oreille d'un étranger soit satisfaite quand il lit pour la première fois :

> ... il capita*no*
Che il grand sepol*cro* libè*ro* di Cris*to*,

ou bien :
Motto, egli, *opro col* sen*no*, e *con* la ma*no*.

Comparez à la triste uniformité de ces *o*, ces deux vers simples de Corneille :

> Le destin se déclare, et vous venez d'entendre
> Ce qu'il a résolu du beau-père et du gendre.

Vous voyez que chaque mot se termine différemment.

Vous vantez avec raison, monsieur, l'extrême abondance de votre langue, mais permettez-nous de n'être pas dans la disette. Il n'est, à la vérité, aucun idiome au monde qui peigne toutes les nuances des choses. Toutes les langues sont pauvres à cet égard ; aucune ne peut exprimer, par exemple, en un seul mot, l'amour fondé sur l'estime ou sur la bonté seule, ou sur la convenance des caractères, ou sur le besoin d'aimer. Il en est ainsi de toutes les passions, de toutes les qualités de notre âme. Ce que l'on sent le mieux est souvent ce qui manque de termes.

Ne croyez pas, monsieur, que nous soyons réduits à

l'extrême indigence que vous nous reprochez. Vous
faites un catalogue en deux colonnes, de notre superflu
et de notre pauvreté. Vous mettez d'un côté *orgoglio,
alterigia, superbia*, et de l'autre *orgueil* tout seul.
Cependant, monsieur, nous avons *orgueil, superbe,
hauteur, fierté, morgue, élévation, dédain, arrogance,
insolence, gloriole, présomption, outrecuidance*. Tous
ces mots expriment des nuances différentes, de même
que chez vous *orgoglio, alterigia, superbia*, ne sont
pas synonymes.

Vous nous reprochez, dans votre alphabet de nos
misères, de n'avoir qu'un mot pour exprimer vaillant.
Je sais, monsieur, que votre nation est très vaillante
quand elle le veut et quand on le veut, l'Allemagne et
la France ont eu le bonheur d'avoir à leur service de
très braves et très grands officiers italiens.

L'Italico valor non è ancor morto.

La valeur italienne n'est pas encore morte.

Mais, si vous avez *valente, prode, animoso*, nous
avons *vaillant, preux, courageux, intrépide, hardi,
audacieux, brave*. Ce courage, cette bravoure ont
plusieurs caractères différents, qui ont chacun leurs
termes propres, et croyez bien, monsieur, que nous
avons dans notre langue l'esprit de faire sentir ce que
les défenseurs de notre pays ont le mérite de faire.

Vous nous insultez, monsieur, sur le mot de ragoût.
Vous vous imaginez que nous n'avons que ce terme
pour exprimer nos *mets*, nos *plats*, nos *entrées de
table* et nos *menus*. Plût à Dieu que vous eussiez
raison ; je m'en porterais mieux ! Mais, malheureuse-
ment, nous avons un dictionnaire entier de cuisine.
Vous vous vantez de deux expressions pour signifier
gourmand, mais daignez plaindre, monsieur, nos
gourmands, nos *goulus*, nos *friands*, nos *mangeurs*,
nos *gloutons*.

Vous ne connaissez, dites-vous, que le mot de *savant*;
ajoutez-y, s'il vous plaît, *docte, érudit, instruit,
éclairé, habile, lettré*; vous trouverez parmi nous le
nom et la chose. Votre poésie possède des avantages
plus réels, celui des inversions : vous pouvez faire plus
facilement cent bons vers en italien, que nous dix en
français. Tous vos mots finissant en *a, e, i, o*, vous
fournissent vingt fois plus de rimes que nous n'en

avons ; vous êtes moins asservis que nous à l'hémistiche et à la césure ; vous dansez en liberté, nous
dansons avec des chaînes.

Croyez-moi, monsieur, ne reprochez à notre langue
ni la rudesse, ni le défaut de prosodie, ni l'obscurité,
ni la sécheresse. Vos traductions de quelques ouvrages
français prouveraient le contraire, et je finis cette lettre
trop longue par une seule réflexion. Si le peuple a
formé les langues, les grands hommes les perfection-
nent par les bons livres, et la première de toutes les
langues est celle qui a le plus d'excellents ouvrages.

VOLTAIRE (1694-1778).

L'Honneur et l'Argent.

(Fragments).

Ah ! l'estime publique ! elle est vers les écus ;
Elle suit les succès, et quitte les vaincus.
Qu'un homme soit sans foi, trahisse sa parole
S'enrichisse aux dépens des simples gens qu'il vole,
Qu'habile à manier des chiffres imposteurs,
Il soit le plus fripon des grands spéculateurs,
Et se retire enfin, trois fois millionnaire,
Tandis que l'hôpital s'ouvre à l'actionnaire ;
Qu'un autre soit servile, adroit, souple, empressé ;
Qu'à force de ramper il se soit avancé ;
Que, fidèle à sa place avant toute autre chose,
Selon que le vent change, il ait changé de cause,
Et, pour ne pas priver l'Etat de son savoir,
Renié tout principe et servi tout pouvoir,
Qu'il soit ainsi monté, de parjure en parjure,
Jusqu'aux plus hauts emplois de la magistrature,
Il est riche ; il reçoit, ses dîners sont vantés ;
Il suffit. Ses salons seront très fréquentés ;
On verra s'y presser la bonne compagnie ;
S'il court de méchants bruits, c'est qu'on le calomnie.

. . . .
— Mais si pour ce métier un homme a trop de cœur,
S'il veut tout du mérite, et rien de la faveur,

Si, mis entre sa place et l'honneur, il résigne
L'emploi dont il vivait, pour rester dans sa ligne ;
Après un mot d'estime et de compassion,
Nul ne se souviendra de sa belle action,
Il est pauvre, inutile, et chacun le délaisse ;
Et qu'il se garde alors d'avoir une faiblesse !
Un haro général s'élève contre lui :
Il a, le malheureux, mangé l'herbe d'autrui !
Il n'est, pour le flétrir, pas d'injure assez forte,
Et, s'il va quelque part, on le met à la porte.

PONSARD (1814-1867).

La Lecture des Vers.

Arrête, sot lecteur, dont la triste manie
Détruit de nos accords la savante harmonie ;
Arrête, par pitié ! Quel funeste travers,
En dépit d'Apollon, te fait lire des vers !
Ah ! si ta voix ingrate ou languit ou détonne,
Ou traîne avec lenteur son fosset monotone ;
Si du feu du génie en nos vers allumé
N'étincelle jamais ton œil inanimé ;
Si ta lecture enfin, dolente psalmodie,
Ne dit rien, ne peint rien à mon âme engourdie,
Cesse, ou laisse-moi fuir. Ton regard abattu
Du regard de Méduse a la triste vertu.
L'auditeur qu'ont glacé tes sons et ta présence
Croit subir le supplice inventé par Mézence :
C'est un vivant qu'on lie au cadavre d'un mort.
Attentif à ta voix, Phébus même s'endort ;
Sa défaillante main laisse tomber sa lyre.
C'est peu d'aimer les vers, il faut les savoir lire ;
Il faut avoir appris cet art mélodieux
De parler dignement le langage des dieux ;
Cet art qui, par les tons des phrases cadencées,
Donne de l'harmonie et du nombre aux pensées ;
Cet art de déclamer, dont le charme vainqueur
Assujettit l'oreille et subjugue le cœur.
« D'où vient, me diras-tu, cette brusque apostrophe ?
Lisant pour m'éclairer, je lis en philosophe.

Plus un écrit est beau, moins il a besoin d'art,
Et le teint de Vénus peut se passer de fard ;
L'harmonieux débit que ta Muse me vante
Ne séduisit jamais une oreille savante.
De cette illusion qu'un autre soit épris,
Mais la vérité nue a pour moi plus de prix. »
Eh quoi ! d'une lecture insipide et glacée
Tu prétends attrister mon oreille lassée !
Quoi ! traître, à tes côtés du prétends m'enchaîner !
A loisir, en détail, tu veux m'assassiner ;
Dans les longs baillements et les vapeurs mortelles
Ensevelir l'honneur des œuvres les plus belles ;
Et toujours méthodique, et toujours concerté,
Des élans d'un auteur abaisser la fierté ;
Tomber quand il s'élève et ramper quand il vole !
Ah ! garde pour toi seul ton scrupule frivole :
Sois captif dans le cercle obscur et limité
Qui fut tracé des mains de l'uniformité ;
Aux lois de ton compas asservis Melpomène,
Et la douleur de Phèdre et l'amour de Chimène ;
Ravale à ton niveau l'essor audacieux
De l'oiseau du tonnerre égaré dans les cieux ;
Meurs d'ennui, j'y consens ; sois barbare à ton aise ;
Mais ne m'accable pas sous un joug qui me pèse ;
N'exige pas du moins, insensible lecteur,
Que jamais je me plie à ton goût destructeur.
Va, d'un débit heureux l'innocente imposture,
Sans la défigurer embellit la nature ;
Et les traits que la Muse éternise en ses chants,
Récités avec art en seront plus touchants :
Ils laisseront dans l'âme une trace durable,
Du génie éloquent empreinte inaltérable,
Et rien ne plaira plus à tous les goûts divers
Qu'un organe flatteur déclamant de beaux vers.
Jadis on les chantait : les annales antiques
De Moïse et d'Orphée exaltent les cantiques.
Te faut-il rappeler ces prodiges connus ?
Ces rochers attentifs à la voix de Linus ?
Et Sparte qui s'éveille aux accents de Tyrtée?
Et Terpandre apaisant la foudre révoltée?
Les poëtes divins maîtres des nations,
Savaient noter alors l'accent des passions.
L'âme était adoucie et l'oreille charmée,

Et même des tyrans la rage désarmée.
Ce fut l'attrait des vers qui fit aimer les lois.
L'art de les déclamer fut le talent des rois.
Les dieux mêmes, les dieux par la voix des oracles,
De cet art enchanteur consacraient les miracles.

François de NEUFCHATEAU (1750-1828).

Eloge du Naturel.

(Epîtres).

. . . . Il n'est esprit si droit
Qui ne soit imposteur et faux par quelque endroit :
Sans cesse on prend le masque, et, quittant la nature,
On craint de se montrer sous sa propre figure,
Par là le plus sincère assez souvent déplaît.
Rarement un esprit ose être ce qu'il est.
Vois-tu cet importun que tout le monde évite ;
Cet homme à toujours fuir, qui jamais ne vous quitte?
Il n'est pas sans esprit ; mais, né triste et pesant,
Il veut être folâtre, évaporé, plaisant ;
Il s'est fait de sa joie une loi nécessaire,
Et ne déplaît enfin que pour vouloir trop plaire.
La simplicité plaît sans étude et sans art.
Tout charme en un enfant dont la langue sans fard,
A peine du filet encore débarrassée,
Sait d'un air innocent bégayer sa pensée.
Le faux est toujours fade, ennuyeux, languissant,
Mais la nature est vraie, et d'abord on la sent :
C'est elle seule en tout qu'on admire et qu'on aime.
Un esprit né chagrin plaît par son chagrin même.
Chacun pris dans son air est agréable en soi :
Ce n'est que l'air d'autrui qui peut déplaire en moi.
Voulant se redresser, soi-même on s'estropie,
Et d'un original on fait une copie.
L'ignorance vaut mieux qu'un savoir affecté.
Rien n'est beau, je reviens, que par la vérité :
C'est par elle qu'on plaît et qu'on peut longtemps plaire.
L'esprit lasse aisément, si le cœur n'est sincère.

BOILEAU (1636-1711).

A une Marquise

Marquise, si mon visage
A quelques traits un peu vieux,
Souvenez-vous qu'à mon âge
Vous ne vaudrez guère mieux.

Le temps aux plus belles choses
Se plaît à faire un affront,
Et saura faner vos roses
Comme il a ridé mon front.

Le même cours des planètes
Règle nos jours et nos nuits.
On m'a vu ce que vous êtes,
Vous serez ce que je suis.

Cependant j'ai quelques charmes
Qui sont assez éclatants
Pour n'avoir pas trop d'alarmes
De ces ravages du temps.

Vous en avez qu'on adore;
Mais ceux que vous méprisez
Pourraient bien durer encore
Quand ceux-là seront usés.

Ils pourront sauver la gloire
Des yeux qui me semblent doux
Et dans mille ans faire croire
Ce qu'il me plaira de vous.

Chez cette race nouvelle,
Où j'aurai quelque crédit,
Vous ne passerez pour belle
Qu'autant que je l'aurai dit.

Pensez-y, belle marquise,
Quoiqu'un grison fasse effroi,
Il vaut bien qu'on le courtise
Quand il est fait comme moi.

CORNEILLE (1606-1684).

La Société à Paris

. . . . Paris ! il m'ennuie à la mort,
Et je ne vous fais pas un fort grand sacrifice
En m'éloignant d'un monde à qui je rends justice.
Tout ce qu'on est forcé d'y voir et d'endurer
Passe bien l'agrément qu'on y peut rencontrer :
Trouver à chaque pas des gens insupportables,
Des flatteurs, des valets, des plaisants détestables,
Des jeunes gens d'un ton, d'une stupidité !...
Des femmes d'un caprice et d'une fausseté !
Des prétendus esprits souffrir la suffisance,
Et la grosse gaieté de l'épaisse opulence.
Tant de petits talents où je n'ai pas de foi ;
Des réputations, on ne sait pas pourquoi ;
Des protégés si bas ! des protecteurs si bêtes !
Des ouvrages vantés qui n'ont ni pieds ni têtes ;
Faire des soupers fins où l'on périt d'ennui ;
Veiller par air ; enfin se tuer pour autrui !
Franchement des plaisirs, des biens de cette sorte
Ne sont pas, quand on pense, une chaîne bien forte ;
Et, pour vous parler vrai, je trouve plus sensé
Un homme sans projets, dans sa terre fixé,
Qui n'est ni complaisant, ni valet de personne,
Que tous ces gens brillants qu'on mange, qu'on friponne,
Qui, pour vivre à Paris avec l'air d'être heureux,
Au fond n'y sont pas moins ennuyés qu'ennuyeux.

GRESSET (1709-1777).

DU TON PHILOSOPHIQUE
ET DIDACTIQUE

Les poèmes *philosophiques* roulent sur un sujet moral ou de raisonnement ; ils offrent, en général, plus d'élévation dans la pensée, mais moins de richesses descriptives que les poèmes purement *didactiques*.

On appelle genre *didactique* un tissu de préceptes, ou une suite de principes revêtus de l'harmonie et de l'expression de la poésie. Le défaut radical du genre didactique est la froideur ; c'est pourquoi nous avons choisi des morceaux se rapprochant surtout du genre philosophique, qui demande plus de chaleur d'expression. Toutefois le ton ne doit avoir ni la légèreté de la comédie ni le mordant de la satire, ni la violence des passions désordonnées.

Parmi ces morceaux, les uns présentent une rare élévation de sentiments et les autres un tour poétique remarquable ; on s'efforcera donc de les traduire noblement et correctement, d'une voix pleine, sonore, affirmative pour les préceptes moraux, lente et assourdie pour exprimer les misères de la vie. Il faut que la prononciation même semble faire entrer tour à tour et sans confusion, dans l'esprit des auditeurs, les sublimes vérités de la religion, le désenchantement du monde et la puissance de l'intelligence échauffée par la noblesse du cœur.

Le Voyage.

Partir avant le jour, à tâtons, sans voir goutte,
Sans songer seulement à demander sa route,
Aller de chute en chute ; et, se traînant ainsi,
Faire un tiers du chemin jusqu'à près de midi,
Voir sur sa tête alors amasser les nuages,
Dans un sable mouvant précipiter ses pas ;
Courir, en essuyant orages sur orages,
Vers un but incertain où l'on n'arrive pas ;

Détrompé, vers le soir, chercher une retraite ;
Arriver haletant, se coucher, s'endormir ;
On appelle cela naître, vivre et mourir.
    La volonté de Dieu soit faite !

FLORIAN (1755-1794).

Rapidité de la Vie.

(*Extrait du* TÉLÉMAQUE).

Ainsi les hommes passent comme les fleurs, qui s'épanouissent le matin et qui le soir sont flétries et foulées aux pieds. Les générations des hommes s'écoulent comme les ondes d'un fleuve rapide, rien ne peut arrêter le temps qui entraîne. après lui tout ce qui paraît immobile. Toi-même, ô mon fils, mon cher fils, toi-même qui jouis maintenant d'une jeunesse si vive et si féconde en plaisirs, souviens-toi que ce bel âge n'est qu'une fleur qui sera presque aussitôt fanée qu'éclose ; tu verras changer insensiblement les grâces riantes, les doux plaisirs qui l'accompagnent: la force, la santé, la joie, s'évanouiront comme un beau songe ; il ne t'en restera qu'un triste souvenir : la vieillesse languissante et ennemie des plaisirs viendra rider ton visage, courber ton corps, affaiblir tes membres, faire tarir dans ton sang les sources de la joie, te dégoûter du présent, te faire craindre l'avenir, te rendre insensible à tout, excepté à la douleur. Ce temps te paraît éloigné ; hélas ! tu te trompes, mon fils, il se hâte, le voilà qui arrive ; ce qui vient avec tant de rapidité n'est déjà pas loin de toi, et le présent qui s'achève est déjà bien loin, puisqu'il s'anéantit dans le moment que nous parlons, et ne pourra plus se rapprocher.

FÉNELON (1651-1715).

La Pensée Humaine.

Tout passe ; tout s'éteint : les conquérants périssent ;
Sur le front des héros les lauriers se flétrissent ;

Des antiques cités les débris sont épars ;
Sur des remparts détruits s'élèvent des remparts ;
L'un par l'autre abattus, les empires s'écroulent ;
Les peuples entraînés, tels que des flots qui roulent,
Disparaissent du monde : et les peuples nouveaux
Iront presser les rangs dans l'ombre des tombeaux.
Mais la pensée humaine est l'âme tout entière :
La mort ne détruit point ce qui n'est point matière ;
Le pouvoir absolu s'efforcerait en vain
D'anéantir l'écrit né du souffle divin :
Du front de Jupiter c'est Minerve élancée ;
Survivant au pouvoir l'immortelle pensée,
Reine de tous les lieux et de tous les instants,
Traverse l'avenir sur les ailes du temps.
Brisant des podentats la couronne éphémère,
Trois mille ans ont passé sur la cendre d'Homère,
Et depuis trois mille ans, Homère respecté
Est jeune encore de gloire et d'immortalité.

Marie-Joseph Chénier (1764-1811).

Jésus-Christ.

La majesté des Ecritures m'étonne ; la sainteté de
l'Evangile parle à mon cœur. Voyez les livres des phi-
losophes avec toute leur pompe ; qu'ils sont petits près
de celui-là ! Se peut-il qu'un livre à la fois si sublime et
si sage soit l'ouvrage des hommes ! Se peut-il que celui
dont il fait l'histoire ne soit qu'un homme lui-même !
Est-ce là le ton d'un enthousiaste ou d'un ambitieux
sectaire ? Quelle douceur ! quelle pureté dans ses mœurs !
quelle grâce touchante dans ses instructions ! quelle
élévation dans ses maximes ! quelle profonde sagesse
dans ses discours ! quelle présence d'esprit, quelle
finesse et quelle justesse dans ses réponses ! quel
empire dans ses passions ! Où est l'homme, où est le
sage qui sait agir, souffrir et mourir sans faiblesse et
sans ostentation ? Quand Platon peint son juste imaginaire couvert de tout l'opprobre du crime et digne de
tous les prix de la vertu, il peint trait pour trait Jésus-
Christ ; la ressemblance est si frappante, que tous les

Pères l'ont sentie, et qu'il n'est pas possible de s'y tromper.

Quels préjugés, quel aveuglement ne faut-il point avoir pour oser comparer le fils de Sophronisque au fils de Marie ! Quelle distance de l'un à l'autre ! Socrate mourant sans douleur, sans ignominie, soutint aisément jusqu'au bout son personnage, et si cette facile mort n'eût honoré sa vie, on douterait si Socrate, avec tout son esprit, fût autre chose qu'un sophiste. Il inventa, dit-on, la morale ; d'autres avant lui l'avaient mise en pratique, il ne fit que dire ce qu'ils avaient fait ; il ne fit que mettre en leçons leurs exemples. Aristide avait été juste avant que Socrate eût dit ce que c'était que la justice. Léonidas était mort pour son pays avant que Socrate eût fait un devoir d'aimer la patrie. Sparte était sobre avant que Socrate eût loué la sobriété ; avant qu'il eût loué la vertu, la Grèce abondait en hommes vertueux. Mais où Jésus avait-il pris chez les siens cette morale élevée et pure dont lui seul a donné les leçons et l'exemple ? Du sein du plus furieux fanatisme la plus haute sagesse se fit entendre, et la simplicité des plus héroïques vertus honora le plus vil de tous les peuples. La mort de Socrate philosophant tranquillement avec ses amis est la plus douce qu'on puisse désirer ; celle de Jésus expirant dans les tourments, injurié, raillé, maudit de tout un peuple, est la plus horrible qu'on puisse craindre. Socrate, prenant la coupe empoisonnée, bénit celui qui la lui présente, et qui pleure ; Jésus, au milieu d'un affreux supplice, prie pour ses bourreaux acharnés. Oui, si la vie et la mort de Socrate sont d'un sage, la vie et la mort de Jésus sont d'un Dieu.

J.-J. ROUSSEAU (1712-1778).

Vanité des Grandeurs humaines.

(Paraphrase du PSAUME CXLV).

N'espérons plus, mon âme, aux promesses du monde ;
Sa lumière est un verre, et sa faveur une onde
Que toujours quelque vent empêche de calmer.
Quittons ces vanités, lassons-nous de les suivre.

C'est Dieu qui nous fait vivre,
C'est Dieu qu'il faut aimer.

En vain, pour satisfaire à nos lâches envies,
Nous passons près des rois tout le temps de nos vies
A souffrir des mépris et ployer les genoux ;
Ce qu'ils peuvent n'est rien; ils sont comme nous sommes,
Véritablement hommes,
Et meurent comme nous.

Ont-ils rendu l'esprit, ce n'est plus que poussière
Que cette majesté si pompeuse et si fière
Dont l'éclat orgueilleux étonne l'univers ;
Et dans ces grands tombeaux, où leurs âmes hautaines
Font encore les vaines,
Ils sont mangés des vers.

Là se perdent ces noms de maîtres de la terre,
D'arbitres de la paix, de foudres de la guerre ;
Comme ils n'ont plus de sceptre, ils n'ont plus de flatteurs;
Et tombent avec eux d'une chute commune
Tous ceux que leur fortune
Faisait leur serviteur.

MALHERBE. (1555-1628).

Supériorité et Faiblesse de l'Homme.

(Pensées détachées et simples notes).

L'homme n'est qu'un roseau, le plus faible de la
nature, mais c'est un roseau pensant. Il ne faut pas
que l'univers entier s'arme pour l'écraser. Une vapeur,
une goutte d'eau suffit pour le tuer. Mais quand l'univers l'écraserait, l'homme serait encore plus noble que
ce qui le tue, parcequ'il sait qu'il meurt. Et l'avantage
que l'univers a sur lui, l'univers n'en sait rien.

Toute notre dignité consiste donc dans la pensée.
C'est de là qu'il faut nous relever, non de l'espace et
de la durée, que nous ne saurions remplir. Travaillons
donc à bien penser : voilà le principe de la morale.

PASCAL. (1623-1662).

Empires disparus.

Il faut ici du temps interroger l'oracle,
Et du monde changeant étaler le spectacle.
Entendez-vous le bruit de ces puissants Etats
S'écroulant l'un sur l'autre avec un long fracas ?
C'est Sidon qui périt, c'est Ninive qui tombe :
Tous les dieux de Bélus descendent dans la tombe.
Nil ! quels sont ces débris sur tes bords dévastés ?
C'est Thèbe aux cent palais, l'aïeule des cités.
Cherchons dans le désert les lieux où fut Palmyre.
Restes majestueux qu'avec effroi j'admire,
O temples du soleil, ô palais éclatants,
Voilà de vos grandeurs ce qu'ont laissé les ans !
Quelques marbres rompus, des colonnes brisées
Des descendants d'Omar aujourd'hui méprisées ;
Et les pompeux débris de ces vieux chapiteaux,
Où vient la caravane attacher ses chameaux ;
Où, lorsqu'un ciel d'airain s'allume sur sa tête,
L'Arabe voyageur nonchalamment s'arrête,
Et, las des feux du jour, s'endort quelques instants
Sur les restes d'un dieu mutilé par le temps.
N'est-ce pas sur ces bords que brilla le Pirée ?
Dieux ! quels cris dut jeter Athènes éplorée,
Quand sa gloire, en un jour, s'abîma sous les eaux !
Maintenant, adossant sa hutte de roseaux
Aux portiques brisés du temple de Minerve,
L'indifférent pêcheur, sur ces flots qu'il observe,
Dans le calme des nuits jette ses longs filets,
Et rien ne lui redit si jadis Périclès
D'édifices pompeux a couronné ces rives,
Si les arts ont brillé sur ces plages oisives ;
Et si, près de ces bords, Thémistocle et Xerxès
Ont disputé d'orgueil, d'empire et de succès.
Ainsi donc des États les tombes sont muettes :
Les plus fameux destins restent sans interprètes.
Tout meurt : les souvenirs, la puissance et les arts.

CHÈNEDOLLÉ (1770-1846).

La Pensée de l'Homme.

Mortels, n'assignez pas un terme à la pensée,
Hors du cercle des temps l'Eternel l'a placée.
Tantôt le ciel la voit, sur des ailes de feu,
Egarer son essor jusqu'au trône de Dieu ;
Tantôt elle parcourt, avide de connaître,
Et les siècles passés et les siècles à naître.
C'est le rapide éclair dont le sillon ardent
Joint les portes du jour aux portes d'occident ;
C'est Elie emporté dans un char de lumière,
Et des mondes mortels franchissant la barrière,
Rien ne peut arrêter son vol ambitieux :
A travers les soleils, peuples brillants des cieux,
Elle s'élance, atteint l'indocile comète ;
Epié, poursuivi dans sa marche secrète,
Cet astre déserteur lui révèle ses lois :
Elle triomphe, vole, et plongeant à la fois
Dans les airs, dans les eaux, dans les flancs de la terre,
Rend de sa royauté l'univers tributaire.

Jusqu'au terme des temps, devenus leur conquête,
Voleront respectés les accords du prophète.
L'œuvre de la pensée a partout des autels ;
La tige qui produit tant de fruits immortels,
Du souffle de la mort ne sera pas flétrie.

Soumet (1788-1845).

DU TON LYRIQUE

La *poésie lyrique*, destinée dans l'origine, comme
son nom l'indique, à être chantée sur la lyre, n'a plus
aujourd'hui que le caractère d'une haute harmonie.

Ce genre se distingue par le sublime des sentiments,
par la variété des images, par des descriptions vives
et véhémentes ; pour l'interpréter il faut une prononciation accentuée, de la puissance, de la noblesse, de

l'enthousiasme ; il faut, en un mot, accorder les sept
cordes de la lyre que toute personne de tact, de goût et
de cœur porte dans sa poitrine. De ces dons particuliers jaillira le feu qui doit nourrir l'accentuation,
animer le débit, remuer toutes les fibres de la sensibilité.

Chaque mot doit chanter, chaque vers doit vibrer,
chaque strophe doit s'envoler, libre de toute hésitation ;
c'est le triomphe de la déclamation. Par malheur, à
côté, si l'on n'y veille, se trouve un écueil : l'exagération. Bien que dans ce ton l'emphase semble naturelle,
il faut prendre bien garde de s'y laisser aller outre
mesure.

Suivons donc exactement la pensée de l'écrivain,
élevons-nous avec elle, lorsqu'elle nous emporte sur
ses ailes divines. mais ne nous obstinons pas à rester
dans l'éther quand elle revient effleurer la terre.

La Chanson des Épées.

(*Extrait du drame* LA FILLE DE ROLAND). (1)

La France, dans ce siècle, a deux grandes épées,
Deux glaives, l'un royal et l'autre féodal,
Dont les lames d'un flot divin furent trempées ;
L'une a pour nom Joyeuse, et l'autre Durandal.

Roland a Durandal, Charlemagne a Joyeuse,
Sœurs jumelles de gloire, héroïnes d'acier,
En qui vivait du fer l'âme mystérieuse,
Que pour son œuvre Dieu voulut s'associer.

  Toutes les deux dans les mêlées
  Entraient, jetant leur rude éclair,
  Et les bannières étoilées
  Les suivaient en flottant dans l'air !
  Quand elles faisaient leur ouvrage,
  L'étranger frémissait de rage.
  Sarrasins, Saxons ou Danois,
  Tourbe hurlante et carnassière,
  Tombaient dans la rouge poussière
  De ces formidables tournois !

(1) Fayard frères, éditeurs.

Durandal a conquis l'Espagne ;
Joyeuse a dompté le Lombard ;
Chacune à sa noble compagne
Pouvait dire : « Voici ma part ! »
Toutes les deux ont, par le monde,
Suivi, chassé le crime immonde,
Vaincu les païens en tout lieu ;
Après mille et mille batailles,
Aucune d'elles n'a d'entailles,
Pas plus que le glaive de Dieu !

Hélas ! la même fin ne leur est pas donnée :
Joyeuse est fière et libre après tant de combats ;
Et quand Roland périt dans la sombre journée,
Durandal des païens fut captive là-bas !

Elle est captive encore, et la France la pleure ;
Mais le sort différent laisse l'honneur égal,
Et la France attendant quelque chance meilleure,
Aime du même amour Joyeuse et Durandal !

Vicomte Henri de Bornier (1825-1901).

Stances de Polyeucte.

(Polyeucte, *tragédie en cinq actes*).

ACTE IV — SCÈNE II

Source délicieuse, en misère féconde,
Que voulez-vous de moi, flatteuses voluptés ?
Heureux attachement de la chair et du monde,
Que ne me quittez-vous quand je vous ai quittés ?
Allez, honneurs, plaisirs, qui me livrez la guerre !
    Toute votre félicité,
    Sujette à l'instabilité,
    En moins de rien tombe par terre,
    Et, comme elle a l'éclat du verre,
    Elle en a la fragilité.

Ainsi n'espérez pas qu'après vous je soupire,
Vous étalez en vain vos charmes impuissants ;
Vous me montrez en vain par tout ce vaste empire
Les ennemis de Dieu pompeux et florissants.
Il étale à son tour des revers équitables,
    Par qui les grands sont confondus ;
    Et les glaives qu'il tient pendus
    Sur les plus fortunés coupables
    Sont d'autant plus inévitables,
    Que leurs coups sont moins attendus.

Tigre altéré de sang, Décie impitoyable,
Ce Dieu t'a trop longtemps abandonné les siens :
De ton heureux destin vois la suite effroyable ;
Le Scythe va venger la Perse et les chrétiens,
Encore un peu plus outre et ton heure est venue,
    Rien ne t'en saurait garantir ;
    Et la foudre qui va partir,
    Toute prête à crever la nue,
    Ne peut plus être retenue
    Par l'attente du repentir.

Que cependant Félix m'immole à ta colère ;
Qu'un rival plus puissant éblouisse ses yeux ;
Qu'aux dépens de ma vie il s'en fasse beau-père,
Et qu'à titre d'esclave il commande en ces lieux :
Je consens, ou plutôt j'aspire à ma ruine.
    Monde, pour moi tu n'as plus rien :
    Je porte en un cœur tout chrétien
    Une flamme toute divine ;
    Et je ne regarde Pauline
    Que comme un obstacle à mon bien.

Saintes douceurs du ciel, adorables idées :
Vous remplissez un cœur qui vous peut recevoir,
De vos sacrés attraits les âmes possédées
Ne conçoivent plus rien qui les puisse émouvoir.
Vous promettez beaucoup et donnez davantage :
    Vos biens ne sont point inconstants,
    Et l'heureux trépas que j'attends
    Ne vous sert que d'un doux passage
    Pour nous introduire au partage
    Qui nous rend à jamais contents.

C'est vous, ô feu divin que rien ne peut éteindre,
Qui m'allez faire voir Pauline sans la craindre,
Je la vois, mais mon cœur, d'un saint zèle enflammé
N'en goûte plus l'appas dont il était charmé ;
Et mes yeux éclairés des célestes lumières,
Ne trouvent plus aux siens leurs grâces coutumières.

CORNEILLE, (1606-1684).

La Cavale [1].

(Iambes)

O Corse à cheveux plats ! que ta France était belle
          Au grand soleil de Messidor !
C'était une cavale indomptable et rebelle,
          Sans freins d'acier ni rênes d'or ;
Une jument sauvage à la croupe rustique,
          Fumant encore du sang des rois,
Mais fière, et d'un pied fort heurtant le sol antique,
          Libre pour la première fois.
Jamais aucune main n'avait passé sur elle
          Pour la flétrir et l'outrager ;
Jamais ses larges flancs n'avaient porté la selle
          Et le harnais de l'étranger ;
Tout son poil était vierge, et, belle vagabonde,
          L'œil haut, la croupe en mouvement,
Sur ses jarrets dressée, elle effrayait le monde
          Du bruit de son hennissement.
Tu parus, et sitôt que tu vis son allure,
          Ses reins si souples et dispos,
Centaure impétueux, tu pris sa chevelure,
          Tu montas botté sur son dos.
Alors comme elle aimait les rumeurs de la guerre,
          La poudre, les tambours battants,
Pour champ de course, alors, tu lui donnas la terre
          Et des combats pour passe-temps :
Alors plus de repos, plus de nuits, plus de sommes ;
          Toujours l'air, toujours le travail,
Toujours comme du sable écraser des corps d'hommes,
          Toujours du sang jusqu'au poitrail.

Quinze ans son dur sabot, dans sa course rapide,
    Broya les générations ;
Quinze ans elle passa, fumante, à toute bride
    Sur le ventre des nations ;
Enfin, lasse d'aller, sans finir sa carrière,
    D'aller sans user son chemin,
De pétrir l'univers, et, comme une poussière,
    De soulever le genre humain ;
Les jarrets épuisés, haletante et sans force,
    Près de fléchir à chaque pas,
Elle demanda grâce à son cavalier corse ;
    Mais, bourreau, tu n'écoutas pas !
Tu la pressas plus fort de ta cuisse nerveuse ;
    Pour étouffer ses cris ardents,
Tu retournas le mors dans sa bouche baveuse,
    De fureur tu brisas ses dents ;
Elle se releva ; mais un jour de bataille
    Ne pouvant plus mordre ses freins,
Mourante, elle tomba sur un lit de mitraille
    Et du coup te cassa les reins.

Auguste BARBIER, (1805-1882)

L'Aumône.

Donnez à l'indigent, donnez, heureux du monde ;
Vous êtes en tous points semblables à cette onde
Qui, caressant des bords par des palmiers couverts,
Savoure avec orgueil leur ombre favorable,
Et s'avance pourtant d'un cours invariable
    Pour se perdre dans les déserts.

Donnez ; car de la mort l'inflexible fantôme
Ne nous laisse emporter, dans son fatal royaume,
    Que nos crimes et nos vertus ;
Et parmi les vertus l'aumône est la plus belle,
La plus belle des fleurs dont l'éclat étincelle
    Sur la couronne des élus.

Donnez, afin qu'ayant parcouru la carrière,
Vous puissiez sans gémir regarder en arrière,

Et trouver moins amer le chemin du trépas ;
Afin de ne pas voir l'espérance bannie,
Quand vos jours passeront devant votre agonie,
    Que vous ne les maudissiez pas !

Donnez, afin que, même aux terrestres demeures,
Le ciel de ses bontés accompagne vos heures,
    Et vous rende en tout triomphants ;
Afin qu'en vos sillons il sème l'abondance
Et qu'il tienne les eaux de la fausse science
    Loin des lèvres de vos enfants.

De l'hydre des partis l'haleine empoisonnée,
Comme l'hiver enchaîne une onde fortunée,
Tient suspendu le cours de nos prospérités :
De milliers de vaisseaux qui ne pouvaient suffire,
La voile maintenant dérobée au zéphyre,
    Dorment dans nos ports attristés.

Hélas ! dans nos cités, naguère si splendides
Erre, les bras croisés et les regards avides,
    Une effrayante oisiveté ;
Dans l'atelier désert habite le silence,
Et l'on a vu frapper la maison de l'aisance
    D'une soudaine pauvreté.

Pénétrez aux réduits de ces tristes familles ;
Voyez, le haillon manque à la pudeur des filles ;
Voyez le désespoir qui sait tout terrasser !
L'enfant dont les besoins ont dévoré les charmes,
Qui demande du pain, et dont la mère en larmes
    Ne peut, hélas ! que l'embrasser !

                               REBOUL (1796-1864)

Prière d'Esther.

ACTE I — SCÈNE IV

        O mon souverain roi,
Me voici donc tremblante et seule devant toi !

Mon père mille fois m'a dit dans mon enfance
Qu'avec nous tu juras une sainte alliance,
Quand pour te faire un peuple agréable à tes yeux,
Il plut à ton amour de choisir nos aïeux :
Même tu leur promis de ta bouche sacrée
Une postérité d'éternelle durée.
Hélas ! ce peuple ingrat a méprisé ta loi ;
La nation chérie a violé sa foi ;
Elle a répudié son époux et son père,
Pour rendre à d'autres dieux un honneur adultère :
Maintenant elle sert sous un maître étranger.
Mais c'est peu d'être esclave, on la veut égorger :
Nos superbes vainqueurs, insultant à nos larmes,
Imputent à leurs dieux le bonheur de leurs armes,
Et veulent aujourd'hui qu'un même coup mortel
Abolisse ton nom, ton peuple, et ton autel.
Ainsi donc un perfide, après tant de miracles,
Pourrait anéantir la foi de tes oracles,
Ravirait aux mortels le plus cher de tes dons,
Le saint que tu promets et que nous attendons ?
Non, non, ne souffre pas que ces peuples farouches,
Ivres de notre sang, ferment les seules bouches
Qui dans tout l'univers célèbrent tes bienfaits ;
Et confonds tous ces dieux qui ne furent jamais.
Pour moi, que tu retiens parmi ces infidèles,
Tu sais combien je hais leurs fêtes criminelles,
Et que je mets au rang des profanations
Leur table, leurs festins, et leurs libations ;
Que même cette pompe où je suis condamnée,
Ce bandeau dont il faut que je paraisse ornée,
Dans ces jours solennels à l'orgueil dédiés,
Seule et dans le secret, je le foule à mes pieds ;
Qu'à ces vains ornements je préfère la cendre,
Et n'ai de goût qu'aux pleurs que tu me vois répandre,
J'attendais le moment marqué dans ton arrêt,
Pour oser de ton peuple embrasser l'intérêt.
Ce moment est venu : ma prompte obéissance
Va d'un roi redoutable affronter la présence.
C'est pour toi que je marche : accompagne mes pas
Devant ce fier lion qui ne te connaît pas :
Commande en me voyant que son courroux s'apaise ;
Et prête à mes discours un charme qui lui plaise :

Les orages, les vents, les cieux te sont soumis ;
Tourne enfin ta fureur contre nos ennemis.

RACINE (1639-1699).

La Mort du Loup.

I

Les nuages couraient sur la lune enflammée
Comme sur l'incendie on voit fuir la fumée,
Et les bois étaient noirs jusques à l'horizon.
Nous marchions, sans parler, dans l'humide gazon,
Dans la bruyère épaisse et dans les hautes brandes,
Lorsque, sous des sapins pareils à ceux des Landes,
Nous avons aperçu les grands ongles marqués
Par les loups voyageurs que nous avions traqués.
Nous avons écouté, retenant notre haleine
Et le pas suspendu. — Ni le bois ni la plaine
Ne poussaient un soupir dans les airs ; seulement
La girouette en deuil criait au firmament ;
Car le vent, élevé, bien au-dessus des terres,
N'effleurait de ses pieds que les tours solitaires,
Et les chênes d'en bas, contre les rocs penchés,
Sur leurs coudes semblaient endormis et couchés.
Rien ne bruissait donc, lorsque, baissant la tête,
Le plus vieux des chasseurs qui s'étaient mis en quête,
A regardé le sable en s'y couchant ; bientôt,
Lui que jamais ici l'on ne vit en défaut,
A déclaré tout bas que ces marques récentes
Annonçaient la démarche et les griffes puissantes
De deux grands loups-cerviers et de deux louveteaux.
Nous avons tous alors préparé nos couteaux,
Et, cachant nos fusils et leurs lueurs trop blanches,
Nous allions pas à pas en écartant les branches.
Trois s'arrêtent, et moi, cherchant ce qu'ils voyaient,
J'aperçois tout à coup deux yeux qui flamboyaient,
Et je vois au delà quatre formes légères
Qui dansaient sous la lune au milieu des bruyères,
Comme font chaque jour, à grand bruit sous nos yeux,
Quand le maître revient, les lévriers joyeux.

Leur forme était semblable et semblable la danse ;
Mais les enfants du Loup se jouaient en silence,
Sachant bien qu'à deux pas, ne dormant qu'à demi,
Se couche dans ses murs l'homme leur ennemi.
Leur père était debout, et plus loin, contre un arbre,
La louve reposait comme celle de marbre
Qu'adoraient les Romains et dont les flancs velus
Couvaient les demi-dieux Rémus et Romulus.
Le Loup vient et s'assied, les deux jambes dressées,
Par leurs ongles crochus dans le sable enfoncées.
Il est jugé perdu, puisqu'il était surpris,
Sa retraite coupée et tous ses chemins pris ;
Alors il a saisi, dans sa gueule brûlante,
Du chien le plus hardi la gorge pantelante,
Et n'a pas desserré ses mâchoires de fer,
Malgré nos coups de feu qui traversaient sa chair,
Et nos couteaux aigus qui, comme des tenailles,
Se croisaient en plongeant dans ses larges entrailles,
Jusqu'au dernier moment où le chien étranglé,
Mort longtemps avant lui sous ses pieds a roulé.
Le Loup le quitte alors et puis il nous regarde.
Les couteaux lui restaient aux flancs jusqu'à la garde,
Le clouaient au gazon tout baigné dans son sang ;
Nos fusils l'entouraient en sinistre croissant.
Il nous regarde encore, ensuite il se recouche,
Tout en léchant le sang répandu sur sa bouche,
Et, sans daigner savoir comment il a péri,
Refermant ses grands yeux, meurt sans jeter un cri.

II

J'ai reposé mon front sur mon fusil sans poudre,
Me prenant à penser, et n'ai pu me résoudre
A poursuivre sa Louve et ses fils, qui, tous trois,
Avaient voulu l'attendre, et, comme je le crois,
Sans ses deux louveteaux, la belle et sombre veuve
Ne l'eût pas laissé seul subir la grande épreuve ;
Mais son devoir était de les sauver, afin
De pouvoir leur apprendre à bien souffrir la faim,
A ne jamais entrer dans le pacte des villes
Que l'homme a fait avec les animaux serviles
Qui chassent devant lui, pour avoir le coucher,
Les premiers possesseurs du bois et du rocher.

III

Hélas ! ai-je pensé, malgré ce grand nom d'Hommes,
Que j'ai honte de nous, débiles que nous sommes !
Comment on doit quitter la vie et tous ses maux.
C'est vous qui le savez, sublimes animaux !
A voir ce que l'on fut sur terre et ce qu'on laisse
Seul le silence est grand ; tout le reste est faiblesse.
— Ah ! je t'ai bien compris, sauvage voyageur,
Et ton dernier regard m'est allé jusqu'au cœur !
Il disait : « Si tu peux, fais que ton âme arrive,
A force de rester studieuse et pensive,
Jusqu'à ce haut degré de stoïque fierté
Où, naissant dans les bois, j'ai tout d'abord monté.
Gémir, pleurer, prier, est également lâche.
Fais énergiquement ta longue et lourde tâche
Dans la voie où le sort a voulu t'appeler,
Puis, après, comme moi, souffre et meurs sans parler. »

Alfred de VIGNY. (1790-1863)

La Poésie sacrée

Dithyrambe

Son front est couronné de palmes et d'étoiles ;
Son regard immortel que rien ne peut ternir,
Traversant tous les temps, soulevant tous les voiles,
Réveille le passé, plonge dans l'avenir !
Du monde sous ses yeux les fastes se déroulent ;
Les siècles à ses pieds comme un torrent s'écoulent :
A son gré descendant ou remontant leur cours,
Elle sonne au tombeau l'heure, l'heure fatale ;
      Ou sur sa lyre virginale
Chante au monde vieilli ce jour, père des jours.

MOÏSE

    Ecoutez ! — Jéhovah s'élance
    Du sein de son éternité.
Le chaos endormi s'éveille en sa présence ;
Sa vertu le féconde, et sa toute-puissance,
    Repose sur l'immensité.

Dieu dit, et le jour fut ; Dieu dit, et les étoiles
De la nuit éternelle éclaircirent les voiles ;
     Tous les éléments divers
     A sa voix se séparèrent ;
     Les eaux soudain s'écoulèrent
     Dans le lit creusé des mers ;
     Les montagnes s'élevèrent,
     Et les aquilons volèrent,
     Dans les libres champs des airs.

Sept fois de Jéhovah la parole féconde
     Se fit entendre au monde ;
Et sept fois le néant à sa voix répondit :
Et Dieu dit : Faisons l'homme à ma vivante image.
Il dit, l'homme naquit ; à ce dernier ouvrage
Le Verbe créateur s'arrête et s'applaudit.

JOB

Mais ce n'est plus un Dieu ; c'est l'homme qui soupire.
Eden a fui... voilà le travail et la mort.
     Dans les larmes sa voix expire ;
La corde du bonheur se brise sur sa lyre,
Et Job en tire un son triste comme le sort.
Ah ! périsse à jamais le jour qui m'a vu naître !
Ah ! périsse à jamais la nuit qui m'a conçu,
     Et le sein qui m'a donné l'être,
     Et les genoux qui m'ont reçu !
Que du nombre des jours Dieu pour jamais l'efface !
Que, toujours obscurci des ombres du trépas,
Ce jour parmi les jours ne trouve plus sa place !
     Qu'il soit comme s'il n'était pas !

Maintenant dans l'oubli je dormirais encore
     Et j'achèverais mon sommeil
Dans cette longue nuit qui n'aura point d'aurore,
Avec ces conquérants que la terre dévore,
Avec le fruit conçu qui meurt avant d'éclore,
     Et qui n'a pas vu le soleil.

     Mes jours déclinent comme l'ombre ;
     Je voudrais les précipiter.
     O mon Dieu ! retranchez le nombre
     Des soleils que je dois compter.

L'aspect de ma longue infortune
Eloigne, repousse, importune
Mes frères lassés de mes maux ;
En vain je m'adresse à leur foule,
Leur pitié m'échappe et s'écoule
Comme l'onde au flanc des coteaux.

Ainsi qu'un nuage qui passe,
Mon printemps s'est évanoui ;
Mes yeux ne verront plus la trace
De tous ces biens dont j'ai joui.
Par le souffle de ta colère,
Hélas ! arraché de la terre,
Je vais d'où l'on ne revient pas ;
Mes vallons, ma propre demeure,
Et cet œil même qui me pleure,
Ne reverront jamais mes pas !

L'homme vit un jour sur la terre
Entre la mort et la douleur ;
Rassasié de sa misère,
Il tombe enfin comme la fleur ;
Il tombe ! au moins, par la rosée,
Des fleurs la racine arrosée
Peut-elle un moment refleurir ;
Mais l'homme, hélas ! après la vie,
C'est un lac dont l'eau s'est enfuie :
On le cherche, il vient de tarir.

Mes jours fondent comme la nèige
Au souffle du courroux divin ;
Mon espérance qu'il abrège
S'enfuit comme l'eau de ma main ;
Ouvrez-moi mon dernier asile ;
Là, j'ai dans l'ombre un lit tranquille,
Lit préparé pour mes douleurs.
O tombeau ! vous êtes mon père ;
Et je dis aux vers de la terre :
Vous êtes ma mère et mes sœurs !

Mais les jours heureux de l'impie
Ne s'éclipsent pas au matin ;
Tranquille il prolonge sa vie
Avec le sang de l'orphelin.

Il étend au loin ses racines ;
Comme un troupeau sur les collines,
Sa famille couvre Ségor ;
Puis dans un riche mausolée
Il est couché dans la vallée,
Et l'on dirait qu'il vit encor.

C'est le secret de Dieu ; je me tais et j'adore.
C'est sa main qui traça les sentiers de l'aurore,
Qui pesa l'océan, qui suspendit les cieux.
Pour lui, l'abîme est nu, l'enfer même est sans voiles.
Il a fondé la terre et semé les étoiles :
Et qui suis-je à ses yeux ?

ISAÏE

Mais la harpe a frémi sous les doigts d'Isaïe,
De son sein bouillonnant la menace à longs flots
S'échappe ; un Dieu l'appelle, il s'élance, il s'écrie :
Cieux et Terre, écoutez ! silence aux fils d'Amos !

Osias n'était plus. Dieu m'apparut : je vis
Adonaï vêtu de gloire et d'épouvante ! (1)
Les bords éblouissants de sa robe flottante
Remplissaient le sacré parvis.

Des séraphins, debout sur des marches d'ivoire,
Se voilaient devant lui de six ailes de feux ;
Volant de l'un à l'autre, ils se disaient entre eux :
Saint, saint, saint, le Seigneur, le Dieu, le roi des cieux !
Toute la terre est pleine de sa gloire !

Du temple à ces accents la voûte s'ébranla ;
Adonaï s'enfuit sous la nue enflammée ;
Le saint lieu fut rempli de torrents de fumée ;
La terre sous mes pieds trembla.

Et moi je resterais dans un lâche silence!
Moi qui t'ai vu, Seigneur, je n'oserais parler !
A ce peuple impur qui t'offense
Je craindrais de te révéler !

---

(1) *Adonaï*, un des noms du Seigneur dans l'Écriture sainte.

Qui marchera pour nous? dit le Dieu des armées.
Qui parlera pour moi? dit Dieu. Qui? Moi, Seigneur.
    Touche mes lèvres enflammées :
    Me voilà! je suis prêt!... Malheur!

    Malheur à vous qui dès l'aurore
    Respirez les parfums du vin.
    Et que le soir retrouve encore
    Chancelants aux bords du festin!
    Malheur à vous qui par l'usure
    Etendez sans fin ni mesure
    La borne immense de vos champs!
    Voulez-vous donc, mortels avides,
    Habiter dans vos champs arides
    Seuls sur la terre des vivants?

    Malheur à vous, race insensée!
    Enfants d'un siècle audacieux,
    Qui dites dans votre pensée :
    Nous sommes sages à nos yeux.
    Vous changez la nuit en lumière,
    Et le jour en ombre grossière
    Où se cachent vos voluptés!
    Mais comme un taureau dans la plaine
    Vous traînez après vous la chaîne
    De vos longues iniquités!

    Malheur à vous, filles de l'onde!
    Iles de Sidon et de Tyr!
    Tyrans, qui trafiquez du monde
    Avec la pourpre et l'or d'Ophir!
    Malheur à vous, votre heure sonne;
    En vain l'océan vous couronne!
    Malheur à toi, reine des eaux,
    A toi qui, sur des mers nouvelles,
    Fais retentir, comme des ailes,
    Les voiles de mille vaisseaux!

Ils sont enfin venus les jours de ma justice;
Ma colère, dit Dieu, se déborde sur vous!
    Plus d'encens, plus de sacrifice
    Qui puisse éteindre mon courroux!

Je livrerai ce peuple à la mort, au carnage :
Le fer moissonnera comme l'herbe sauvage
        Ses bataillons entiers!   [trève;
— Seigneur, épargnez-nous! Seigneur! — Non, point de
Et je ferai sur lui ruisseler de mon glaive
        Le sang de ses guerriers !

Ses torrents sècheront sous ma brûlante haleine;
Ma main nivellera, comme une vaste plaine,
        Ses murs et ses palais.
Le feu les brûlera comme il brûle le chaume.
Là, plus de nation, de ville, de royaume;
        Le silence à jamais!

Ses murs se couvriront de ronces et d'épines;
L'hyène et les serpents peupleront ses ruines;
        Les hiboux, les vautours,
L'un l'autre s'appelant durant la nuit obscure,
Viendront à leurs petits porter la nourriture
        Au sommet de ses tours !

EZÉCHIEL

Mais Dieu ferme, à ces mots, les lèvres d'Isaïe
        Le sombre Ezéchiel
Sur le tronc desséché de l'ingrat Israël
Fais descendre à son tour la parole de vie !
L'Eternel emporta mon esprit au désert :
D'ossements desséchés le sol était couvert;
J'approche en frissonnant, mais Jéhovah me crie :
Si je parle à ces os, reprendront-ils la vie ?
— Eternel, tu le sais. — Eh bien! dit le Seigneur,
Ecoute mes accents : retiens-les et dis-leur :
Ossements desséchés, insensible poussière,
Levez-vous! recevez l'esprit et la lumière!
Que vos membres épars s'assemblent à ma voix !
Que l'esprit vous anime une seconde fois !
Qu'entre vos os flétris vos muscles se replacent !
Que votre sang circule et vos nerfs s'entrelacent!
Levez-vous et vivez et voyez qui je suis !
J'écoutai le Seigneur, j'obéis et je dis :
Esprits, soufflez sur eux, du couchant, de l'aurore,
Soufflez de l'aquilon, soufflez!... Pressés d'éclore,

Ces restes du tombeau, réveillés par mes cris
Entre-choquent soudain leurs ossements flétris :
Aux clartés du soleil leur paupière se rouvre,
Leurs os sont rassemblés et la chair les recouvre !
Et ce champ de la mort tout entier se leva,
Redevint un grand peuple, et connut Jéhovah.

JÉRÉMIE

Mais Dieu de ses enfants a perdu la mémoire ;
La fille de Sion, méditant ses malheurs,
S'assied en soupirant et, veuve de sa gloire,
Ecoute Jérémie et retrouve des pleurs.

Le Seigneur m'accablant du poids de sa colère,
Retire tour à tour et ramène sa main ;
　　　Vous qui passez par le chemin,
Est-il une misère égale à ma misère ?

En vain ma voix s'élève, il n'entend plus ma voix
Il m'a choisi pour but de ses flèches de flamme,
　　　Et tout le jour contre mon âme
Sa fureur a lancé les fils de son carquois.

Sur mes os consumés ma peau s'est desséchée ;
Les enfants m'ont chanté dans leurs dérisions ;
　　　Seul, au milieu des nations
Le Seigneur m'a jeté comme une herbe arrachée.

Il s'est enveloppé de son divin courroux ;
Il a fermé ma route, il a troublé ma voie :
　　　Mon sein n'a plus la joie,
Et j'ai dit au Seigneur : Seigneur, souvenez-vous,

Souvenez-vous, Seigneur, de ces jours de colère ;
Souvenez-vous du fiel dont vous m'avez nourri ;
　　　Non, votre amour n'est point tari ;
Vous me frappez, Seigneur et c'est pourquoi j'espère.

Je repasse en pleurant ces misérables jours ;
J'ai connu le Seigneur dès ma plus tendre aurore :
　　　Quand il punit, il aime encore ;
Il ne s'est pas, mon âme, éloigné pour toujours.

Heureux qui le connaît ! heureux qui, dès l'enfance,
Porta le joug d'un Dieu clément dans sa rigueur !
  Il croit au salut du Seigneur,
S'assied au bord du fleuve et l'attend en silence !

Il sent peser sur vous ce joug de votre amour ;
Il répand dans la nuit ses pleurs et sa prière,
  Et, la bouche dans la poussière,
Il invoque, il espère, il attend votre jour.

LE MESSIE

Silence, ô lyre ! et vous, silence,
Prophètes, voix de l'avenir !
Tout l'univers se tait d'avance
Devant celui qui doit venir.
Fermez-vous, lèvres inspirées !
Reposez-vous, harpes sacrées.
Jusqu'au jour où, sur les hauts lieux,
Une voix au monde inconnue
Fera retentir dans la nue :
Paix à la terre et gloire aux cieux !

LAMARTINE.

Parthénope et l'Etrangère [1]

(*Extrait des* MESSÉNIENNES)

« O femme que veux-tu ? — Parthénope, un asile,
— Quel est ton crime ? — Aucun. — Qu'as tu fait ? — Des
  [ingrats.
— Quels sont tes ennemis ? — Ceux qu'affranchit mon
Hier, on m'adorait, aujourd'hui l'on m'exile.   [bras.
— Comment dois-tu payer mon hospitalité ?
— Par des périls d'un jour et des lois éternelles.
— Qui t'osera poursuivre au sein de ma cité ?
— Des rois. — Quand viendront-ils ? — Demain. — De
  [quel côté ?
— De tous... Eh bien ! pour moi tes portes s'ouvrent-
  [elles ?
— Entre, quel est ton nom ? — Je suis la liberté !

(1) *Parthénope*, nom antique de Naples.

Recevez-la, remparts antiques
Par elle autrefois habités,
Au rang de vos divinités
Recevez-la, sacrés portiques ;
Levez-vous, ombres héroïques,
Faites cortège à ses côtés.
Beau ciel napolitain, royaume d'allégresse ;
O terre, enfante des soldats,
Et vous, peuples, chantez; peuples, c'est la déesse
Pour qui mourut Léonidas.

Casimir DELAVIGNE (1793-1843).

Au Tyrol.

(LA COUPE ET LES LÈVRES — 1832).

Salut, terre de glace, amante des nuages,
Terre d'hommes errants et de daims en voyages,
Terre sans oliviers, sans vigne et sans moissons.
Ils sucent un lait dur, mère, tes nourrissons...
Tu n'as rien, toi, Tyrol, ni temple, ni richesse,
Ni poètes, ni dieux ; tu n'as rien, chasseresse !
Mais l'amour de ton cœur s'appelle d'un beau nom,
La liberté ! — Qu'importe au fils de la montagne
Pour quel despote obscur envoyé d'Allemagne
L'homme de la prairie écorche le sillon ?
Ce n'est pas son métier de traîner la charrue ;
Il couche sur la neige, il soupe quand il tue ;
Il vit dans l'air du ciel, qui n'appartient qu'à Dieu.
L'air du ciel ! l'air de tous ! vierge comme le feu !
Oui, la liberté meurt sur le fumier des villes.
Oui, vous qui la plantez sur vos guerres civiles,
Vous la semez en vain, même sur vos tombeaux :
Il ne croît pas si bas, cet arbre aux verts rameaux.
Il meurt dans l'air humain, plein de râles immondes ;
Il respire celui que respirent les mondes.
Montez, voilà l'échelle, et Dieu qui tend les bras,
Montez à lui, rêveurs, il ne descendra pas.
Prenez-moi la sandale et la pique ferrée :
Elle est là sur les monts, la liberté sacrée.

C'est là qu'à chaque pas l'homme la voit venir,
Ou, s'il l'a dans le cœur, qu'il l'y sent tressaillir.

Alfred de Musset. (1810-1857).

DU TON DRAMATIQUE
OU TRAGIQUE

On appelle *art dramatique,* l'art de mettre en scène
une action vraie ou imaginaire, fabuleuse ou historique,
en excitant l'intérêt des spectateurs ou en les passion-
nant. Il n'y a que la terreur et la pitié dont le pathétique soit vif et durable ; il n'y a qu'elles qui nous cau-
sent de doux frémissements et nous fassent goûter, au
sein même de la douleur, un plaisir plus délicieux et
plus sensible que celui de la joie.

Mais pour exprimer la force et les misères de l'humanité, pour accorder la simplicité et la noblesse, la vérité et la grandeur, il faut une sûreté de conception et
une ampleur de diction bien difficiles à atteindre.

Toute cette gamme de passions, dont la tragédie est
l'école vivante : la pitié, la tendresse, la jalousie, la
haine, le dédain, l'horreur, le désespoir exigent une
puissance d'interprétation égale à la puissance intel-
lectuelle qui les a mises en jeu. Voix, physionomie,
attitudes, doivent former un ensemble harmonieux,
unique, en même temps que naturel et vrai. Le grand
art, pour réussir, est de se mettre complètement sous
l'empire de l'affection que l'on doit exprimer ; car il
est aussi à craindre de s'abandonner à des mouvements immodérés, qu'à ne pas sentir assez vivement
ce que l'on dit.

Il est nécessaire aussi de varier les nuances, il ne
faut pas user l'émotion des auditeurs ; la diversité
dans le débit est essentielle pour délasser de temps en
temps la sensibilité artificiellement excitée, qui passerait bien vite par une fatigante insistance.

Lucrèce.

ACTE IV — SCÈNE PREMIÈRE

LUCRÈCE

Des présages affreux viennent m'épouvanter.
Nourrice, écoute bien je vais tout te conter.

LA NOURRICE

Dites, ma chère enfant. Jamais ceux qui sont sages
Ne doivent en effet, mépriser les présages.

LUCRÈCE

Hier, toute la nuit, une chienne a hurlé.

LA NOURRICE

C'est un signe de mort.

LUCRÈCE

　　　　　Et les vents ont sifflé,
Et leurs funèbres voix, se traînant par la plaine,
Gémissaient, par moment, comme une voix humaine.

LA NOURRICE

C'est un signe de deuil.

LUCRÈCE

　　　　　Et quoiqu'en plein hiver,
Dans le ciel a passé la rougeur d'un éclair.

LA NOURRICE

C'est un signe de sang.

LUCRÈCE

　　　　　Signe trop manifeste !
Je recevrai bientôt un message funeste.

LA NOURRICE

Non, non, pour Collatin vous craignez sans sujet.
Présente est la menace et présent son objet.

— Nous protègent les dieux ! ici, c'est ici même
Que sur quelqu'un de nous plane l'heure suprême.

LUCRÈCE

Ce matin, je sortais de ma chambre, et soudain
La porte que j'ouvrais, me repoussant la main,
Sans que par aucun vent elle parût chassée,
S'est fermée ; et j'en fus au pied gauche blessée.

LA NOURRICE

Evitez de sortir. Ce choc doit présager
Que c'est par le dehors que viendra le danger.

LUCRÈCE

Ah ! pour fuir le danger il n'est point de retraite ;
Il pénètre avec nous dans la maison secrète.
— Ecoute encore. J'ai fait un songe cette nuit,
Sinistre, et dont l'horreur profonde me poursuit.
— Tâche de l'expliquer, toi qui sais les traduire.

LA NOURRICE

Le songe nous arrive afin de nous instruire,
Et Jupiter l'envoie, en avertissement
Comme un avant-coureur d'un grand événement,
Les vrais songes, sortis de la porte de corne,
Pour longtemps après eux, laissent notre esprit morne ;
— Or, dites votre songe, et je l'expliquerai.

LUCRÈCE

J'ai rêvé que j'entrais dans un temple sacré,
Au milieu d'une foule. On aurait dit que Rome
Poussait dans ce seul lieu jusqu'à son dernier homme.
Et, pour donner accès au flot toujours croissant,
Les murailles du temple allaient s'élargissant.
Alors à Romulus, pour le rendre propice,
Le prêtre quirinal offrit un sacrifice.
La victime choisie était devant l'autel,
Le poil déjà couvert de farine et de sel,
Et le prêtre déjà versait le vin du vase
Sur cet endroit du front où la corne a sa base,
Disant : « Dieu Quirinus, prends ces libations,
Et que Rome soit grande entre les nations. »
Il se tut, — et chacun frémit dans une attente.

Soudain on entendit une voix éclatante ;
Tout le temple en trembla. « Loin de moi ces taureaux;
« Qu'ai-je à faire du sang des grossiers animaux ?
« Je veux du sang humain. Il me faut en offrande
« Le sang pur d'une femme, et Rome sera grande. »
Ainsi parla le dieu. — Dans ce même moment,
Le taureau disparut sans que l'on sût comment ;
Et je me trouvai, moi, sur l'autel étendue,
A sa place, attendant la hache suspendue. —
Et comme j'étais là, pâlissante, — un serpent
Sort d'un pilier qui s'ouvre, et s'avance en rampant.
Traînant par le pavé ses anneaux qu'il déploie
Lentement, longuement, comme sûr de sa proie.
Il monte, et sur mon corps colle ses nœuds glacés.
— Je sentais mes cheveux affreusement dressés ;
Ma chair se hérissait sous cette étreinte humide ;
Mais ma voix s'étranglait dans mon gosier aride ;
J'essayais de bouger, et je ne pouvais pas ;
J'étais fixe d'horreur. — Comme un immense bras,
Le monstre cependant m'enveloppe, puis lève
Sa tête d'où sortait un dard fait comme un glaive.
Il fixe sur mes yeux ses yeux, ardents flambeaux ;
Il me souffle au visage une odeur de tombeaux :
Et son dard, savourant l'espoir de la blessure,
Sur mon corps, qu'il parcourt, médite sa morsure.
Je n'aperçus plus rien alors. — Mon assassin
Avait fui, me laissant un glaive dans le sein.
— Et, prodige nouveau ! les gouttes ruisselantes,
Qui coulaient de mon cœur sur les pierres sanglantes,
Enfantaient en tombant de nombreux bataillons
Plus serrés qu'on ne voit les blés dans les sillons ;
Et tous ces combattants dont l'air était superbe,
Portaient pour leur enseigne, au lieu d'un faisceau
Une pique d'airain, avec un aigle d'or   d'herbe,
Qui menaçait le sud, l'est, l'ouest et le nord.
— Enfin je m'éveillai, si pleine de ce rêve,
Que je croyais sentir le froid aigu du glaive,
Qu'à présent même encor, je crois que je le sens,
— Nourrice, eh bien ! peux-tu m'en expliquer le sens ?

PONSARD (1814-1867).

Andromaque.

ACTE III — SCÈNE VIII

ANDROMAQUE, CÉPHISE

CÉPHISE

Je vous l'avais prédit, qu'en dépit de la Grèce
De votre sort encor vous seriez la maîtresse.

ANDROMAQUE

Hélas ! de quel effet tes discours sont suivis !
Il ne me restait plus qu'à condamner mon fils.

CÉPHISE

Madame, à votre époux c'est être assez fidèle.
Trop de vertu pourrait vous rendre criminelle.
Lui-même il porterait votre âme à la douceur.

ANDROMAQUE

Quoi ! je lui donnerais Pyrrhus pour successeur ?

CÉPHISE

Ainsi le veut son fils, que les Grecs vous ravissent.
Pensez-vous qu'après tout ses mânes en rougissent ;
Qu'il méprisât, madame, un roi victorieux
Qui vous fait remonter au rang de vos aïeux ;
Qui foule aux pieds pour vous vos vainqueurs en colère,
Qui ne se souvient plus qu'Achille était son père,
Qui dément ses exploits, et les rend superflus ?

ANDROMAQUE

Dois-je les oublier, s'il ne s'en souvient plus ?
Dois-je oublier Hector privé de funérailles.
Et traîné sans honneur autour de nos murailles ?
Dois-je oublier son père à mes pieds renversé,
Ensanglantant l'autel qu'il tenait embrassé ?
Songe, songe, Céphise, à cette nuit cruelle
Qui fut pour tout un peuple une nuit éternelle ;

Figure-toi Pyrrhus, les yeux étincelants,
Entrant à la lueur de nos palais brûlants,
Sur tous mes frères morts se faisant un passage,
Et, de sang tout couvert, échauffant le carnage ;
Songe aux cris des vainqueurs, songe aux cris des
Dans la flamme étouffés, sous le fer expirants ;[mourants
Peins-toi dans ces horreurs Andromaque éperdue :
Voilà comme Pyrrhus vint s'offrir à ma vue,
Voilà par quels exploits il sut se couronner ;
Enfin, voilà l'époux que tu me veux donner.
Non, je ne serai point complice de ses crimes,
Qu'il nous prenne, s'il veut, pour dernières victimes.
Tous mes ressentiments lui seraient asservis !

CÉPHISE

Eh bien ! allons donc voir expirer votre fils :
On n'attend plus que vous... Vous frémissez, madame !

ANDROMAQUE

Ah ! de quel souvenir viens-tu frapper mon âme !
Quoi ! Céphise, j'irai voir expirer encor
Ce fils, ma seule joie, et l'image d'Hector ;
Ce fils, que de sa flamme il me laissa pour gage !
Hélas ! il m'en souvient, le jour que son courage
Lui fit chercher Achille, ou plutôt le trépas,
Il demanda son fils, et le prit dans ses bras :
« Chère épouse, dit-il, en essuyant mes larmes,
J'ignore quel succès le sort garde à mes armes ;
Je te laisse mon fils pour gage de ma foi :
S'il me perd, je prétends qu'il me retrouve en toi :
Si d'un heureux hymen la mémoire t'est chère,
Montre au fils à quel point tu chérissais le père. »
Et je puis voir répandre un sang si précieux !
Et je laisse avec lui périr tous ses aïeux !
Roi barbare, faut-il que mon crime l'entraîne ?
Si je te hais, est-il coupable de ma haine ?
T'a-t-il de tous les siens reproché le trépas ?
S'est-il plaint à tes yeux des maux qu'il ne sent pas ?
Mais cependant, mon fils, tu meurs si je n'arrête
Le fer que le cruel tient levé sur ta tête.
Je l'en puis détourner, et je t'y vais offrir !...
Non, tu ne mourras point, je ne le puis souffrir.
Allons trouver Pyrrhus. Mais non, chère Céphise,
Va le trouver pour moi.

CÉPHISE

Que faut-il que je dise ?

ANDROMAQUE

Dis-lui que de mon fils l'amour est assez fort,...
Crois-tu que dans son cœur il ait juré sa mort ?
L'amour peut-il pousser si loin sa barbarie ?

CÉPHISE

Madame, il va bientôt revenir en furie.

ANDROMAQUE

Eh bien ! va l'assurer...

CÉPHISE

De quoi ? De votre foi ?

ANDROMAQUE

Hélas ! pour la promettre est-elle encore à moi ?
O cendres d'un époux ! O Troyens ! ô mon père !
O mon fils ! que tes jours coûtent cher à ta mère !
Allons.

CÉPHISE

Où donc, madame ? et que résolvez-vous ?

ANDROMAQUE

Allons sur son tombeau consulter mon époux.

RACINE (1639-1699).

Les Burgraves (1843).

DEUXIÈME PARTIE

SCÈNE VI

L'EMPEREUR, LES BURGRAVES

L'EMPEREUR

Voici la croix de Charlemagne.

Tous lez yeux se fixent sur la croix. Moment de silence. Il reprend :

Moi, Frédéric, seigneur du mont où je suis né,
Elu roi des Romains, empereur couronné,
Porte-glaive de Dieu, roi de Bourgogne et d'Arles,
J'ai violé la tombe où dormait le grand Charles ;
J'en ai fait pénitence ; et, le genou plié,
J'ai vingt ans au désert pleuré, gémi, prié.
Vivant de l'eau du ciel et de l'herbe des roches,
Fantôme dont le pâtre abhorrait les approches,
Le monde entier m'a cru descendu chez les morts.
Mais j'entends mon pays qui m'appelle ; je sors
De l'ombre où je songeais, exilé volontaire.
Il est temps de lever ma tête hors de terre.
Me reconnaissez-vous ?

MAGNUS, s'approchant.

Ton bras, César romain ?

L'EMPEREUR

Le trèfle qu'un de vous m'imprima sur la main ?
Il présente son bras à Magnus.
Vois.

Magnus s'incline, examine le bras, puis se redresse.

MAGNUS, aux assistants.

Je déclare ici, la vérité m'y pousse,
Que voici l'empereur Frédéric Barberousse.

La stupeur est au comble. Le cercle s'élargit. L'empereur, appuyé sur sa
grande épée, se tourne vers les assistants et promène sur eux des regards
terribles.

L'EMPEREUR

Vous m'entendiez jadis marcher dans ces vallons,
Lorsque l'éperon d'or sonnait à mes talons.
Vous me reconnaissez, burgraves. — C'est le maître.
Celui qui subjugua l'Europe et fit renaître
L'Allemagne d'Othon, reine au regard serein ;
Celui que choisissaient pour juge souverain,
Comme bon empereur, comme bon gentilhomme,
Trois rois dans Mersebourg et deux papes dans Rome,
Et qui donna, touchant leurs fronts du sceptre d'or,
La couronne à Suénon, la tiare à Victor ;
Celui qui des Hermann renversa le vieux trône ;
Qui vainquit tour à tour, en Thrace et dans Icône,

L'empereur Isaac et le calife Arslan ;
Celui qui, comprimant Gênes, Pise, Milan,
Etouffant guerres, cris, fureurs, trahisons viles,
Prit dans sa large main l'Italie aux cent villes ;
Il est là qui vous parle. Il surgit devant vous !

Il fait un pas. Tous reculent.

— J'ai su juger les rois, je sais traquer les loups. —
Vous me reconnaissez, bandits ! — Je viens vous dire
Que j'ai pris en pitié les douleurs de l'empire,
Que je vais vous rayer du nombre des vivants,
Et jeter votre cendre infâme aux quatre vents !

Il se tourne vers les archers.

Vos soldats m'entendront ! Ils sont à moi. J'y compte.
Ils étaient à la gloire avant d'être à la honte.
C'est sous moi qu'ils servaient avant ces temps d'horreur,
Et plus d'un se souvient de son vieil empereur.
N'est-ce pas vétérans ? n'est-ce pas camarades ?

Aux burgraves.

Ah ! mécréants ! félons ! ravageurs de bourgades !
Ma mort vous fait renaître. Eh bien, touchez, voyez,
Entendez ! c'est bien moi !

Il marche à grands pas au milieu d'eux. Tous s'écartent devant lui.

                    Sans doute vous croyez
Etre des chevaliers ! Vous dites : — Nous sommes
Les fils des grands barons et des grands gentilshommes.
Nous les continuons. — Vous les continuez ?
Vos pères toujours fiers, jamais diminués,
Faisaient la grande guerre ; ils se mettaient en marche,
Ils enjambaient les ponts dont on leur brisait l'arche,
Affrontaient le piquier ainsi que l'escadron.
Faisaient, musique en tête et sonnant du clairon,
Face à toute une armée et tenaient la campagne,
Et, si haute que fût la tour ou la montagne,
N'avaient besoin, pour prendre un château rude et fort,
Que d'une échelle en bois pliant sous leur effort,
Dressée au pied des murs d'où ruisselait le soufre,
Ou d'une corde à nœuds, qui, dans l'ombre du gouffre,
Balançait ces guerriers, moins hommes que démons,
Et que le vent, la nuit, tordait aux flancs des monts !
Blâmait-on ces assauts de nuit, ces capitaines
Défiaient l'empereur, au grand jour, dans les plaines,

Puis attendaient, debout dans l'ombre, un contre vingt,
Que le soleil parût et que l'empereur vînt !
C'est ainsi qu'ils gagnaient châteaux, villes et terres ;
Si bien qu'il se trouvait qu'après trente ans de guerre,
Quand on cherchait des yeux tous ces faiseurs d'exploits,
Les petits étaient ducs et les grands étaient rois ! —
Vous, — comme des chacals et comme des orfraies,
Cachés dans les taillis et dans les oseraies,
Vils, muets, accroupis, un poignard à la main,
Dans quelque mare immonde au bord du grand chemin,
D'un chien qui peut passer redoutant les morsures,
Vous épiez le soir, près des routes peu sûres,
Le pas d'un voyageur, le grelot d'un mulet ;
Vous êtes cent pour prendre un pauvre homme au collet ;
Le coup fait, vous fuyez en hâte à vos repaires… —
Et vous osez parler de vos pères ! — Vos pères,
Hardis parmi les forts, grands parmi les meilleurs,
Etaient des conquérants ; vous êtes des voleurs !

Les burgraves baissent la tête avec une sombre expression d'abattement,
d'indignation et d'épouvante. Il poursuit.

Ah ! vous n'attendiez point ce réveil, N'est-ce pas ?
Vous chantiez verre en main, l'amour, les longs repas :
Vous poussiez de grands cris et vous étiez en joies ;
Vous enfonciez gaiment vos ongles dans vos proies ;
Vous déchiriez mon peuple, hélas ! qui m'est si cher,
Et vous vous partagiez les lambeaux de sa chair !
Tout à coup… tout à coup, dans l'antre inaccessible,
Le vengeur indigné, frissonnant et terrible,
Apparaît ; l'empereur met le pied sur vos tours,
Et l'aigle vient s'abattre au milieu des vautours !

Victor Hugo (1802-1885).

Cinna.

ACTE V — SCÈNE PREMIÈRE

AUGUSTE, CINNA

AUGUSTE

Prends un siège, Cinna, prends ; et sur toute chose,
Observe exactement la loi que je t'impose :

Prête, sans me troubler, l'oreille à mes discours ;
D'aucun mot, d'aucun cri, n'en interromps le cours ;
Tiens ta langue captive ; et si ce grand silence
A ton émotion fait quelque violence,
Tu pourras me répondre après, tout à loisir.
Sur ce point seulement contente mon désir.

CINNA

Je vous obéirai, seigneur.

AUGUSTE

Qu'il te souvienne

De garder ta parole ; et je tiendrai la mienne.
Tu vois le jour, Cinna ; mais ceux dont tu le tiens
Furent les ennemis de mon père et les miens :
Au milieu de leur camp tu reçus la naissance ;
Et lorsqu'après leur mort tu vins en ma puissance,
Leur haine enracinée au milieu de ton sein
T'avait mis contre moi les armes à la main.
Tu fus mon ennemi même avant que de naître,
Et tu le fus encore quand tu me pus connaître ;
Et l'inclination jamais n'a démenti
Ce sang qui t'avait fait du contraire parti :
Autant que tu l'as pu les effets l'ont suivie.
Je ne m'en suis vengé qu'en te donnant la vie :
Je te fis prisonnier pour te combler de biens ;
Ma cour fut ta prison, mes faveurs tes liens.
Je te restituai d'abord ton patrimoine ;
Je t'enrichis après des dépouilles d'Antoine ;
Et tu sais que depuis, à chaque occasion,
Je suis tombé pour toi dans la profusion.
Toutes les dignités que tu m'as demandées,
Je te les ai sur l'heure et sans peine accordées ;
Je t'ai préféré même à ceux dont les parents
Ont jadis dans mon camp tenu les premiers rangs.
A ceux qui de leur sang m'ont acheté l'empire,
Et qui m'ont conservé le jour que je respire :
De la façon enfin qu'avec toi j'ai vécu,
Les vainqueurs sont jaloux du bonheur du vaincu.
Quand le ciel me voulut, en rappelant Mécène,
Après tant de faveurs montrer un peu de haine,
Je te donnai sa place en ce triste accident,
Et te fis, après lui mon plus cher confident.

Aujourd'hui même encor, mon âme irrésolue
Me pressant de quitter ma puissance absolue,
De Maxime et de toi j'ai pris les seuls avis,
Et ce sont, malgré lui les tiens que j'ai suivis.
Bien plus, ce même jour je te donne Emilie,
Le digne objet des vœux de toute l'Italie.
Et qu'ont mise si haut mon amour et mes soins,
Qu'en te couronnant roi, je t'aurais donné moins.
Tu t'en souviens, Cinna, tant d'heur et tant de gloire
Ne peuvent pas sitôt sortir de ta mémoire ;
Mais ce qu'on ne pourrait jamais s'imaginer,
Cinna, tu t'en souviens, et veux m'assassiner.

CINNA

Moi, Seigneur ! moi, que j'eusse une âme si traîtresse !
Qu'un si lâche dessein.....

AUGUSTE

     Tu tiens mal ta promesse :
Sieds-toi, je n'ai pas dit encor ce que je veux :
Tu te justifieras après, si tu le peux.
Ecoute cependant, et tiens mieux ta parole.
Tu veux m'assassiner demain. au Capitole,
Pendant le sacrifice, et ta main pour signal
Me doit, au lieu d'encens, donner le coup fatal.
La moitié de tes gens doit occuper la porte,
L'autre moitié te suivre et te prêter main-forte.
Ai-je de bons avis ou de mauvais soupçons ?
De tous ces meurtriers te dirai-je les noms ?
Procule, Glabrion, Virginian, Rutile,
Marcel, Plaute, Lénas, Pompone, Albin, Icile,
Maxime, qu'après toi j'avais le plus aimé :
Le reste ne vaut pas l'honneur d'être nommé ;
Un tas d'hommes perdus de dettes et de crimes,
Que pressent de mes lois les ordres légitimes ;
Et qui, désespérant de les plus éviter,
Si tout n'est renversé ne sauraient subsister.
Tu te tais maintenant, et gardes le silence,
Plus par confusion que par obéissance.
Quel était ton dessein, et que prétendais-tu,
Après m'avoir au temple à tes pieds abattu ?
Affranchir ton pays d'un pouvoir monarchique ?
Si j'ai bien entendu tantôt ta politique,

Son salut désormais dépend d'un souverain
Qui, pour tout conserver, tienne tout en sa main :
Et si sa liberté te faisait entreprendre,
Tu ne m'eusses jamais empêché de la rendre ;
Tu l'aurais acceptée au nom de tout l'Etat,
Sans vouloir l'acquérir par un assassinat.
Quel était donc ton but ? d'y régner à ma place.
D'un étrange malheur son destin le menace,
Si pour monter au trône et lui donner la loi,
Tu ne trouves dans Rome autre obstacle que moi ;
Si jusques à ce point son sort est déplorable,
Que tu sois après moi le plus considérable,
Et que ce grand fardeau de l'empire romain
Ne puisse après ma mort tomber mieux qu'en ta main.
Apprends à te connaître et descends en toi-même :
On t'honore dans Rome, on te courtise, on t'aime :
Chacun tremble sous toi, chacun t'offre des vœux,
Ta fortune est bien haut, tu peux ce que tu veux ;
Mais tu ferais pitié, même à ceux qu'elle irrite,
Si je t'abandonnais à ton peu de mérite.
Ose me démentir, dis-moi ce que tu vaux :
Conte-moi tes vertus, tes glorieux travaux,
Les rares qualités par où tu m'as dû plaire,
Et tout ce qui t'élève au dessus du vulgaire.
Ma faveur fait ta gloire, et ton pouvoir en vient ;
Elle seule t'élève et seule te soutient ;
C'est elle qu'on adore et non pas ta personne ;
Tu n'as crédit ni rang qu'autant qu'elle t'en donne ;
Et pour te faire choir, je n'aurais aujourd'hui
Qu'à retirer la main qui seule est ton appui.
J'aime mieux toutefois céder à ton envie ;
Règne si tu le peux, aux dépens de ma vie.
Mais oses-tu penser que les Serviliens,
Les Cosses, les Métels, les Pauls, les Fabiens,
Et tant d'autres enfin de qui les grands courages
Des héros de leur sang sont les vives images,
Quittent le noble orgueil d'un sang si généreux
Jusqu'à pouvoir souffrir que tu règnes sur eux ?
Parle, parle, il est temps.

Corneille (1606-1684).

Pompée.

ACTE V — SCÈNE IV

CORNÉLIE, CÉSAR

CORNÉLIE

César, — car le destin, que dans tes fers je brave,
Me fait ta prisonnière, et non pas ton esclave,
Et tu ne prétends pas qu'il m'abatte le cœur
Jusqu'à te rendre hommage, et te nommer seigneur ;
— De quelque rude trait qu'il m'ose avoir frappée,
Veuve du jeune Crasse et veuve de Pompée
Fille de Scipion, et, pour dire encor plus,
Romaine, mon courage est encore au-dessus ;
Et, de tous les assauts que sa rigueur me livre,
Rien ne me fait rougir que la honte de vivre.
J'ai vu mourir Pompée, et ne l'ai pas suivi ;
Et, bien que le moyen m'en ait été ravi,
Qu'une pitié, cruelle à mes douleurs profondes,
M'ait ôté le secours et du fer et des ondes,
Je dois rougir pourtant, après un tel malheur,
De n'avoir pu mourir d'un excès de douleur :
Ma mort était ma gloire, et le destin m'en prive
Pour croître mes douleurs, et me voir ta captive...
Mais enfin n'attends pas que j'abaisse ma haine :
Je te l'ai dit, César, je suis Romaine,
Et, quoique ta captive, un cœur comme le mien,
De peur de s'oublier ne te demande rien.
Ordonne ; et, sans vouloir qu'il tremble ou s'humilie,
Souviens-toi seulement que je suis Cornélie.

CÉSAR

O d'un illustre époux noble et digne moitié,
Dont le courage étonne et le sort fait pitié !
Certes, vos sentiments font assez reconnaître
Qui vous donna la main et qui vous donna l'être ;
Et l'on juge aisément au cœur que vous portez,
Où vous êtes entrée et de qui vous sortez.

L'âme du jeune Crasse, et celle de Pompée,
L'une et l'autre vertu par le malheur trompée,
Le sang des Scipions protecteur de nos dieux,
Parlent par votre bouche et brillent dans vos yeux ;
Et Rome dans ses murs ne voit point de famille
Qui soit plus honorée ou de femme ou de fille.
Plût au grand Jupiter, plût à ces mêmes dieux
Qu'Annibal eût bravés jadis sans vos aïeux,
Que ce héros si cher dont le ciel vous sépare
N'eût pas si mal connu la cour d'un roi barbare,
Ni mieux aimé tenter une incertaine foi
Que la vieille amitié qu'il eût trouvée en moi ;
Qu'il eût voulu souffrir qu'un bonheur de mes armes
Eût vaincu ses soupçons, dissipé ses alarmes ;
Et qu'enfin, m'attendant sans plus se défier,
Il m'eût donné moyen de me justifier !
Alors, foulant aux pieds la discorde et l'envie,
Je l'eusse conjuré de se donner la vie,
D'oublier ma victoire, et d'aimer un rival
Heureux d'avoir vaincu pour vivre son égal ;
J'eusse alors regagné son âme satisfaite,
Jusqu'à lui faire aux dieux pardonner sa défaite ;
Il eût fait à son tour, en me rendant son cœur,
Que Rome eût pardonné la victoire au vainqueur.
Mais puisque par sa perte, à jamais sans seconde,
Le sort a dérobé cette allégresse au monde,
César s'efforcera de s'acquitter vers vous
De ce qu'il voulait rendre à cet illustre époux.
Prenez donc en ces lieux liberté tout entière ;
Seulement pour deux jours soyez ma prisonnière,
Afin d'être témoin comme, après nos débats,
Je chéris sa mémoire et venge son trépas,
Et de pouvoir apprendre à toute l'Italie
De quel orgueil nouveau m'enfle la Thessalie.
Je vous laisse à vous-même et vous quitte un moment.
Choisissez-lui, Lépide, un digne appartement ;
Et qu'on l'honore ici, mais en dame romaine,
C'est-à-dire un peu plus qu'on n'honore la reine.
Commandez, et chacun aura soin d'obéir.

CORNÉLIE

O ciel ! Que de vertus vous me faites haïr !

CORNEILLE.

Vision d'Hamlet.

(Imité de Shakespeare).

HAMLET, NORCESTE

HAMLET

Quand tu m'appris qu'une main meurtrière
Avait d'un parricide affligé l'Angleterre,
Lisant ta lettre encor, de cette horreur surpris,
Une clarté soudaine a frappé mes esprits ;
Me traçant le tableau d'une action si noire,
De mon père immolé tu me traçais l'histoire.
Je le vis succombant sous de pareils complots ;
Que dis-je ? ici, dans l'ombre, et troublant mon repos,
Mon père a reparu poussant des cris funèbres.
La vérité terrible, au milieu des ténèbres,
Vint ici m'apparaître, et passer son flambeau
Sur ces noirs attentats cachés dans le tombeau.
Deux fois dans mon sommeil, ami, j'ai vu mon père,
Non point le bras levé, respirant la colère,
Mais désolé, mais pâle, et dévorant des pleurs
Qu'arrachait de ses yeux l'excès de ses douleurs.
J'ai voulu lui parler, plein de l'horreur profonde
Qu'inspirait à mon cœur l'effroi d'un autre monde :
Quel est ton sort ? lui dis-je. Apprends-moi quel tableau
S'offre à l'homme étonné dans ce monde nouveau.
Croirai-je de ces dieux que la main protectrice
Par d'éternels tourments sur nous s'appesantisse ?
« O mon fils, m'a-t-il dit, ne m'interroge pas ;
« Les leçons du cercueil, ces secrets du trépas,
« Aux profanes mortels doivent être invisibles.
« Que du ciel sur les rois les arrêts sont terribles !
« Ah ! s'il me permettait cet horrible entretien,
« La pâleur de mon front passerait sur le tien.
« Nos mains se sècheraient en touchant la couronne,
« Si nous savions, mon fils, à quel titre il la donne.
« Vivant, du rang suprême on sent mal le fardeau ;
« Mais qu'un sceptre est pesant, quand on entre au
Ah ! m'écriai-je, ombre chère et terrible,   [tombeau ! »
Pourquoi des bords muets de ce monde invisible,

Confident des tombeaux, viens-tu m'entretenir,
Moi, qu'avec toi bientôt mes douleurs vont unir?
Ne laisse point sortir de tes lèvres glacées
Ces hauts secrets des dieux qui troublent nos pensées ;
Hélas ! pour t'obéir ai-je assez de vertu?
Je t'écoute en tremblant : réponds, que me veux-tu?
« O mon fils, m'a-t-il dit, je viens enfin t'apprendre
« Quel sang tu dois verser pour apaiser ma cendre.
« On croit qu'un mal cruel trancha soudain mes jours ;
« Ainsi les noirs complots sont voilés dans les cours.
« Ta mère, qui l'eût dit? oui, ta mère perfide
« Osa me présenter un poison parricide ;
« L'infâme Claudius, du crime instigateur,
    Fut de ma mort surtout le complice et l'auteur. »
Il dit, et disparut.............................
Ne crois pas qu'à ces mots mon esprit éperdu,
Sans de cruels combats se soit d'abord rendu.
Je résistai longtemps. Le ciel que je révère
A vu si, sans frémir, j'osai juger ma mère.
Sans cesse à l'excuser mon cœur ingénieux
Trouvait quelque plaisir à démentir les dieux.
Mais cette nuit enfin, devenue plus terrible :
« Mon fils, m'a dit ce spectre, es-tu donc insensible?
« Aux douceurs du sommeil ton œil a pu céder,
« Et ton père en ces lieux est encore à venger !
« Prends un poignard, prends l'urne où ma cendre repose ;
« Par des pleurs impuissants suffit-il qu'on l'arrose?
« Tire-la de sa tombe, et, courant m'apaiser,
« Frappe, et fumante encor, reviens l'y déposer. »
Je m'éveille à ces cris : hélas ! mon cher Norceste,
Je me suis élancé hors de mon lit funeste,
Plein de l'objet affreux qui troublait mes esprits,
J'ai rempli ce palais d'épouvantables cris.
J'ai couru tout tremblant, faible, éperdu, sans suite ;
Le spectre, à mes côtés, semblait presser ma fuite.
Cette ombre, ces forfaits, ce récit plein d'horreur,
Dans mon cœur expirant jette encor la terreur.

                              Ducis (1773-1816).

Athalie.

ACTE II — SCÈNE V

Récit du Songe.

Prêtez-moi l'un et l'autre une oreille attentive.
Je ne veux point ici rappeler le passé,
Ni vous rendre raison du sang que j'ai versé :
Ce que j'ai fait, Abner, j'ai cru le devoir faire.
Je ne prends point pour juge un peuple téméraire :
Quoi que son insolence ait osé publier,
Le ciel même a pris soin de me justifier.
Sur d'éclatants succès ma puissance établie
A fait jusqu'aux deux mers respecter Athalie ;
Par moi Jérusalem goûte un calme profond ;
Le Jourdain ne voit plus l'arabe vagabond,
Ni l'altier Philistin, par d'éternels ravages,
Comme au temps de vos rois, désoler ses rivages ;
Le Syrien me traite et de reine et de sœur ;
Enfin de ma maison le perfide oppresseur,
Qui devait jusqu'à moi pousser sa barbarie,
Jéhu, le fier Jéhu tremble dans Samarie ;
De toutes parts pressé par un puissant voisin,
Que j'ai su soulever contre cet assassin,
Il me laisse en ces lieux souveraine maîtresse.
Je jouissais en paix du fruit de ma sagesse ;
Mais un trouble importun vient, depuis quelques jours,
De mes prospérités interrompre le cours.
Un songe (me devrais-je inquiéter d'un songe !)
Entretient dans mon cœur un chagrin qui le ronge.
Je l'évite partout, partout il me poursuit.
C'était pendant l'horreur d'une profonde nuit ;
Ma mère Jézabel devant moi s'est montrée,
Comme au jour de sa mort pompeusement parée ;
Ses malheurs n'avaient point abattu sa fierté,
Même elle avait encor cet éclat emprunté
Dont elle eut soin de peindre et d'orner son visage,
Pour réparer des ans l'irréparable outrage :
« Tremble, m'a-t-elle dit, fille digne de moi ;
Le cruel Dieu des Juifs l'emporte aussi sur toi.
Je te plains de tomber dans ses mains redoutables,
Ma fille. » En achevant ces mots épouvantables,

Son ombre vers mon lit a paru se baisser ;
Et moi, je lui tendais les mains pour l'embrasser ;
Mais je n'ai plus trouvé qu'un horrible mélange
D'os et de chair meurtris et trainés dans la fange,
Des lambeaux pleins de sang, et des membres affreux
Que des chiens dévorants se disputaient entre eux.....
Dans ce désordre à mes yeux se présente
Un jeune enfant couvert d'une robe éclatante,
Tel qu'on voit des Hébreux les prêtres revêtus.
Sa vue a ranimé mes esprits abattus ;
Mais lorsque, revenant de mon trouble funeste,
J'admirais sa douceur, son air noble et modeste,
J'ai senti tout à coup un homicide acier
Que le traître en mon sein a plongé tout entier.
De tant d'objets divers le bizarre assemblage
Peut-être du hasard vous paraît un ouvrage :
Moi-même quelque temps honteuse de ma peur,
Je l'ai pris pour l'effet d'une sombre vapeur.
Mais de ce souvenir mon âme possédée
A deux fois en dormant revu la même idée ;
Deux fois mes tristes yeux se sont vu retracer
Ce même enfant toujours tout prêt à me percer.
Lasse enfin des horreurs dont j'étais poursuivie,
J'allais prier Baal de veiller sur ma vie,
Et chercher du repos au pied de ses autels :
Que ne peut la frayeur sur l'esprit des mortels !
Dans le temple des Juifs un instinct m'a poussée,
Et d'apaiser leur Dieu j'ai conçu la pensée ;
J'ai cru que des présents calmeraient son courroux,
Que ce Dieu quel qu'il soit en deviendrait plus doux.
Pontife de Baal, excusez ma faiblesse :
J'entre : le peuple fuit, le sacrifice cesse,
Le grand prêtre vers moi s'avance avec fureur :
Pendant qu'il me parlait, ô surprise ! ô terreur !
J'ai vu ce même enfant dont je suis menacée,
Tel qu'un songe effrayant l'a peint à ma pensée,
Je l'ai vu : son même air, son même habit de lin,
Sa démarche, ses yeux, et tous ses traits enfin ;
C'est lui-même. Il marchait à côté du grand prêtre,
Mais bientôt à ma vue on l'a fait disparaître.
Voilà quel trouble ici m'oblige à m'arrêter
Et sur quoi j'ai voulu tous deux vous consulter.
Que présage, Mathan, ce prodige incroyable ?

RACINE (1639-1699).

Athalie et Joas

ATHALIE

O ciel! plus j'examine, et plus je le regarde...
C'est lui! D'horreur encor tous mes sens sont saisis.
[montrant Joas.]
Epouse de Joad est-ce là votre fils?

JOSABETH, montrant Zacharie.

Qui? lui, Madame!

ATHALIE, montrant Joas.

Lui.

JOSABETH

Je ne suis point sa mère,

[montrant Zacharie]
Voilà mon fils.

ATHALIE, à Joas.

Et vous, quel est donc votre père?
Jeune enfant, répondez.

JOSABETH

Le ciel jusqu'aujourd'hui...

ATHALHIE

Pourquoi vous pressez-vous de répondre pour lui?
C'est à lui de parler.

JOSABETH

Dans un âge si tendre,
Quel éclaircissement en pouvez-vous attendre?

ATHALIE

Cet âge est innocent : son ingénuité
N'altère point encore la simple vérité.
Laissez-le s'expliquer sur tout ce qui le touche.

JOSABETH, tout bas.

Daigne mettre, grand Dieu, ta sagesse en sa bouche !

ATHALIE

Comment vous nommez-vous ?

JOAS

J'ai nom Éliacin.

ATHALIE

Votre père ?

JOAS

Je suis, dit-on, un orphelin,
Entre les bras de Dieu jeté dès ma naissance,
Et qui de mes parents n'eus jamais connaissance.

ATHALIE

Vous êtes sans parents ?

JOAS

Ils m'ont abandonné.

ATHALIE

Comment ? et depuis quand ?

JOAS

Depuis que je suis né.

ATHALIE

Ne sait-on pas au moins quel pays est le vôtre ?

JOAS

Ce temple est mon pays ; je n'en connais point d'autre.

ATHALIE

Où dit-on que le sort vous a fait rencontrer ?

JOAS

Parmi les loups cruels prêts à me dévorer.

ATHALIE

Qui vous mit dans ce temple ?

JOAS

Une femme inconnue,
Qui ne dit point son nom, et qu'on n'a point revue.

ATHALIE

Mais de vos premiers ans quelles mains ont pris soin ?

JOAS

Dieu laissa-t-il jamais ses enfants au besoin ?
Aux petits des oiseaux il donne leur pâture,
Et sa bonté s'étend sur toute la nature,
Tous les jours je l'invoque, et d'un soin paternel
Il me nourrit des dons offerts sur son autel.

ATHALIE

Quel prodige nouveau me trouble et m'embarrasse ?
La douceur de sa voix, son enfance, sa grâce,
Font insensiblement à mon inimitié
Succéder... Je serais sensible à la pitié ?

ABNER

Madame, voilà donc cet ennemi terrible ?
De vos songes menteurs l'imposture est visible ;
A moins que la pitié qui semble vous troubler
Ne soit ce coup fatal qui vous faisait trembler.

ATHALIE, à Joas et à Josabeth.

Vous sortez ?

JOSABETH

Vous avez entendu sa fortune :
Sa présence à la fin pourrait être importune.

ATHALIE

Non : revenez.

[A Joas.]

Quel est tous les jours votre emploi ?

JOAS

J'adore le Seigneur ; on m'explique sa loi,
Dans son livre divin on m'apprend à la lire,
Et déjà de ma main je commence à l'écrire.

ATHALIE

Que vous dit cette loi ?

JOAS

Que Dieu veut être aimé ;
Qu'il venge tôt ou tard son saint nom blasphémé ;
Qu'il est le défenseur de l'orphelin timide ;
Qu'il résiste au superbe et punit l'homicide.

ATHALIE

J'entends. Mais tout ce peuple enfermé dans ce lieu,
A quoi s'occupe-t-il ?

JOAS

Il loue, il bénit Dieu.

ATHALIE

Dieu veut-il qu'à tout heure on prie, on le contemple?

JOAS

Tout profane exercice est banni de son temple.

ATHALIE

Quels sont donc vos plaisirs ?

JOAS

Quelquefois à l'autel
Je présente au grand-prêtre ou l'encens ou le sel ;
J'entends chanter de Dieu les grandeurs infinies ;
Je vois l'ordre pompeux de ses cérémonies.

ATHALIE

Hé quoi ! vous n'avez pas de passe-temps plus doux ?
Je plains le triste sort d'un enfant tel que vous,
Venez dans mon palais, vous y verrez ma gloire

JOAS

Moi ! des bienfaits de Dieu je perdrais la mémoire !

ATHALIE

Non, je ne vous veux pas contraindre à l'oublier.

JOAS

Vous ne le priez point.

ATHALIE

Vous le pourrez prier.

JOAS

Je verrais cependant en invoquer un autre ?

ATHALIE

J'ai mon Dieu que je sers ; vous servirez le vôtre.
Ce sont deux puissants Dieux.

JOAS

Il faut craindre le mien :
Lui seul est Dieu, Madame, et le vôtre n'est rien.

ATHALIE

Les plaisirs près de moi vous chercheront en foule.

JOAS

Le bonheur des méchants comme un torrent s'écoule.

ATHALIE

Ces méchants, qui sont-ils ?

JOSABETH

Hé, Madame ! excusez
Un enfant...

ATHALIE, à Josabeth

J'aime à voir comme vous l'instruisez.
Enfin, Eliacin, vous avez su me plaire ;
Vous n'êtes pas sans doute un enfant ordinaire.
Vous voyez, je suis reine, et n'ai point d'héritier :
Laissez là cet habit, quittez ce vil métier ;
Je veux vous faire part de toutes mes richesses ;
Essayez dès ce jour l'effet de mes promesses :
A ma table, partout, à mes côtés assis,
Je prétends vous traiter comme mon propre fils.

JOAS

Comme votre fils ?

ATHALIE

Oui... Vous vous taisez ?

JOAS

Quel père

Je quitterais ! Et pour...

ATHALIE

Hé bien ?

JOAS

Pour quelle mère !

ATHALIE, à Josabeth.

Sa mémoire est fidèle, et dans tout ce qu'il dit
De vous et de Joad je reconnais l'esprit.
Voilà comme, infectant cette simple jeunesse,
Vous employez tous deux le calme où je vous laisse.
Vous cultivez déjà leur haine et leur fureur ;
Vous ne leur prononcez mon nom qu'avec horreur.

JOSABETH

Peut-on de nos malheurs leur dérober l'histoire ?
Tout l'univers les sait, vous-même en faites gloire.

ATHALIE

Oui, ma juste fureur, et j'en fais vanité,
A vengé mes parents sur ma postérité.
J'aurais vu massacrer et mon père et mon frère,
Du haut de son palais précipiter ma mère,
Et dans un même jour égorger à la fois
(Quel spectacle d'horreur) quatre-vingts fils de rois !
Et pourquoi ? Pour venger je ne sais quels Prophètes
Dont elle avait puni les fureurs indiscrètes.
Et moi, reine sans cœur, fille sans amitié,
Esclave d'une lâche et frivole pitié,
Je n'aurais pas du moins à cet aveugle rage
Rendu meurtre pour meurtre, outrage pour outrage,
Et de votre David traité tous les neveux
Comme on traitait d'Achab les restes malheureux !
Où serais-je aujourd'hui, si, domptant ma faiblesse,
Je n'eusse d'une mère étouffé la tendresse,

Si de mon propre sang ma main versant des flots
N'eût par ce coup hardi réprimé vos complots?
Enfin de votre Dieu l'implacable vengeance
Entre nos deux maisons rompit toute alliance :
David m'est en horreur, et les fils de ce roi,
Quoique nés de mon sang, sont étrangers pour moi.

JOSABETH

Tout vous a réussi. Que Dieu voie et nous juge !

Imprécations d'Athalie

ACTE V. — SCÈNE VI.

Dieu des Juifs, tu l'emportes !
Oui, c'est Joas : je cherche en vain à me tromper ;
Je reconnais l'endroit où je le fis frapper :
Je vois d'Ochosias et le port et le geste ;
Tout me retrace enfin un sang que je déteste !
David, David triomphe ; Achab seul est détruit.
Impitoyable Dieu, toi seul as tout conduit !
C'est toi qui, me flattant d'une vengeance aisée,
M'as vingt fois en un jour à moi-même opposée ;
Tantôt pour un enfant excitant mes remords,
Tantôt m'éblouissant de tes riches trésors
Que j'ai craint de livrer aux flammes, au pillage.
Qu'il règne donc ce fils, ton soin et ton ouvrage !
Et que, pour signaler son empire nouveau,
On lui fasse en mon sein enfoncer le couteau !
Voici ce qu'en mourant lui souhaite sa mère :
Que dis-je souhaiter ! je me flatte, j'espère
Qu'indocile à ton joug, fatigué de ta loi,
Fidèle au sang d'Achab qu'il a reçu de moi,
Conforme à son aïeul, à son père semblable,
On verra de David l'héritier détestable
Abolir tes honneurs, profaner ton autel,
Et venger Athalie, Achab et Jézabel.

RACINE.

FIN.

TABLE DES MATIÈRES

PREMIÈRE PARTIE

PRONONCIATION DES MOTS

DEUXIÈME PARTIE

LECTURE ET DICTION

TROISIÈME PARTIE

MODÈLES D'EXERCICES

POUR LES DIVERS GENRES D'INTERPRÉTATION

ERRATA

Page 15, ligne 11.
Lire *puissent les* et non puisse le.

Page 23, ligne 19.
Lire *Antinoüs* et non Antinloüs.

Page 43, ligne 18.
Lire *antiasthmatique* et non antiasthmastique.

Page 81, ligne 13.
Lire *vers* et non ver.

Page 84, ligne 5.
Lire *est-ce ici* et non est-ici.

Page 153, ligne 13.
Lire *allez* et non alle.

www.ingramcontent.com/pod-product-compliance
Lightning Source LLC
Chambersburg PA
CBHW061442030726
47503CB00005B/1530